CRISTIN

MY DILEMMA IS YOU

2

*Traduit de l'italien
par Nathalie Nédélec-Courtès*

POCKET JEUNESSE
PKJ·

Titre original :
My Dilemma Is You 2
Publié pour la première fois en 2016
par Leggereditore, propriété de Sergio Fanucci
Communications s.r.l.

Contribution : Malina Stachurska

Loi n° 49956 du 16 juillet 1949 sur les publications
destinées à la jeunesse : septembre 2017

ISBN : 978-2-266-27186-8
Dépôt légal : septembre 2017

MY DILEMMA IS YOU

2

L'auteur

Cristina Chiperi, jeune Moldave de dix-sept ans, est arrivée en Italie à l'âge de deux ans. Elle s'est inspirée de la chanson *Dilemma* de Selena Gomez pour écrire son premier roman, *My Dilemma Is You*.

Dans la même série :

1

Le grand jour est arrivé !

Presque une semaine après ma « fugue » à Los Angeles, je vais enfin remettre le nez dehors.

Ce matin, l'alarme de mon réveil retentit comme une musique céleste. Pour une fois j'ai une envie folle de quitter mon lit au plus vite. Depuis mon retour à Miami, je suis restée enfermée entre quatre murs. Assignée à résidence. Je ne pensais pas que mes parents mettraient vraiment à exécution la punition dont ils m'avaient menacée. Eh bien, si ! Cinq jours déprimants, recluse à la maison, seule, à ne rien faire, c'est long. Heureusement, Cam s'est introduit dans ma chambre par la fenêtre à deux ou trois reprises pour passer un peu de temps avec moi. Il n'est jamais resté longtemps : si mes parents l'avaient découvert, ils m'auraient tuée !

Je comprends qu'ils soient déçus par mon comportement, mais faire mes adieux à Cass, ma meilleure amie, était un motif plus que valable pour transgresser leur interdit, je n'en démordrai jamais ! Pourtant, ma mère ne m'a toujours pas pardonné mon « coup de tête », et je suis sûre qu'elle ne le fera pas de sitôt.

Je saute du lit et je m'approche de la fenêtre pour voir quel temps il fait : je dois décider comment m'habiller. L'air est frais, bien que le soleil brille ; ça sera donc un legging et un pull. Dans le couloir, je tombe sur Kate, qui regarde son portable.

— Bonjour, petite sœur. Des nouvelles de Hayes ?

— Non, répond-elle d'un ton triste.

Depuis la fin des vacances à la montagne, Kate a le moral dans les chaussettes : Hayes a cessé de lui écrire. Ils ne se parlent pas non plus aussi souvent qu'auparavant. Elle me fait de la peine ; je ferais tout pour lui rendre le sourire.

— Discute avec lui aujourd'hui, au lycée.

— Non, je ne veux pas passer pour un pot de colle.

— Attends, tu as le droit de savoir ce qui lui prend ! Alors, vas-y, fonce.

Kate sourit enfin.

Une fois le petit déjeuner expédié, je me précipite à l'extérieur. Cameron m'attend, appuyé contre sa voiture. Dès que je le vois, mon cœur s'emballe.

Je repense à la manière dont les choses se sont déroulées entre nous depuis le jour où nous nous sommes rencontrés : incroyable que notre relation se poursuive comme sur des roulettes ! J'espère que cet état de grâce durera.

Je le rejoins en courant et l'enlace très fort. Je ne l'ai pas vu depuis un jour : une éternité ! Cam me serre contre lui et, comme chaque fois, j'éprouve une extraordinaire sensation de plénitude. Il prend mon visage entre ses mains et m'embrasse sur les lèvres en murmurant :

— Tu m'as manqué, mon cœur. Elle va durer encore longtemps, cette punition ?

— Je ne sais pas… Ma mère est toujours en colère, ça risque de prendre du temps.

Il hausse les épaules.

— Alors, je continuerai à venir te voir en cachette.

Je souris, mais en réalité j'en ai plus que marre. J'ai trop envie de retrouver mes habitudes, la liberté de sortir quand je veux, de retrouver mes amis, surtout Sam et Nash…

Je ne les ai pas vus depuis le dîner de fin d'année ; nous avons seulement communiqué par messages.

— Allons-y, sinon on sera en retard, dis-je.

Je monte dans la voiture.

— Et toi, tout va bien avec tes parents ?

— Ben, ils continuent de penser qu'on a agi comme des gamins irresponsables… Ils ont même menacé de me confisquer la voiture. Mais, finalement, tout s'est passé comme je te l'avais dit : il a suffi de jouer sur leur sentiment de culpabilité pour qu'ils se calment.

Une fois de plus, Cam a eu raison : il est arrivé exactement ce qu'il avait prévu.

Il me fait un clin d'œil et tapote le volant.

— Du coup, j'ai toujours l'amour de ma vie.

Je croise les bras sur la poitrine, l'air boudeur.

— Merci, je ne savais pas que je venais après une bagnole…

Je ne suis pas vraiment fâchée ; je sais qu'il plaisantait. Je suis juste curieuse de voir sa réaction.

Cam pose la main sur ma cuisse.

— Tu sais bien que mon seul amour, c'est toi.

Je lui plante un baiser sur la joue.

— Je te pardonne.

Il me répond par un de ses sourires craquants. J'adore le voir de bonne humeur. Chaque fois qu'il sourit, j'ai l'impression d'être au paradis.

Quand nous arrivons devant l'école, je sens mon ventre se nouer : aucun de nos amis ne sait encore pour Cam et moi… Comment vont-ils réagir ? Et Susan, comment va-t-elle le prendre ? Je ne suis pas prête à affronter ses insultes. Je parie qu'en apprenant la nouvelle elle va péter un câble. Elle ne me laissera plus tranquille.

Cameron se gare.

— Tout va bien ? demande-t-il.

Je vois qu'un petit groupe d'élèves regarde déjà dans notre direction.

— Euh… oui, je crois.

Il me prend le menton et m'oblige à le regarder dans les yeux. Il a l'air inquiet, lui aussi.

— Si c'est Susan qui te préoccupe, arrête d'y penser. Elle ne pourra rien te faire, je serai avec toi. Je ferai tout mon possible pour la tenir à distance, OK ?

Il pose un baiser sur mes lèvres.

— Allons-y.

Nous traversons la cour en nous frayant un passage dans la foule qui attend la sonnerie. Cam me tient serrée contre lui, un bras passé autour de mes épaules ; j'ai la sensation que tous les regards sont fixés sur nous.

Au fond, j'aperçois Sam, Nash, Matt et Taylor. Dès qu'elle nous voit, Sam court à ma rencontre pour m'embrasser.

— Chris, tu m'as trop manqué ! Nash et moi, on était prêts à venir devant chez toi avec une méga-pancarte pour manifester. Ils ne peuvent pas te garder enfermée pour toujours !

Je ris en imaginant la réaction de ma mère devant un sit-in de mes amis dans notre jardin – même une chose pareille ne la ferait pas changer d'avis.

— Tôt ou tard, je serai de nouveau libre, dis-je pour rassurer Sam. Allons-y, on nous attend.

Si je compare la Sam que j'ai connue il y a quelques mois à la fille radieuse qu'elle est à présent, j'ai l'impression de voir une autre personne : plus ouverte, joyeuse, elle adore être en compagnie des gens de notre âge. De temps à autre, je demande à Cameron s'il n'a pas remarqué des entailles sur ses poignets et, chaque fois, il m'assure qu'il n'y a plus aucune trace d'automutilation.

Sam me prend par la main pour m'entraîner vers nos amis.

Nash me fait la bise.

— Et voilà la prisonnière !

Mon sourire disparaît quand je vois Matt. Je ne sais pas quoi faire ; dois-je lui faire la bise, ou me contenter d'un simple « salut » ?

— Salut, dis-je enfin.

Il me sourit sans s'approcher de moi.

Taylor, lui, me serre dans ses bras. Cela fait si longtemps que je l'ai vu ! Même si on ne s'est jamais beaucoup parlé, je le considère comme un bon ami.

— OK, OK, je comprends que Chris vous ait manqué, mais allez-y doucement, intervient Cameron, qui attrape ma main.

Je l'adore quand il joue les jaloux.

— J'ai appris votre aventure, dit Taylor.

Pas possible ! Ils sont déjà tous au courant de ce qui est arrivé ? Je regarde Sam : elle fait « non » de la tête. Alors, c'est sûrement Nash qui a parlé de notre fugue à Los Angeles. Ou peut-être Cameron lui-même.

— Oui, enfin, je n'appellerais pas vraiment ça une aventure…

— Aventure ou non, dit Sam, hier soir, on aurait dû aller au cinéma tous les quatre et, à cause de ta punition, Cam est venu seul.

— Désolée.

Je regarde Cameron, il me sourit.

— Ne t'en fais pas, mon cœur. J'ai malgré tout réussi à passer un bon moment.

— Oui, justement, reprend Sam. C'est bien pour ça qu'il aurait mieux valu que tu viennes aussi, Chris. Au moins, Cam aurait eu autre chose à faire que de nous déranger, Nash et moi, pendant qu'on se bécotait.

Taylor l'observe d'un air stupéfait.

— Autre chose à faire ?

— Oui, des trucs de tourtereaux, explique Nash.

Matt et Taylor se tournent vers nous, l'air étonnés. Est-ce vraiment si étrange que nous soyons ensemble, Cam et moi ? C'est quoi, leur problème à tous ?

— Vous êtes en couple ? lâche Matt, troublé.

Cam m'enserre la taille et m'attire plus près de lui.

— Oui, mon pote.

Matt prend une expression étrange, mi-surprise, mi-contrariée. Qu'est-ce qu'il y a ? Notre histoire est finie depuis un bout de temps. D'ailleurs, c'est lui qui avait pressenti le lien entre Cam et moi avant tous les autres.

La sonnerie retentit, m'arrachant à mes pensées. Je fais un pas en arrière.

— Je vais ranger mes livres dans mon casier. À tout à l'heure !

Cam me prend par la main et nous y allons ensemble.

— Tu en as apporté combien ? s'esclaffe Cam en me regardant sortir un tas de livres de mon sac à dos.

— Tous ceux qui vont me servir aujourd'hui.

— On a autant de cours que ça ?

Il a l'air étonné.

Je secoue la tête. Je sais que Cameron déteste étudier, mais je ne pensais pas qu'il en était au point d'ignorer notre emploi du temps.

Il hausse les épaules.

— De toute façon, je connais tout ça par cœur. Je n'ai pas besoin de livres, vu que je suis un génie.

— Si tu le dis…

Je ferme mon casier.

— Tu doutes de mon intelligence ? demande-t-il, l'air vexé.

— Oh ! non, bien sûr que non.

— Tu sais bien que je suis brillant, tu es juste trop jalouse pour l'admettre, dit-il en me faisant un clin d'œil.

Je lui donne un léger coup de poing dans le bras ; il attrape mon poignet et m'attire à lui.

— Tu es trop mignonne quand tu fais ça, chuchote-t-il, sa bouche tout près de mes lèvres.

Je l'embrasse. Je me moque des regards indiscrets des nombreux élèves dans le couloir. Ils vont devoir s'habituer à nous voir ensemble, Cameron et moi.

Cam pose la main sur ma joue et de l'autre, m'enlace la taille.

— Dites-moi que c'est une blague ! lance une voix derrière nous.

2

On se retourne tous les deux : Susan ! En la voyant, j'ai des frissons. Son expression est effrayante ; je suis sûre que cette fille pourrait me tuer.

— Dis-moi que tu plaisantes, Cameron ! Tu le fais pour me rendre jalouse ! siffle Susan, qui s'approche de nous.

Cam soupire.

— Non, c'est très sérieux.

— Quoi ? Toi... avec elle ? s'étrangle Susan. Qu'est devenu le garçon qui m'aimait et qui ne serait jamais sorti avec une fille comme ça ?

Cameron fait un pas vers elle.

— Il s'est sauvé quand tu as commencé à te comporter comme une garce, répond-il.

— Je suis restée la même !

— Non. La Susan dont j'étais tombé amoureux n'était pas aussi égoïste. Elle ne traitait pas les gens de cette façon.

Elle prend un air affligé tandis qu'une larme coule sur sa joue. Puis elle me fusille du regard.

— Je jure que, cette fois, tu vas me le payer, espèce de...

Elle avance dans ma direction.

— Tu ne me prendras pas la seule chose qui me rend heureuse ! hurle-t-elle, hors d'elle.

J'en ai marre de subir en silence ses injures.

— Je ne te prends rien ! Tu t'es débrouillée toute seule pour le perdre. Et puis, ça, ce n'est rien à côté de ce que tu m'as fait, toi.

— C'est quoi, ce délire ? riposte-t-elle. Je ne t'ai rien fait !

— Rien ? Non mais, c'est une blague ! Manipuler Matt, lui fourrer un tas de mensonges sur moi dans le crâne, le convaincre de fréquenter Tamara alors que j'étais en train de tomber amoureuse, c'est rien, peut-être ? Cela dit, j'aurais dû m'y attendre : des actes aussi minables ne peuvent venir que de personnes minables !

La situation prend une tournure dangereuse. Cam s'interpose entre nous et m'embrasse sur le front.

— Chris, mon cœur, il vaut mieux que tu t'en ailles. Laisse-moi lui parler, tout va s'arranger, je te promets.

Je ne résiste pas : je suis en train de perdre mon calme. Je m'éloigne de Susan.

— Tu vas le regretter ! Tu finiras comme Carly ! hurle-t-elle dans mon dos.

Je presse le pas pour ne pas entendre la suite. Depuis que je suis arrivée dans ce lycée, Susan n'a pas cessé de me répéter que tôt ou tard elle se vengerait de ce que je lui avais fait. Jusque-là, mis à part quelques manœuvres perfides et ses petits jeux avec Matt pour m'éloigner de

Cam, elle n'a pas vraiment mis ses menaces à exécution. Cette fois, il y a quelque chose de différent dans sa voix, comme si elle avait réellement l'intention de me faire souffrir…

Je marche vers la classe en essayant de chasser cette pensée quand, tout à coup, le flash d'un appareil photo m'aveugle. Je dois battre des paupières plusieurs fois avant de distinguer la personne qui se trouve devant moi.

Lexy se tient à quelques pas de là, son appareil à la main, accompagnée de son acolyte Lindsay Constancio. Armée d'un stylo et d'un calepin, cette dernière joue les assistantes.

— As-tu quelque chose à déclarer en ce qui concerne Susan ? Elle avait l'air d'avoir le moral à zéro… Raconte-nous comment ça s'est passé entre Cameron et toi ! Tu crois qu'il est avec toi pour rendre Susan jalouse ? débite Lexy d'un seul trait.

C'est quoi, ces questions ? Si elles croient que je vais y répondre…

Sans dire un mot, je les dépasse pour entrer dans la classe. Cameron me rejoint peu après.

— Alors ? dis-je.

— Susan s'est calmée.

Ce qui m'inquiète, c'est l'attitude qu'elle aura quand je me retrouverai seule avec elle. Tôt ou tard, cela arrivera ; Cameron ne sera pas toujours près de moi pour me défendre.

— Hé, elle ne te fera pas de mal, chuchote-t-il en me caressant la joue.

Deux minutes plus tard, Susan entre dans la classe, suivie par ses copines. Elle fait peur à voir : son maquillage a coulé, ses yeux sont rouges. J'imagine comment elle se sent à présent... Ça m'embête un peu, mais ce n'est pas ma faute.

Elle me lance un regard mauvais et va s'asseoir. Matt s'approche aussitôt d'elle et lui pose une main sur l'épaule. Le lien entre ces deux-là est profond ; je ne sais pas comment j'ai fait pour ne pas le comprendre depuis le début.

Pendant une bonne partie de la matinée, je lutte contre le sommeil et l'ennui : les heures s'écoulent si lentement... c'est toujours comme ça, après les vacances. Un rythme au ralenti, aucune envie de se replonger dans les cours, les QCM et les éval. Et, surtout, la tête pleine de souvenirs de ces jours de liberté... et de projets pour les prochaines vacances. D'ailleurs, le prof d'anglais nous a communiqué une super nouvelle : notre voyage scolaire, ce sera Londres ! Une semaine début mars, ça va être génial.

Lorsque la sonnerie annonce la pause déjeuner, Sam me rejoint.

— Qu'est-ce qui est arrivé à Susan ?

— Elle nous a vus nous embrasser, Cam et moi, et elle a pété les plombs. Je parie que demain je ferai la Une du journal du lycée comme la fille qui lui a volé son copain.

— Ignore-la ! Vous êtes ensemble, Cameron et toi, et vous êtes heureux, non ?

Je hoche la tête.

— C'est la seule chose qui compte.

16

Elle a raison.

Pendant que Sam va retrouver les autres dans la cour, je fais la queue aux distributeurs automatiques. Je n'ai pas faim ; une barre chocolatée suffira à me donner l'énergie nécessaire pour affronter la deuxième partie de cette interminable journée.

— Salut ! dit quelqu'un derrière moi.

En me retournant, je rencontre les yeux verts d'Austin.

— Austin ! Ça fait plaisir de te revoir.

Nous nous faisons la bise.

— Alors, Chris, on raconte que tu es avec Geller, fait Austin en sélectionnant un thé au distributeur.

— Eh oui.

— Donc c'est vrai ! Waouh.

Ils ont tous la même réaction quand ils apprennent la nouvelle. Mais pourquoi ?

— *Waouh* ?

— Ouais, c'est super bizarre, de savoir que tu es sa copine, c'est tout. Je m'étais habitué à vous voir vous disputer.

Je hausse les épaules.

— Eh bien, maintenant, il faudra vous habituer à nous voir ensemble.

Nous nous dirigeons vers la cour. Austin s'arrête tout à coup et me regarde droit dans les yeux.

— Je te demande juste une chose. Fais attention, Chris. Dans le passé, Cameron s'est fourré dans plein d'embrouilles ; je ne veux pas qu'il te fasse souffrir.

Je sais exactement ce qu'il veut dire… Je réplique :

— Cam a changé.

— Peut-être, mais sois vigilante. Jusque-là, seule Susan a réussi à le tenir, parce qu'il était vraiment amoureux d'elle. J'ai peur qu'il ne redevienne le salaud qu'il était.

Ses paroles me laissent bouche bée. Savoir que Cam a éprouvé un sentiment aussi fort pour Susan me met mal à l'aise. Tout à coup, je me sens nulle à côté d'elle.

— C'est bon, Austin, ça suffit. J'ai confiance en lui, je sais qu'il est différent maintenant.

— OK, OK. Je te considère comme une amie et je voulais te mettre en garde. Allez, je dois rejoindre Camila. À la prochaine !

Une fois seule, je repense à ce qu'il a dit. Je ne comprends pas pourquoi mon histoire avec Cam suscite tout ce tapage. Comment se fait-il qu'ils s'inquiètent tous à ce point pour moi ?

Je secoue la tête pour chasser l'écho des paroles d'Austin de mon esprit.

Non. Le garçon dont il parle est une autre personne.

Cameron a changé, et moi, je lui fais confiance.

3

Ce matin, je me suis réveillée très tard. En voyant l'heure sur mon portable, j'ai écrit à Cam d'aller au lycée sans moi. Du coup, me voilà dans la voiture avec mon père, qui traverse la ville à une vitesse effrayante.

Quand j'entre dans la classe, le cours est commencé depuis à peine un quart d'heure. Papa a été génial. Mon cœur bat à mille à l'heure, mais sans son aide j'aurais sûrement raté le cours d'anglais.

La journée est à peine entamée, et je suis déjà épuisée. Heureusement, c'est vendredi ; la première semaine d'école après les fêtes de Noël marque aussi la fin de mon emprisonnement. Hourra ! À partir de lundi, je reprends vie. Je pourrai traîner dehors après l'école, et j'aurai enfin la permission de sortir le soir.

Dès que je m'assois à ma table, Cam me lance une boulette de papier. Je regarde le prof, inquiète : un de ces jours, nous nous ferons prendre, c'est sûr.

« Bonjour, marmotte. Tu manges avec moi à midi ? Tu m'as manqué. »

C'est vrai que nous avons passé très peu de temps ensemble, cette semaine ; même ses incursions dans ma chambre n'ont pas été aussi fréquentes que nous l'aurions voulu. Après la rentrée, ma mère s'est mise à me surveiller de plus près : peut-être a-t-elle commencé à avoir des soupçons…

« Bien sûr ! Mais tu aurais pu me le demander à l'intercours… Je n'ai pas envie de me retrouver de nouveau enfermée avec toi dans un débarras ! ;-) »

« Si, tu en as envie ! Et moi aussi… »

Je secoue la tête en souriant : Cam est d'une arrogance incorrigible.

Au début de la pause déjeuner, je reste quelques minutes pour discuter avec le prof ; puis je rejoins Cam dans la cour.

Il est assis sur un banc avec Sam, Nash, Matt et Carter. Cela faisait bien longtemps que je ne les avais pas vus tous ensemble.

Cam me fait signe de venir sur ses genoux et il me plante un baiser sur la joue.

— De quoi vous parlez ?

— Du voyage scolaire, me répond Cameron avec un clin d'œil.

Je rougis à l'idée de cette escapade à Londres avec lui.

— Une semaine entière en Europe ! fait Sam, excitée. Je n'arrive pas à y croire ! Partager notre chambre avec qui on veut ; visiter la ville seuls… Ça va être génial.

Oui, ça promet d'être grandiose. Encore deux longs mois à attendre… J'ai hâte !

Nous passons toute la pause déjeuner à parler de ce qu'on fera à Londres, à établir le programme de la semaine, jour après jour. La sonnerie nous ramène à la dure réalité.

Je viens de regagner ma place quand Austin passe la tête par la porte et me fait signe de le rejoindre dans le couloir.

— Tu n'es pas en cours ? fais-je, surprise.

Il hausse les épaules et sourit.

— J'ai pas envie. Et je voulais te demander deux trucs importants.

— Je t'écoute, dis-je, un peu inquiète.

— Dans deux semaines, c'est l'anniversaire de Camila.

— Et... ?

— Premièrement : ça te dit de venir ? Deuxièmement : je ne sais pas quoi lui acheter ! Tu me donnerais un coup de main pour choisir le cadeau ? C'est ma meilleure amie ; je voudrais lui offrir quelque chose de spécial, mais je suis à court d'idées. Je ne suis pas vraiment doué pour ce genre de trucs.

Je suis soulagée : je craignais qu'il ne veuille encore me parler de Cam.

— Comment tu as fait les autres années ?

— Je lui ai offert des tasses.

— Des *tasses* ? C'est une blague, hein ?

— Non, malheureusement. Je sais, ça a l'air stupide, mais ça lui plaît. Cette année, j'ai envie de changer... Alors, tu m'accompagnes ? On pourrait y aller demain, ou dimanche...

— Bien sûr. J'aime autant éviter qu'elle reçoive encore une tasse... Seulement, je ne pourrai pas t'accompagner ce week-end. Je te dirai quand je suis dispo.

— Merci beaucoup, Chris.

Il me serre dans ses bras.

— Comme c'est mignon !

Je me retourne : Cameron, appuyé à la porte, applaudit, un étrange sourire aux lèvres.

— On se met d'accord par texto, OK ? dit Austin.

Il s'en va en lançant un regard mauvais à Cameron, sans même le saluer.

— Ça veut dire quoi ? Vous êtes devenus meilleurs amis ? demande Cam.

— S'il te plaît, ne commence pas… Il m'a juste demandé de l'aider à choisir un cadeau pour Camila.

— Quoi ?

— Il veut que…

— Oui, j'ai entendu. Et tu n'iras pas.

— Bien sûr que si, j'irai.

— Non. Sors avec qui tu veux : Nash, Carter… n'importe qui, mais pas avec Austin.

— On est amis et je ferai ce qu'il m'a demandé. Fin de la discussion.

Cam secoue la tête et me contourne pour aller s'asseoir à sa place. Il continue à m'ignorer jusqu'à la fin de la journée. Je ne comprends pas cette soudaine crise de jalousie…

Je suis heureuse de l'avoir pour petit ami, mais il n'a pas à me dire ce que je dois faire ou qui je peux fréquenter ; je n'ai pas l'intention de céder sur ce point. Savoir que c'est lui que j'aime devrait lui suffire !

J'ai la vague impression que derrière son hostilité il y a autre chose. Il faut que je découvre quoi.

Après les cours, sur le trajet du retour, j'essaie d'en parler à Sam. C'est ma meilleure amie, je lui parle à cœur ouvert ; mais sa réponse est évasive.

— Je sais que dans le passé Austin et Cam se sont disputés, ne me demande pas pourquoi. Ça explique peut-être le fait que Cam ne veuille pas que tu le voies.

Sam a l'air embêtée ; on dirait qu'elle me cache quelque chose. Je n'ai plus qu'à enquêter auprès des principaux intéressés…

Une fois rentrée à la maison, j'entends Kate, qui m'appelle d'une petite voix. Elle est recroquevillée sur le canapé, les cheveux tout ébouriffés, les yeux rouges et gonflés.

— Hé, qu'est-ce qu'il y a ?

Elle accourt vers moi en pleurant, m'enlace et se cramponne fort.

— Tu veux me raconter ?

Elle hoche la tête et m'entraîne dans ma chambre, où elle s'assoit sur le lit.

— Aujourd'hui, j'ai trouvé le courage de parler à Hayes, comme tu me l'avais conseillé ; je lui ai demandé s'il était fâché contre moi. Tu sais comment il a réagi ? Il m'a tourné le dos et il est parti avec cette idiote de Meredith, sa meilleure amie. Je ne lui ai rien fait ! Pourquoi il se comporte comme ça ?

Elle éclate de nouveau en sanglots. Je m'assois près d'elle et lui serre la main. Voir ma petite sœur dans cet état me fait mal. Ah, les mecs ! Ils ne font que nous embrouiller et nous déstabiliser. Pourquoi les relations ne peuvent pas être plus simples ? Il leur suffirait de peu, un brin de sincérité, un soupçon de courage, pour dire ce qu'ils ressentent et pensent, au lieu d'attendre que les filles comprennent tout par elles-mêmes.

Je tente de la rassurer.

— Je parlerai à Nash, il sait peut-être quelque chose. Toi, pendant ce temps, garde ton calme et essaie de ne pas t'en faire. On découvrira ce qui se passe, promis ! Arrête de pleurer maintenant. Personne ne mérite tes larmes.

Je lui essuie le visage avec un mouchoir.

— Va t'allonger, repose-toi un moment. Tu verras qu'après tu te sentiras mieux.

— Je peux rester ici avec toi ? Je n'ai pas envie d'être seule.

Je me blottis avec elle sur le lit. Je lui caresse les cheveux, la serre fort entre mes bras. Je sais à quel point la chaleur d'une étreinte peut être réconfortante dans une telle situation. Quand j'ai découvert la trahison de Matt, Cameron est venu dans ma chambre et m'a juste enlacée. Ses bras ont été le meilleur des baumes pour mon cœur blessé. C'était exactement ce dont j'avais besoin.

Je me retourne un instant pour régler l'alarme de mon téléphone, et pour voir s'il y a un message de Cam.

Rien. Aucun signe de vie.

Je meurs d'envie de savoir ce qui s'est passé entre Austin et lui, mais je sais d'avance que ce ne sera pas facile de les convaincre de parler. Serrée contre ma petite sœur, je m'assoupis, glissant dans un agréable demi-sommeil où mon esprit s'évade, léger. Je me mets à rêver.

Je suis dans un endroit sombre et silencieux que je ne reconnais pas. Je marche sans savoir où je vais ; j'entrevois juste une ligne blanche, infinie, le long de laquelle j'avance, pas à pas. Devant moi apparaît Susan. Elle crie et pleure sans émettre de sons. Brusquement, deux lumières aveuglantes me forcent à fermer les yeux. Quand je les rouvre, c'est le vide absolu autour de moi.

Quelque chose me caresse le visage ; je me réveille en sursaut, comme si j'émergeais d'un gouffre. Cameron !

— Qu'est-ce que tu fais là ? dis-je tout en poussant un soupir de soulagement.

— Tu m'as manqué toi aussi, ricane-t-il.

Je tourne la tête : Kate n'est plus à côté de moi. Où est-elle passée ?

— Sérieusement, pourquoi tu es venu ? Tu n'étais pas furieux contre moi ?

Il hausse les épaules et s'assoit sur le lit.

— Je l'étais. Mais ensuite j'ai pensé que tu es assez intelligente pour te rendre compte que perdre du temps avec Austin était trop bête. Du coup, je me suis calmé.

— Ben, tu te trompes. Que ça te plaise ou non, je l'accompagnerai.

Il me fixe intensément.

— Sauf que tu ne peux pas. Je te rappelle que tu es punie.

— Je trouverai bien un moyen.

— Et si je le dis à tes parents ?

Je hausse la voix :

— C'est quoi, ça ? Du chantage ? Génial !

— Appelle ça comme tu veux.

Je prends une profonde respiration.

— De toute façon, tu ne devrais pas être là. Va-t'en.

— Non.

— Si. Tu t'en vas. Maintenant.

— Et pourquoi je ferais ça ?

Il s'étend sur le matelas, croise les bras sous la tête et me regarde avec un grand sourire.

— Comme tu veux...

Je vais fermer la porte de la chambre pour que personne ne sache qu'il est là. Il a envie de jouer ? D'accord ; mais on va le faire selon mes règles.

— Qu'est-ce qui s'est passé entre Austin et toi ?

— OK, je m'en vais.

Il se lève et se dirige vers la fenêtre.

Je m'approche de lui :

— Comment ça ? Tu ne voulais pas rester à tout prix ?

— J'ai changé d'avis. Je m'ennuie.

Il ouvre la fenêtre. J'insiste :

— Pourquoi tu ne veux pas parler d'Austin ? Qu'est-ce qui s'est passé entre vous ?

— C'est de l'histoire ancienne, ni lui ni moi ne t'en parlerons jamais. Laisse tomber, d'accord ?

— Si je veux !

Il secoue la tête, m'adresse un sourire railleur et s'en va. Je reste seule avec un incompréhensible sentiment d'angoisse.

4

Lundi 12 janvier, une date mémorable : la fin de mon emprisonnement.

Onze jours de punition ! C'est une injustice flagrante. Si mes parents pensent m'avoir donné une leçon, ils se trompent : je referais la même chose sans aucune hésitation. Pour une amie comme Cass, je serais allée au bout du monde... et même au-delà, si cela avait pu la ramener.

Je ne suis plus la même depuis sa mort. Elle me manque tant... Une partie de moi, de ma vie, s'en est allée avec elle.

Tout au long de ces jours terribles, la présence de Cam m'a aidée à combler un peu le vide que je ressens. Mais quand je me retrouve seule, la tristesse et des souvenirs douloureux m'assaillent de nouveau.

Ainsi, les deux derniers jours écoulés sans que je voie Cam m'ont semblé interminables.

C'est fou : il est encore en colère contre moi à cause de l'histoire avec Austin. Pendant le week-end, il s'est contenté de m'envoyer deux messages, rien de plus, et je parie que ce matin, il ne viendra même pas me chercher. Je devrai aller au lycée à pied.

Avant de sortir, je passe dire au revoir à Kate, qui a un peu de fièvre et n'ira pas en cours.

— Fais-moi plaisir, essaie de ne pas trop penser à Hayes, lui dis-je. Aujourd'hui, je vais en toucher deux mots à Nash ; ensuite, on verra ce qu'on fait, d'accord ?

Elle hoche la tête et m'enlace.

— Merci.

C'est touchant de voir ma petite sœur en proie à ses premières peines de cœur. Je dépose un petit baiser sur sa joue et sors de la maison.

Surprise : Cameron m'attend, appuyé contre sa voiture, les bras croisés, l'air serein. Inutile de dire que je suis plutôt étonnée de le voir.

— Qu'est-ce que tu fais là ?

Je cherche à cacher la joie que j'éprouve bien malgré moi. Je suis blessée et je tiens à ce qu'il le sache.

— Je suis venu te chercher, comme d'habitude, répond-il d'un ton calme.

— Eh bien, tu peux remonter en voiture et partir. Tu perds ton temps.

Il secoue la tête et s'approche de moi.

— Tu es de mauvaise humeur ?

Il se moque de moi ? Il se penche pour m'embrasser, mais je recule.

— Arrête, Chris. J'étais juste un peu contrarié.

— Il a un nom.

— Vraiment ? Je ne m'en souviens pas.

Je croise les bras.

— Ah oui, Bryan.

Il me prend la main.

— Viens, ou on va arriver en retard.

Je la retire d'un geste brusque.

— Ne me touche pas.

Tandis que je monte en voiture et que je boucle ma ceinture, je l'entends ricaner.

— On sait bien tous les deux que tu ne bouderas pas longtemps. Ce soir, toi et moi, on regardera un bon petit film, dit-il avant de démarrer.

— Qu'est-ce qui te fait penser que j'aurai envie de passer la soirée avec toi ?

— Si tu me dis que tu es encore fâchée pour cette histoire, je te jure que je pile, je bloque les portières et je t'embrasse jusqu'à ce que tu comprennes à quel point je tiens à toi.

Je secoue la tête et me contente de regarder à travers la vitre.

Tout à coup, il prend une petite rue latérale et immobilise la voiture.

— Qu'est-ce que tu fais ? On va être en retard au lycée.

— Je m'en fiche. On ne bouge pas d'ici tant que tu ne m'as pas dit que je suis pardonné.

Je soupire et je vérifie l'heure. Le premier cours va bientôt commencer.

— Bon, d'accord. Tu es pardonné.

Je me penche pour lui donner un rapide baiser. Quand nos lèvres s'unissent, mon corps est secoué de frissons. Le baiser se fait plus intense ; je ne peux ignorer les émotions que Cam déchaîne en moi.

— Tu m'as manqué, mon cœur, me chuchote-t-il.

J'ai baissé ma garde. Il a raison : je suis incapable de lui faire la tête longtemps, c'est plus fort que moi.

Je ne sais par quel miracle nous arrivons au lycée pile à l'heure. La première partie de la journée passe rapidement, est-ce parce que j'ai retrouvé ma bonne humeur ? Malgré cela, je suis toujours aussi déterminée à découvrir ce qui se cache sous l'animosité qui persiste entre Cam et Austin.

— Ça te dit qu'on déjeune ensemble ? me demande Sam à l'heure de la pause. Je voudrais te parler d'une chose.

— Je t'écoute, lui dis-je en la suivant dans le couloir.

— Tu n'as pas remarqué quelque chose de différent chez Nash ?

— On a très peu parlé au dernier intercours… et, non, je n'ai pas constaté quoi que ce soit d'étrange. Pourquoi ?

— Je ne sais pas… je le sens distant. Bref, avant, il me traitait comme une princesse, on passait tout notre temps ensemble, il me couvrait d'attentions. Or, dernièrement, on dirait qu'il a la tête ailleurs, et quand il m'embrasse, j'ai la sensation qu'il n'en a pas vraiment envie. Je n'arrive pas à comprendre… Tout est si embrouillé ! Je me sens super mal.

Hayes n'est visiblement pas le seul à se comporter de manière bizarre…

— Tu sais, poursuit Sam, j'ai réfléchi. Je me demande s'il ne m'a pas juste utilisée. Maintenant qu'il a atteint son objectif, il veut peut-être me laisser tomber.

— Non, Sam. Nash n'est pas ce genre de mec !

— Tu sais, les gens changent ; pas toujours en bien, soupire-t-elle, toute triste.

Nash, qui passe près de nous, s'arrête et l'enlace. Il m'a l'air tout aussi affectueux et souriant que d'habitude.

— De quoi vous parliez ? veut-il savoir.

Sam se tait, troublée.

— Bah, les sujets habituels : les cours, les fringues... des trucs de filles, dis-je.

— Je vois. Chris, tu ne m'en voudras pas si je te la vole une demi-heure ?

Il me fait un clin d'œil.

— Pas de problème, Nash. À plus tard.

J'aimerais lui parler de Hayes, mais je ne veux pas gâcher ce moment. Ce sera pour plus tard, peut-être en fin de journée.

Et puis, il y a autre chose que je voudrais démêler au plus vite : la brouille de Cameron et Austin. Je sais exactement qui peut m'éclairer : Lexy. Je vais donc la chercher dans sa classe.

En me voyant entrer, Lexy se tasse sur sa chaise comme pour se cacher ; trop tard ! Tandis que je m'avance vers elle, elle lève les mains en signe de protestation.

— Je n'ai publié aucun article, et si tu as reçu des SMS, ce n'est pas moi, se défend-elle.

— Je ne suis pas là pour ça. Je voulais juste te poser quelques questions, dis-je pour la mettre à l'aise.

Sur le sol, près de son sac à dos, je remarque un nouvel appareil photo. Elle en a combien au juste ?

— OK, vas-y, fait-elle. Mais je ne sais pas si je pourrai te répondre.

Comme Lexy sait tout sur tout le monde, il est impossible qu'elle ignore ce qui s'est passé entre deux garçons parmi les plus populaires de l'école.

— Voila : il paraît qu'il y a eu une histoire entre Austin et Cameron.

— Qui t'a raconté ça ? Je t'assure qu'il n'y a jamais rien eu entre ces deux-là. Ils sont sans aucun doute hétérosexuels, et je peux te dire que si tu connaissais leurs histoires de filles…

Je lui coupe la parole.

— Ce n'est pas ce que je voulais dire. Il s'agit d'un désaccord qu'ils ont eu dans le passé, et qui avait à voir avec une certaine Carly.

— Ah.

Silence.

J'insiste :

— Alors ?

— Euh… ben… je…

Elle s'agite. Si elle aussi devient nerveuse quand on mentionne cette histoire, cela signifie bien que le sujet est délicat…

Lexy marmonne, puis se mure dans le silence. Ça commence à m'agacer sérieusement.

— Alors, tu me le dis, oui ou non ?

— Désolée, Chris, Cameron m'a demandé d'oublier tout ça et de n'en parler à personne. Tu devrais me remercier ! Crois-moi, tu ne réagirais pas bien du tout si tu apprenais ce qui est arrivé et savais les ressemblances qu'il y a entre toi et cette pauvre fille.

Sa dernière phrase me fait frissonner.

— Oui, c'est exactement ça. Son histoire se répète… Fais attention, Chris, c'est tout ce que je peux te dire.

Ses paroles ne font qu'accroître ma curiosité.

— Lexy ! crie quelqu'un derrière moi.

C'est Lindsay ; elle court dans notre direction, tout excitée.

— Prends l'appareil photo et viens vite : on a un nouveau scoop !

Je m'exclame :

— Quoi ? Non, on est en train de discuter !

— Toi, tu ferais mieux de t'occuper de ton petit copain. Il est sur le point de casser la figure à un type, cette fois-ci ce sera l'expulsion, fait Lindsay.

Oh ! non, Cam ! Qu'est-ce qu'il trafique ? Avec qui il se bat ? J'ai un terrible pressentiment… J'espère de toute mon âme que je me trompe.

Je saute sur mes pieds.

— Où sont-ils ?

— Près des distributeurs automatiques, répond Lindsay.

Je me précipite hors de la classe et je joue des coudes pour me frayer un passage parmi les élèves qui accourent pour assister au spectacle. J'accélère encore dans l'espoir d'arriver à temps pour arrêter Cam.

Je traverse la foule. Je n'arrive pas à croire que Cameron est vraiment en train de faire ça. C'est trop bête ; et il le sait.

Je crie, hors de moi :

— Cameron, Austin, arrêtez tout de suite !

Cam s'immobilise un instant.

— Chris.

Austin en profite pour lui assener un coup de poing.

Je hurle, à bout de patience :

— STOP !

Ils se séparent enfin.

— Chris… je…, dit Austin, les yeux fixés sur moi.

Je recule : pas question de rester ici. Je ne veux pas que tout le monde voie à quel point je suis furieuse. Je pousse les gens qui m'entourent et je m'éloigne.

Au bout de quelques mètres, j'entends des pas derrière moi. Je suis plus que sûre qu'il s'agit de Cameron.

— Cette fois, tu as vraiment…, fais-je, les dents serrées, en me retournant brusquement.

Je m'interromps ; c'est Jack. Il dit :

— Pardon, Chris, je voulais juste savoir comment tu vas.

— C'est moi qui m'excuse, je pensais que c'était Cameron.

— Je suis désolé ; il se comporte comme un idiot. Tu ne mérites pas d'être traitée comme ça.

Il s'efforce de sourire.

— Je ne comprends pas, Jack… Comment est-ce possible de réagir avec une telle violence à une sottise ?

— Une sottise ? Je ne définirais pas ça comme ça… À vrai dire, j'aurais réagi de la même manière si ça m'était arrivé à moi.

Ses paroles me troublent.

— De quoi tu parles ?

— De l'histoire de Carly et de tout ce qui a suivi...

Là, ça suffit ! Je veux savoir ce qui s'est passé, et je veux le savoir maintenant.

— Jack, je dois te demander un service...

— Gilinsky, fous le camp ! ordonne Cameron, qui s'interpose entre nous, furieux comme je ne l'ai jamais vu.

Jack lève les mains et s'en va sans dire un mot.

Je regarde Cameron. Il me fait peur. Quel que soit le motif de la bagarre, il y avait certainement une manière plus civilisée de résoudre le conflit.

— Chris, il faut qu'on discute.

— De quoi ? De la raison pour laquelle tu as frappé Austin ?

— Ça m'énerve, de vous voir ensemble, et savoir que tu vas l'aider pour ses courses m'a foutu en rogne.

— Tu es sûr que c'est juste ça ?

Il acquiesce, mais ce n'est pas très convaincant. Pourquoi continue-t-il à me mentir ?

J'insiste :

— Ça n'a donc rien à voir avec Carly ?

Cam sursaute et lance un regard mauvais à Jack, qui se tient au fond du couloir.

— C'est lui qui t'a parlé de ça ?

Je hoche la tête.

— Qu'est-ce qu'il t'a dit ?

Je décide de bluffer pour le pousser à avouer.

— Je sais tout.

Il me regarde droit dans les yeux, inquiet, avant de se reprendre :

— Tu mens. Carly, c'est une vieille histoire ; personne ne veut plus en parler. Et ça n'a rien à voir avec toi, alors je ne comprends pas pourquoi tu tiens tellement à savoir ce qui s'est passé.

— Rien à voir ? Tu en es sûr ? Alors, explique-moi pourquoi Lexy m'a conseillé de faire attention, pourquoi elle prétend que l'histoire est en train de se répéter ?

Il secoue la tête.

— Tout le monde se mêle des affaires des autres dans ce putain de bahut, dit-il entre ses dents.

— Inutile de t'énerver. De toute façon, tôt ou tard je saurai tout.

Il me regarde d'un air déterminé.

— Si tu persistes, c'est terminé entre nous.

Je n'arrive pas à croire qu'il parle sérieusement.

— Tu ne penses pas que c'est déjà terminé ? Je n'ai rien à faire avec quelqu'un qui me ment, dis-je en essayant de retenir mes larmes.

Il me fixe d'un air railleur.

— Ce ne serait pourtant pas la première fois.

Là, c'en est trop. Je lui donne une gifle et je m'en vais. Il n'a pas droit de me traiter comme ça.

Comment les choses avec Cam ont-elles pu déraper à ce point ? En moins de cinq heures, nous avons fait la paix et nous sommes de nouveau disputés. Sauf que cette fois, il a dépassé les bornes : faire allusion aux déceptions que j'ai subies récemment est un coup bas que je ne peux pardonner. Oui, j'en ai vraiment terminé avec Cam. Je le déteste ; je ne veux plus entendre parler de lui.

Une fois à la maison, je cours me réfugier dans ma chambre sans dire bonjour à personne. Le moral à zéro, j'ai envie d'être seule.

— Chris... tu as appris quelque chose ? demande Kate, qui me rejoint.

Zut ! J'ai oublié de parler de Hayes à Nash.

Je sèche mes larmes et cherche à me donner une contenance.

— Euh... pas vraiment. Je sais juste que Nash aussi se comporte bizarrement avec Sam, mais je n'ai pas réussi à comprendre pourquoi. Je n'ai pas trouvé le moyen de discuter avec lui.

Kate s'assoit sur le lit.

— Il s'est passé quelque chose avec Cameron, hein ? Qu'est-ce qu'il a fait ?

Inutile de mentir à Kate : elle devine toujours ce qui m'arrive.

— C'est terminé. Il refuse de me dire la vérité.

— À propos de quoi ?

— D'une certaine Carly. C'est une longue histoire... Rien de grave.

Elle baisse les yeux l'air contrariée. Qu'est-ce qui lui prend ?

— Kate ? dis-je en relevant son menton. Tu es au courant...

Elle secoue la tête et reste muette.

— Kate, je t'en prie.

— Bon, d'accord, mais je ne sais pas s'il s'agit de la même personne... La sœur de Taylor, Lauren, m'a raconté une vilaine histoire à propos d'une certaine Carly. Elle est morte renversée par une voiture ; du moins, c'est la version officielle. Mais la plupart des gens soupçonnent qu'elle a été tuée volontairement. Je ne sais rien d'autre, je suis désolée. Lauren m'a demandé de n'en parler à personne ; donc, fais comme si je ne t'avais rien dit, d'accord ?

Je frissonne. Je dois découvrir ce qui s'est passé, et comprendre ce que Cam et Austin ont à voir là-dedans.

5

Comme nous vivons toutes les trois de mauvais moments en raison de nos histoires de cœur, Sam, Kate et moi avons décidé de passer ce mardi après-midi ensemble à regarder un film du genre « préparez vos mouchoirs ».

Nous irons chez les Geller : les parents de Sam et Cameron ont invité les miens à dîner. C'est pourquoi ce soir, bien que ce soit la dernière chose que je souhaite, je devrai dîner à la même table que mon ex-petit ami et feindre devant les adultes que tout va bien.

Quand j'arrive chez eux avec ma sœur, Sam nous emmène dans le salon.

Kate choisit un DVD dans l'impressionnante vidéothèque des Geller et l'insère dans le lecteur, tandis que Sam et moi disposons des coussins et des couvertures sur le canapé.

— Je vais chercher le pop-corn, dit ma petite sœur, qui sort de la pièce.

Sam s'assoit près de moi.

— Rien de neuf entre Hayes et elle ? me demande-t-elle tout bas.

— Non. Et toi ? Tu as reparlé à Nash ?

Sam secoue la tête.

— Non, je n'en ai pas eu le courage.

— Et tu n'as pas demandé à Cam ce qu'il a ?

Ces deux-là sont de grands amis ; Cam doit être au courant de ce qui se passe. J'aurais pu lui tirer les vers du nez si on avait toujours été ensemble…

— Non. Ces jours-ci, Cam est intraitable.

Je détourne les yeux ; je ne peux m'empêcher de penser que c'est ma faute.

À la réflexion : non, ce qui nous arrive est la faute de Cam et de son manque de franchise.

Kate entre dans le salon et s'assoit par terre avec un bol plein de pop-corn.

— Alors… quel film on regarde ? demande Sam.

— Voyons si Chris devine. Tu as deux vies, plaisante ma sœur.

Je fais semblant de réfléchir.

— Mmm… *Twilight*.

— Non, ce serait trop simple. Encore un essai.

— *Hunger Games* ?

— Raté ! C'est *Si je reste*, dit Kate.

Sam attrape la télécommande et lance le film.

— Attendez ! Le Coca ! s'exclame Kate. Pas de pop-corn sans Coca.

— Bouge pas, j'y vais, dis-je en me levant.

Je prends trois canettes dans le frigo. Je suis sur le point de sortir de la cuisine quand j'aperçois Cameron, qui se dirige vers l'escalier. Lui parler est au-dessus de mes forces, j'attends donc qu'il disparaisse de ma vue avant de retourner en vitesse au salon.

Je me rassois près de Sam. Mon cœur tambourine.

— Il est rentré ? demande-t-elle.

— Stop ! On avait décidé de ne pas parler de mecs. Sujet tabou, nous rappelle Kate.

Sam lève les mains en signe de reddition et nous regardons le film sans plus rien dire.

Deux heures plus tard, nous sommes toutes les trois en larmes. Si le but était de nous faire pleurer comme des gamines, l'objectif a été pleinement atteint ; je regarde Sam et Kate : elles ont toutes les deux les yeux rouges et gonflés. Je ne dois pas être mieux…

Mme Geller entre dans la pièce

— Les filles, les pizzas sont arrivées et… Qu'est-ce qu'il y a ? lâche-t-elle, affolée.

Je sèche précipitamment les dernières larmes qui coulent sur mes joues.

— On vient de voir un film merveilleux, je réponds.

— Ah ! bon… Allez, venez à table.

Nous passons dans la salle à manger, où Cameron est déjà assis, l'air renfrogné.

— Que s'est-il passé ? demande M. Geller en nous observant, intrigué.

— Rien. On a vu un film, explique Sam.

Sa mère m'indique ma place… à côté de Cameron, évidemment. Je la remercie avec un sourire forcé.

— Alors, comment ça va à l'école ? veut-elle savoir.

J'échange un regard avec Sam avant de répondre prudemment :

— Euh… très bien.

— Il paraît que Cameron et toi n'avez pas pu passer beaucoup de temps ensemble, ces derniers jours.

Je cherche une réponse appropriée quand Cameron me devance :

— Normal, elle était punie !

— Et comment ça va entre vous deux ? se renseigne mon père.

Cam tousse et se lève de table.

— J'ai fini, dit-il.

— Où est-ce que tu vas ? lance Mme Geller.

— Prendre une douche, grogne Cameron.

Génial ! Merci, papa !

Le dîner se poursuit tranquillement, mais je bous intérieurement en repensant à la réaction de Cameron. Il aurait au moins pu faire semblant…

Après le dessert, je décide d'aller me remaquiller. Je frappe à la porte de la salle de bains des invités pour m'assurer qu'il n'y a personne, et j'entre. Je m'approche du miroir en relevant mes cheveux en queue de cheval.

— Tu voulais prendre une douche avec moi ? fait Cam dans mon dos.

Je le vois dans le miroir, la serviette autour de la taille. Qu'est-ce qu'il fait là ? Il a sa propre salle de bains…

Je ne peux m'empêcher de m'attarder sur son physique parfait. Encore un peu, et je lui présenterais mes excuses d'avoir tant insisté avec l'histoire de Carly.

J'ai du mal à respirer. Il fait super chaud dans cette pièce…

Les mains sur le lavabo, je lutte contre une terrible envie de me retourner et de l'embrasser. Je prends une profonde inspiration et dis :

— Si tu as encore besoin de la salle de bains, je sors.

Cam me fixe avec intensité, son sourire a disparu.

— Chris, cette situation est insupportable. Je n'en peux plus ! Je veux être avec toi.

— Tant que tu ne seras pas sincère, cette situation continuera d'être insupportable.

Il soupire et passe sa main dans ses cheveux trempés.

— Mais c'est une idée fixe ! Pourquoi tu tiens autant à déterrer cette vieille histoire ?

— Alors, je sors ou pas ? dis-je en ignorant sa question.

— Comme tu veux… si tu préfères rester ici pendant que je m'habille, pas de problème.

Mes joues s'empourprent à la seule idée de Cameron complètement nu. Je fais un pas vers la porte.

— Je blaguais, dit-il.

Il s'approche, me plante un baiser sur le front et s'en va.

Quand je sors, il est dans le couloir. Déjà habillé, il pianote sur son portable.

— Encore de mauvaise humeur ? lâche-t-il. Viens avec moi ; tu verras qu'en moins de cinq minutes tu te sentiras mieux.

— Je te rappelle que nous ne sommes plus ensemble.

Il sourit.

— Ça, ça peut s'arranger…

Il me prend par la main et m'emmène dans sa chambre. Je ne trouve pas la force de m'y opposer. Il ferme la porte à clef avant de s'asseoir sur le lit.

— Je vais te raconter ce qui est arrivé à Carly, dit-il.

J'en ai le souffle coupé.

— Quoi ? Vraiment ?

Il acquiesce et me fait signe de m'installer à côté de lui.

Je m'exécute, prête à recueillir ses aveux.

— Il y a deux ans, Carly était en première année de lycée. Elle était très belle et attirait l'attention de plein de mecs. À cette époque, j'étais un vrai con, je draguais toutes les filles, mais elle, elle me plaisait d'une manière spéciale. Austin était sous son charme, lui aussi. Du coup, elle s'est retrouvée à devoir faire un choix entre nous deux.

— C'est pour ça qu'Austin et toi vous ne vous supportez pas ?

Il hoche la tête et continue :

— Malheureusement, Carly est morte renversée par une voiture, le soir où elle devait nous communiquer sa décision. On ne saura jamais lequel de nous deux elle avait choisi…

— Je ne comprends pas pourquoi tu avais aussi peur de me raconter tout ça.

— Je ne savais pas comment tu réagirais. Et puis, je te l'ai déjà dit, c'est une vieille histoire ; cela n'a pas de sens de remuer le passé.

Quelque chose dans son attitude me dit qu'il y a autre chose.

Il me prend la main.

— Et maintenant, on est de nouveau ensemble ?

Je souris : comment lui dire non ?

— Cam, tu me fais une promesse ? Quoi qu'il arrive entre nous, ne sois pas méchant avec Sam, je t'en prie. Elle en souffre trop.

— D'accord. Je te le promets.

Je fais mine de me lever, mais il m'arrête.

— Tu vas où ?

Il m'embrasse sur les lèvres, m'obligeant à me coucher sur le lit.

— Mes parents m'attendent.

— Qu'ils attendent.

Il m'embrasse encore et s'allonge sur moi. Ses jambes se glissent entre les miennes. Je croise les mains derrière sa nuque… La passion nous emporte ; nos respirations s'accélèrent.

Quelqu'un frappe à la porte.

Cam saute sur ses pieds.

— Un instant… Qu'est-ce qu'il y a ?

— Désolée de vous déranger, mais… Chris, on rentre à la maison, dit Kate d'un seul trait avant de se sauver.

Cameron vient m'embrasser une dernière fois.

— Cam, il faut que j'y aille !

Je le repousse doucement. Qui sait comment se serait terminée cette soirée si Kate ne nous avait pas interrompus…

Il acquiesce à contrecœur et nous descendons au rez-de-chaussée.

6

Lundi, lorsque Cam et moi arrivons devant l'école, je constate que tous les élèves sont en train de lire la feuille de chou du lycée.

Lexy n'a certainement rien à faire de son temps pour s'occuper vingt-quatre heures sur vingt-quatre de la vie des autres.

Une fois à l'intérieur, Cam salue un garçon aux cheveux châtains : un copain de l'équipe de foot que je ne connais pas encore.

— Salut, Justin, dit Cameron. Match, cet après-midi, tu viendras ?

— Oui, j'y serai, répond Justin avant de se tourner vers moi. C'est toi, Chris ?

Je lui tends la main.

— Oui, ravie de te rencontrer.

— Je croyais que vous aviez rompu ?

J'échange un regard incrédule avec Cameron, qui demande :

— Comment tu l'as appris ?

— J'ai lu le journal de Lexy. Il faut croire qu'elle s'est plantée.

Il observe nos doigts entrelacés, sourire aux lèvres, avant de nous quitter.

Une fois seuls, je souffle :

— Comment Lexy a fait pour le savoir ? Il n'y avait personne quand on s'est disputés !

Cam secoue la tête, l'air furieux.

À cet instant, je vois Susan qui court vers nous. Deux secondes plus tard, elle se jette au cou de Cam.

— Je le savais, chuchote-t-elle, la bouche tout près de ses lèvres.

Puis elle l'embrasse.

La scène est tellement surréaliste que je reste figée, les yeux écarquillés.

Cam a l'air aussi surpris que moi.

Je siffle :

— Je peux savoir ce que tu fais, Susan ?

Elle me regarde avec une moue agacée :

— Tu as lu le journal ? Non ? Alors, débarrasse le plancher et cours le chercher !

Elle serre le bras de Cameron, qui essaie de se libérer.

Trop curieuse de savoir ce que Lexy a encore inventé, je me précipite vers le stand où sont exposés les exemplaires du torchon de cette fouineuse.

— C'est quarante dollars, annonce la fille qui les vend.

— Très drôle !

— Je ne plaisante pas. Pour toi, c'est quarante dollars.

— *Pour moi ?*

— C'est écrit sur la couverture : pour toi et tes amis, le journal coûte quarante dollars.

— Pour moi et mes amis ? Elle est bonne, celle-là !
Passe-moi tout de suite un exemplaire ! dis-je, furieuse.

— Tu ne l'as pas entendue ? Donne-lui un exemplaire, ordonne Cameron, qui vient de me rejoindre.

La fille pose ses deux mains sur le comptoir, impassible.

Je suis sur le point de l'étrangler, mais Cameron m'entraîne à l'écart.

J'explose.

— Où est Lexy ? Je jure qu'elle ne va pas s'en tirer comme ça !

Cameron me prend par les épaules et m'oblige à le regarder dans les yeux.

— Chris, garde ton calme. Tu n'obtiendras rien par la colère.

Je ricane.

— C'est toi qui dis ça, alors qu'il y a quelques jours, tu étais en train de casser la figure à Austin ?

Il relâche sa prise.

— Tu m'expliques comment je fais pour garder mon calme après ce que vient de faire Susan ? Elle t'a embrassé devant tout le monde ! Et puis, Lexy... qui se permet d'écrire des articles qu'elle m'empêche de lire. Il y a de quoi être légèrement énervée, tu ne crois pas ?

— Tu as raison, mais essaie de te calmer. Moi, je m'occupe de Susan.

— Tu ne lui as pas encore parlé ?

— Non, j'ai préféré te suivre pour t'éviter des ennuis.

— Je compte sur toi pour être on ne peut plus clair. Si elle t'embrasse encore, je la tue !

Ça sonne. Avant d'entrer dans la classe, Cam me prend la main.

— Chris, promets-moi que tu n'iras pas chercher Lexy. Si tu t'en prends à elle, elle écrira quelque chose de pire. Elle est redoutable !

C'est vrai. Chaque fois que j'ai discuté avec elle ou avec Susan, j'ai fini épinglée dans son journal. Mais ça m'est égal ; je vais courir le risque. Si je ne fais rien, je vais exploser.

— Promets-le-moi, insiste Cam.

Je le plante là sans répondre.

À la pause déjeuner, Sam vient s'asseoir à côté de moi.

— Tu viens manger ?

Je secoue la tête.

— Oh ! allez, Chris. Tu vas t'écrouler si tu ne manges rien.

— Je n'ai pas faim.

— Tout va bien ? Tu n'as pas l'air en super forme...

— Comment pourrais-je l'être ? Il se passe trop de choses...

Sam pose la main sur mon bras.

— Tu verras que tout s'arrangera. Au fait... j'ai parlé à Nash.

Je la regarde : ce n'est que maintenant que je remarque à quel point son visage est triste.

— Qu'est-ce qu'il t'a dit ?

— Qu'il y a des problèmes dans sa famille.

— Quelle sorte de problèmes ?

— Je ne sais pas, il ne m'a pas expliqué. Je lui ai proposé qu'on se voie ce soir à la plage pour en discuter. Je te raconterai.

Alors que Sam se dirige vers la cafétéria, je pars à la recherche de Lexy.

Je la trouve dans sa classe, l'appareil photo à portée de main. Dès qu'elle me voit, elle le fourre dans son sac à dos.

Je m'appuie sur sa table.

— C'est quoi, cette histoire des quarante dollars ?

Elle me fixe, impassible.

— Simple : je devais trouver un moyen pour que la nouvelle parvienne à tout le monde, sauf à toi et à Cam.

— C'est débile ! Tôt ou tard, je finirai par savoir ce que tu as pondu. Passe-moi un exemplaire avant que je me fâche.

Elle se lève et me regarde droit dans les yeux.

— Chris, je comprends que tu sois énervée, d'autant que maintenant que Cameron t'a dit la vérité sur Carly, ça ne va pas s'arranger. Mais ce sont mes derniers jours ici, et je n'ai pas l'intention de laisser échapper les ultimes scoops, tu comprends ? Patiente encore un peu.

— Tes derniers jours ?

— Oui. Je change de lycée.

Si elle croit que je vais la regretter, elle se trompe. Bon débarras ! Je suis soulagée à la pensée que je ne l'aurai plus dans les pattes.

— Passe-moi ton torchon !

Elle soupire et se rassoit.

— Je t'ai dit non.

J'attrape son sac.

— Hé ! Qu'est-ce que tu fais ? s'écrie-t-elle.

Je traverse la pièce d'un pas déterminé et j'ouvre la fenêtre.

— Ne fais pas ça, Chris ! Tu le regretteras !

Ses cris me parviennent de loin. Mon esprit m'ordonne de continuer, et je lui obéis. Je balance le sac à dos dans le vide. Ouf !... Je ne me suis jamais sentie mieux. C'est comme si je m'étais libérée d'un énorme poids.

— T'es folle ou quoi ?! hurle Lexy.

Elle court à la fenêtre et regarde en bas.

Comme nous sommes au deuxième étage, aucune chance que son appareil photo soit intact.

Je fais un pas pour m'en aller... Une seconde plus tard, je me retrouve le visage contre le sol, une Lexy furieuse à califourchon sur moi. Je me débats comme je peux, mais elle semble déterminée à ne pas lâcher prise.

Je sens que quelqu'un la tire en arrière : Austin ! Matt est là, lui aussi. Il m'aide à me relever.

J'ai la tête qui tourne ; je touche ma nuque douloureuse.

— Aïe.

— Chuttt, tout va bien maintenant, fait Matt en me serrant dans ses bras avant de se tourner vers Lexy : Pourquoi tu as fait ça ? Tu es devenue folle ?

— Elle a jeté mon appareil par la fenêtre ! couine-t-elle.

— Tu l'as un peu cherché, non ?

— J'ai juste écrit la vérité ! se défend-elle.

— Il vaut mieux que tu t'en ailles, intervient Austin.

Tandis que Lexy s'éloigne, j'entends la voix de Cameron.

— Qu'est-ce qui se passe ici ?

Je me fige : il a encore réussi à arriver au moment le moins opportun...

— Ne la touche pas ! s'écrie Cam en repoussant Matt.

Il me prend par la main et m'entraîne hors de la salle.

J'ai toujours le vertige : en tombant, j'ai dû me cogner super fort...

— Tu m'avais promis de rester tranquille !

— Je n'avais rien promis. Je devais mettre tout ça au clair. J'en ai marre d'encaisser en silence.

Cam soupire.

— Ça me rend fou... Mais puisque tu ne te sens pas bien, on remet la discussion à plus tard. Hé ! lance-t-il tout à coup en s'arrêtant devant une fille qui traverse le couloir. Merci, dit-il, et il lui arrache le journal des mains.

La fille lui jette un regard mauvais, puis s'en va sans protester.

Cam me tend la feuille.

— Tiens.

— Qu'est-ce que tu veux que j'en fasse ?

— Tu ne voulais pas lire l'article ? Eh bien, tu l'as ! Comme tu vois, tu n'avais pas besoin d'en venir aux mains avec Lexy.

Surprise par sa réaction, je change de sujet.

— Tu as parlé à Susan ?

— Non, je l'aurais fait pendant la pause déjeuner si tu ne t'étais pas fourrée dans le pétrin.

— Tu parles d'une excuse !

Cameron revient sur ses pas, m'attrape par les épaules et me regarde droit dans les yeux.

— Je te le dis une bonne fois pour toutes : la seule qui compte pour moi, c'est toi. Mets-le-toi dans le crâne ! Je t'ai prévenue : Lexy n'est pas aussi inoffensive qu'elle en a l'air. Ne la provoque pas.

Sur ce, il tourne les talons.

Je reste immobile, secouée par ses propos.

— Tout va bien ? demande Sam, qui accourt vers moi.

— Oui, plus ou moins. Ton frère est de nouveau en colère contre moi, cette fois parce que j'ai eu une discussion un peu musclée avec Lexy.

Son regard tombe sur le journal que je tiens dans la main.

— Comment tu as fait pour l'avoir ? souffle-t-elle.

— Cam l'a piqué à une fille qu'on a croisée dans le couloir.

Je le lui tends ; à ce stade, je ne sais même plus si je veux le lire. Mais qu'est-ce que je raconte ? Bien sûr que je veux.

Je m'approche de Sam et, ensemble, nous lisons l'article à la Une.

Parmi toutes les liaisons que nous aimons suivre, celle qui nous intrigue le plus est sans aucun doute la tumultueuse histoire d'amour de Cameron et Chris. Un couple très étrange, formé depuis peu, sur lequel plane l'ombre funeste de la pauvre Carly et pèse la présence de Susan, que Cam n'arrive pas à oublier. Apparemment, il est déterminé à dissimuler à Christina la vérité sur son passé dérangeant. Selon des sources fiables, notre couple préféré s'est définitivement brisé lundi. En effet, après diverses disputes et insultes échangées, les deux tourtereaux ont décidé de mettre fin à leur romance. Mais est-ce vraiment pour toujours, cette fois ? Chère Chris, si tu lis cela (ce dont je doute, étant donné qu'aucune personne saine d'esprit ne dépenserait quarante dollars pour un journal du lycée), rappelle-toi que les apparences sont trompeuses. Je te conseille de surveiller tes arrières et de t'efforcer de comprendre à qui tu as affaire...

Lexy et ses sources

L'article est accompagné d'une superbe photo de Cam et moi en train de nous disputer.

— Qu'est-ce qu'on attend pour balancer par la fenêtre ce maudit appareil photo ! s'emporte Sam.

— Je m'en suis déjà occupée, dis-je.

Elle ouvre le journal et en tourne les pages. Une nouvelle en particulier attire notre attention : cela concerne les frères Grier.

— Et voilà ! Maintenant, elle va s'en prendre à moi, dit Sam.

Elle commence à parcourir rapidement l'article et, tout à coup, une larme glisse sur sa joue.

— Sam, qu'est-ce qu'il y a ?

Elle me passe le journal et s'en va sans dire un mot.

Je lis l'entrefilet sur Nash et je tombe des nues.

Je comprends à présent l'étrange comportement des frères Grier : leur famille déménage à New York.

7

— Les filles, n'oubliez pas de passer chez l'antiquaire ! dit ma mère.

Il y a une fête ce soir au lycée, en l'honneur du père de Cam et Sam, pour le remercier de ses dons généreux en faveur de notre école.

Ma mère, en tant que membre de l'association des parents d'élèves et amie de M. Geller, s'est occupée de choisir un cadeau approprié pour l'occasion. Étant donné que cette année on célèbre le soixante-dixième anniversaire des chantiers navals appartenant à la famille Geller, son choix s'est porté sur deux gravures de voiliers, anciennes et précieuses. Kate et moi devons aller les chercher chez l'antiquaire.

La dernière chose que j'aie envie de faire ce soir est de participer à cette stupide fête, où je serai forcée de voir Cam...

Mercredi soir, il était encore fâché à cause de ma querelle avec Lexy. Et parce qu'il a la maturité d'un gamin de dix ans, il a décidé de ne pas s'expliquer avec Susan, laquelle, bien sûr, a continué de le coller.

Après une discussion houleuse et inutile, nous avons décidé que le mieux était encore de faire une pause, pour « réfléchir »...

Je suis fatiguée de me disputer avec lui pour tout et n'importe quoi. Si on se tient à distance l'un de l'autre, cela nous permettra peut-être de faire le point. En attendant, je dois admettre que Cam me manque cruellement...

Dans le bus qui nous emmène, Kate et moi, dans le centre, je reçois un message d'Austin, qui me demande de confirmer notre rendez-vous à une heure et demie au Starbucks. Pourquoi ne pas profiter des avantages qu'offre ma nouvelle condition de célibataire pour passer du temps avec un ami ? D'autant plus qu'avec le départ de Lexy les possibilités que Cam l'apprenne sont minimes.

Nous sommes sur Ocean Drive, à quelques mètres de chez l'antiquaire, quand Kate s'exclame :

— Oh, Chris, regarde ! Les Geller !

Merde ! Heureusement, Cam, Sam et leurs parents sont encore assez loin. Je ne crois pas qu'ils nous aient vues.

— Viens, Kate, on va se cacher chez ce glacier...

— Hé, Chris ! Kate !

Trop tard... M. Geller nous appelle en faisant de grands mouvements de bras. Oh ! non. Je me force à sourire.

— Bonjour, monsieur Geller. Comment allez-vous ? dis-je du ton le plus aimable possible.

— Très bien. Nous allons déjeuner dans un restaurant près d'ici. Et vous, que faites-vous là ?

Je sens le regard de Cameron posé sur moi. Que vais-je répondre ? Le cadeau doit être une surprise, et je préfère ne pas parler d'Austin…

— Chris déjeune avec un copain, et moi, je dois retrouver Hayes, me devance Kate.

Pourquoi a-t-elle fait ça ? C'est une trahison !

— Austin ? demande Sam avec un sourire en coin.

Et de deux !

Cameron écarquille les yeux.

Je confirme. Cela n'aurait pas de sens de nier.

Sam lance un regard malicieux à son frère, qui se contente de hausser les épaules.

— Alors, passez un bon après-midi. À ce soir, dit Mme Geller.

Sam me retient par le bras :

— Chris, n'oublie pas qu'on se retrouve chez moi à six heures. Sans ton aide, je suis perdue !

— Ne t'inquiète pas, Sam. À plus tard.

Je lui ai promis que je lui donnerais un coup de main pour sa coiffure. Ce soir, sa famille et elles seront au centre de toutes les attentions : elle veut être parfaite.

— Kate, pourquoi as-tu fait ça ? dis-je, mécontente, dès qu'ils sont partis.

— Parce qu'il le mérite ! Et puis, le nom d'Austin, c'est Sam qui l'a prononcé, pas moi. Elle a été géniale ! glousse-t-elle. Cam en est resté pétrifié.

— Tu crois ?

— Oui, oui ! Il était vert de jalousie !

Elle me fait un clin d'œil.

— On y est, l'antiquaire devrait être ici.

Elle m'indique une vieille enseigne, « Smith Square ». Le nom me rappelle quelque chose... Les gravures sous le bras, on se dirige vers le Starbucks.

Kate est nerveuse. Elle a su par moi que Hayes déménageait ; aujourd'hui, ils vont en parler pour la première fois.

— Hier soir, j'ai bavardé un peu avec Hayes au téléphone, m'apprend-elle.

— Qu'est-ce qu'il t'a dit ?

— Qu'il est désolé d'avoir été aussi distant. Il pensait que ce serait plus facile pour moi s'il ne m'approchait plus. Je me suis mise en colère. C'est trop bête de se comporter ainsi ! On devrait, au contraire, profiter du peu de temps qu'il nous reste.

— Alors, le déménagement est confirmé ?

Elle hoche la tête.

— Mais pourquoi est-ce qu'ils s'en vont ?

— Leurs parents ont décidé de s'installer à New York pour des raisons professionnelles... Je n'arrive pas à imaginer ma vie sans Hayes, soupire Kate.

Nous arrivons près du Starbucks : Austin m'attend à l'entrée. Kate doit retrouver Hayes dans un parc voisin. Je la serre fort contre moi et lui souhaite bonne chance avant de rejoindre Austin.

— Salut, Chris ! Ça te va si on grignote quelque chose avant ? propose-t-il. Un après-midi très pénible t'attend. Je te préviens, je suis un horrible compagnon de shopping.

— Peu importe, je suis sûre qu'on trouvera quelque chose de sympa.

Après un déjeuner rapide, nous partons en quête d'un joli cadeau pour Camila.

— Avec qui tu vas à la fête, ce soir ?

Il hausse les épaules.

— Personne. Et toi ? Avec Cameron ?

— Non, dis-je tristement.

— Vous vous êtes encore disputés ?

— Tu ne le savais pas ?

— Non. Depuis que Lexy est partie, je ne suis plus à jour sur votre relation… On pourrait y aller ensemble, mais seulement si ça ne te met pas dans le pétrin.

Je réfléchis quelques instants… Dans le fond, je n'ai pas envie d'y aller seule.

Je souris.

— Bien sûr, super idée !

Nous entrons dans un centre commercial, qui grouille de monde. Je crois savoir ce qui pourrait plaire à Camila. Je me dirige d'un pas déterminé vers une bijouterie.

— Pourquoi vous vous êtes disputés ? demande soudain Austin.

— Il s'est fâché à cause de ce qui est arrivé avec Lexy… Mais en réalité, ça n'allait pas bien depuis un moment. Tout le met en colère. On n'arrête pas de se prendre le bec. Une des choses qu'il ne supporte pas, mais alors vraiment pas, c'est de me voir avec toi.

— À cause de l'histoire de Carly ?

— Sûrement.

Je passe en revue les colliers exposés dans la boutique.

— Il m'a menacé pour que je ne te dise rien.

— Oh ! ne t'en fais pas. Je sais déjà tout.

— Vraiment ?

— Tiens, regarde.

Je lui montre un très joli petit collier orné d'un pendentif à personnaliser avec le nom qu'on veut. Austin adore l'idée. Il demande à ce que soit gravé le prénom Camila.

— J'espère que tu n'as pas cru tout ce que Cameron t'a raconté sur Carly, dit Austin tandis qu'on sort du centre commercial.

— À quoi suis-je censée ne pas croire ? Au fait que vous étiez tous les deux amoureux d'elle ?

— Non... Il t'a parlé de l'accord qu'on avait passé ?

Je m'arrête net.

— Quel accord ?

Austin me regarde un long moment ; au moment où il s'apprête à parler, la sonnerie de son téléphone retentit.

— Désolé, Chris, je dois répondre.

Il s'éloigne pour prendre la communication ; quand il revient, il s'excuse de devoir rentrer tout de suite chez lui.

— Je passe te prendre vers huit heures. Merci pour ton aide !

Il me plante un baiser sur la joue et s'en va.

Il s'en est fallu de peu... J'espérais qu'il me parlerait de ce mystérieux accord. Une chose est sûre : comme je le soupçonnais, Cameron ne m'a pas dit toute la vérité.

Alors que je retourne chez moi, je reçois un message sur mon portable. Il provient d'un numéro inconnu. Je l'ouvre ; il est long.

« Lexy est partie, mais ne craignez rien, je continuerai à vous relater les événements les plus piquants de notre lycée !

Et voici un échantillon des infos que vous pourrez lire lundi dans notre journal :

Comme nous savons tous, Matthew Espinosa fréquentait Tamara depuis plusieurs mois. Eh bien, apparemment, leur relation est arrivée à son terme. Tamara s'est plainte de se sentir négligée ; quant à Matt, il y a quelques jours, il a été aperçu alors qu'il enlaçait notre chère Chris... Serait-ce le fruit du hasard ?

Christina Evans semble s'être parfaitement remise de sa rupture d'avec Cameron Geller. Pour preuve : cet après-midi elle a été vue avec le séduisant joueur de basket Austin Miller. Ils semblaient très proches et échangeaient de nombreux signes d'affection. Affaire à suivre...

C'est tout pour aujourd'hui. À demain, avec les infos sur la fête en l'honneur des Geller.

Lindsay et ses sources »

8

Comme promis, à six heures précises, je sonne à la porte des Geller.

— Tu l'as lu ? demande Sam, qui m'ouvre une seconde plus tard.

Si elle a lu le message de Lindsay, Cameron aussi a dû le faire.

— Oui. Elle n'a pas perdu de temps pour prendre la place de Lexy.

Je suis Sam jusqu'à sa chambre.

— Cameron aussi l'a reçu et…

Elle se tait, ennuyée.

— Quoi ? Tu ne peux pas commencer une phrase et ne pas aller jusqu'au bout. Raconte-moi ce qui s'est passé.

— OK, dit Sam en me faisant signe de garder mon calme. Quand il a lu le message de Lindsay, Cameron était furieux. Il a fracassé son portable contre le mur. Mes parents ont assisté à la scène, ils sont restés sans voix…

— Mais c'est absurde ! Il ne tient pas à moi, il a tout fait pour m'éloigner de lui.

— C'est faux. Crois-moi, il crève de jalousie. Tu aurais dû le voir, Chris. Après avoir appris que tu retrouvais Austin, il s'est renfermé. On voyait bien qu'il avait la tête ailleurs. Le message de Lindsay a été la goutte d'eau qui a fait déborder le vase.

Je regarde mon amie, sceptique.

— Je ne sais pas... De toute façon, maintenant, je m'en fiche.

— Comment ça, tu t'en fiches ? Tu l'aimes, Chris !

Aimer est un bien grand mot... En réalité je me demande si je ne suis pas tombée amoureuse d'une personne qui n'existe pas vraiment.

— Non, Sam. Je ne l'aime pas, et surtout lui ne m'aime pas. Fin de l'histoire.

Sam hausse les épaules.

— Tu exagères. J'espère que tu vas venir ce soir ? Tu ne dois pas laisser Lindsay te gâcher la soirée.

— Je me fiche de Lindsay aussi... Oui, je viens.

— Super !

— Avec Austin.

Sam reste sans voix.

Je soupire :

— On vient ensemble, en tant qu'amis. Il n'y a absolument rien entre nous, Sam. Ne me regarde pas comme ça. Et maintenant, au travail, nous n'avons pas beaucoup de temps.

Quand je sors de la chambre de Sam une demi-heure plus tard, je vois Cameron qui monte l'escalier. Je ne peux pas l'éviter, il ne me reste qu'à jouer l'indifférence. Je respire un grand coup et vais au-devant de lui. Quand on se croise, il me regarde et continue son chemin.

Je pousse un soupir de soulagement.

— Et alors, tu as passé un bon après-midi avec Austin ?

Oh non ! Je m'arrête.

— Excellent. Je l'ai aidé à choisir le cadeau pour Camila.

Je fais volte-face pour soutenir son regard.

— Je suppose qu'aucune autre fille du lycée ne pouvait le faire, ironise Cam.

— Sans doute, oui. On est amis et il me fait confiance, dis-je, irritée.

— C'est un hypocrite, tu ne le vois pas ?

— Toi, par contre, tu es sincère ?

— Oui, je te l'ai démontré plusieurs fois.

— Je sais de source sûre que tu m'as raconté un tas de mensonges sur Carly.

Il secoue la tête.

— Tu es obsédée par cette histoire.

— Pourquoi tu ne m'as rien dit sur le pacte que tu avais passé avec Austin ?

Cam écarquille les yeux : cette fois, j'ai visé juste.

— Ce ne sont pas tes affaires. L'histoire de Carly ne te regarde pas, laisse tomber, OK ?

Il descend une marche, l'air menaçant.

— Eh bien si, ça me regarde ! Les gens n'arrêtent pas de me mettre en garde ; ils parlent d'une histoire qui semble se répéter... Alors, j'ai envie de comprendre de quoi il retourne, merde !

— Des racontars, tout ça. Chris, je te donne un conseil, pour ton bien : oublie-moi. Amuse-toi avec Matt, Austin... avec n'importe quel putain de mec, mais ne t'approche plus de moi, dit-il d'un ton dur.

— Quoi ? Tu plaisantes !

— Non, je n'ai jamais été plus sérieux.

Je réfléchis quelques instants à ses paroles et, soudain, je comprends.

— Tu essaies de me faire croire que ton but est de me tenir à l'écart des problèmes pour me protéger, n'est-ce pas ? Comme ça, tu espères ne pas passer pour le salaud que tu es en réalité... Tu me fais pitié, franchement ! Si tu as décidé de te remettre avec Susan, cette mise en scène n'est pas nécessaire... J'ai capté le message, sois tranquille.

— Oui, tu as raison, j'aime Susan et je n'arrive pas à me l'enlever de la tête. Je n'ai pas d'autre explication à te donner.

Une larme coule sur ma joue. C'est bien ce que je soupçonnais depuis quelque temps, mais en avoir la confirmation fait mal.

— Au début, continue-t-il, j'étais attiré par toi, je pensais vraiment que ça pourrait fonctionner entre nous. Mais j'ai fini par comprendre que ce que j'éprouve pour Susan n'est pas comparable. Je suis désolé, Chris.

Chaque mot est un coup de couteau qui me déchire le cœur.

— Tu es *désolé* ? C'est tout ce que tu as à dire ? Notre histoire a si peu d'importance pour toi ? Je... ne...

J'éclate en sanglots.

Sam sort de sa chambre et nous regarde, préoccupée :

— Qu'est-ce qui se passe ?

Je baisse la tête, cherchant à reprendre mon souffle.

— Rien, lance Cameron, qui me jette un regard glacial. Prends soin de toi, Chris, lâche-t-il avant d'entrer dans sa chambre.

Je crie :

— Tu n'es qu'un salaud !

Je dévale l'escalier à toute vitesse et sors de cette maudite maison en claquant la porte derrière moi.

9

— Chris, il est huit heures moins deux, Austin va arriver d'un instant à l'autre ! s'exclame Kate ; qui frappe à la porte de la salle de bains.

Je suis en train de retoucher mon maquillage pour la énième fois... Si je n'arrête pas de pleurer, je ne serai jamais prête pour sortir. En réalité, je n'ai aucune envie d'aller à cette fête. Je ne souhaite qu'une chose : chasser Cameron et tout ce qui le concerne de ma vie. Pourtant je dois me montrer forte. Je ne veux pas lui donner la satisfaction de me voir effondrée.

Je prends une profonde inspiration et sors de la salle de bains.

— J'ai presque fini, dis-je. Comment s'est passé ton rendez-vous avec Hayes ?

— C'était super triste. Ils partent lundi après-midi, il nous reste si peu de temps à passer ensemble !

Mon portable vibre. C'est un SMS d'Austin : « Je suis devant chez toi ;-) »

Je glisse le téléphone dans mon sac et prends ma veste. Je dis au revoir à Kate, j'affiche mon plus beau sourire et je sors.

Austin m'accueille avec une courbette.

— Bonsoir, princesse, dit-il en m'ouvrant galamment la portière. Tu es superbe !

Je suis heureuse d'avoir accepté son invitation. J'arriverai peut-être à me distraire un peu ce soir.

— Je suppose que toi aussi tu as lu le SMS de Lindsay…, commence Austin, un peu embarrassé, en démarrant.

— Oui, et si ça ne te fait rien, je préférerais ne pas en parler.

— Je suis d'accord avec toi, ça n'en vaut pas la peine… Changeons de sujet. J'ai appelé Camila pour lui dire que cette année, pour son anniversaire, elle aurait un cadeau fantastique ! Tu sais ce qu'elle m'a répondu ? « Je suppose que ce sera une autre de tes superbes tasses ! » rigole-t-il. J'espère juste qu'elle ne sera pas déçue.

Je ris, moi aussi. Je n'ai vu Camila que deux ou trois fois, or je suis persuadée qu'elle est follement amoureuse d'Austin. Elle doit être à tel point sous son charme qu'elle trouve merveilleux tout ce qu'il lui offre. En aucun cas elle ne sera déçue.

Une fois sur place, nous traversons la cour bras dessus bras dessous, attirant les regards curieux de tous les élèves qui ont reçu le stupide SMS de Lindsay. Nous nous arrêtons sur le seuil de la salle…

L'association qui a organisé la fête s'est surpassée. L'endroit est méconnaissable, l'atmosphère incroyablement raffinée : des lumières tamisées, un quartette de jazz qui joue, sur une estrade un somptueux buffet de petits amuse-gueule. Parmi les participants, en dehors des élèves, il y a de nombreux notables de la ville en habit de soirée.

— Je ne m'attendais pas à quelque chose d'aussi élégant ! lâche Austin en regardant autour de lui. Alex ! s'exclame-t-il en apercevant son copain.

Ce dernier nous fait signe de le rejoindre. Camila et Robin sont là, eux aussi. Je me sens assez mal à l'aise : ce ne sont pas mes amis, je ne sais pas comment me comporter. En fin de compte, c'est mieux ainsi, ça me fait du bien de fréquenter d'autres gens.

— Austin, tu as réussi, finalement ! s'exclame Alex, qui lui en tape cinq.

— Réussi quoi ? je veux savoir.

— Euh… ben…, fait Austin, jusqu'à ce midi, je n'étais pas sûr de venir à la fête parce que je n'avais pas de cavalière.

Je remarque que Camila a l'air contrariée par ses paroles. Je me sens de trop. Je décide de rejoindre Sam et les autres à la première occasion.

— Ça vous dit d'aller manger quelque chose ? propose Robin. Je crève de faim.

Austin acquiesce et fait mine de suivre ses amis.

— Qu'est-ce qu'il y a ? demande-t-il, constatant que je n'ai pas bougé.

— Sam m'a demandé de l'attendre ici. Elle arrive.

— OK, alors je reste avec toi.

— Non, va avec tes copains. Je ne veux pas te gâcher la soirée, et puis… Camila n'a pas l'air très contente de me voir.

— Elle est comme ça avec toutes les filles que je fréquente. Je ne sais pas ce qui lui prend ; ces derniers temps, elle est bizarre. Elle n'est sereine que lorsque nous sommes seuls.

Soudain, il change d'expression. Je crois qu'il vient de comprendre.

— Allez, Austin, dis-je, vas-y, ils s'impatientent.

— D'accord, mais ensuite tu danses avec moi, dit-il avec un clin d'œil.

Je reste seule, entourée par une foule d'inconnus. Je parcours la salle du regard à la recherche de mes amis.

— Salut, Chris ! s'écrie quelqu'un derrière moi.

— Taylor !

Ce soir aussi, il porte son bandana rouge.

— Tu es venue seule ?

— Non, avec Austin. Il est avec ses copains.

— Tu danses ?

Je ne veux pas poireauter ici, alors j'accepte son invitation.

— J'ai entendu Cameron, cet après-midi, fait Taylor en m'entraînant sur la piste. Il était furax !

— Tay, franchement, je n'ai pas envie d'en parler. Je n'ai pas passé une super journée.

— Oui, je suis au courant. Cameron non plus n'était pas en forme. Je sais qu'il a été très dur avec toi.

Apparemment, mon ex n'a pas perdu de temps pour tout raconter à ses amis.

— Dommage. Depuis qu'il te connaît, il a changé. Quand il était avec Susan, il était toujours d'une humeur massacrante. Avec toi, c'était différent, il avait l'air heureux, en paix avec lui-même.

Je m'immobilise.

— Et le message, c'est quoi ?

— Eh bien, je suis sûr que Cam est amoureux de toi, mais qu'il ne veut pas l'admettre.

Il me prend la main pour qu'on se remette à danser.

— Non, c'est faux ! Il aime Susan. Il suffit de voir comment il la regarde… Moi, il ne m'a jamais regardée comme ça. Et puis, aujourd'hui, il m'a carrément avoué avoir des sentiments pour elle.

— Il était juste furieux à cause de l'histoire de Carly et Austin, le défend Taylor.

— Il n'avait pas de raison de se fâcher : Austin et moi sommes seulement amis. Quant à ce qui est arrivé à Carly, il m'a menti. Et je n'ai pas l'intention de passer l'éponge.

Taylor hoche la tête.

— Je comprends… C'est très ambigu. À part Cameron et Austin, personne ne sait ce qui s'est réellement passé. Oh ! regarde qui est là.

Je me retourne. Sam et Nash entrent dans la salle, suivis par Cameron et Susan. Celle-ci porte une robe très élégante. Elle marche main dans la main avec Cam, ils sourient… Je dois admettre qu'ils sont très beaux ensemble. Je ressens un vide terrible en moi ; cependant, voir Cam heureux me confirme que nous quitter était la bonne chose à faire, pour notre bien à tous les deux.

— Ça va pas ? demande Taylor.

— Si, j'ai juste besoin de boire quelque chose. Excuse-moi.

Je me dirige vers une des tables où sont disposées les boissons. Je prends un verre de jus d'orange et regarde autour de moi. Austin est en train de parler avec Camila et Alex.

— Alors, Chris, tu t'amuses ? me demande Sam, qui tient Nash par la main.

Heureusement, la nouvelle du déménagement ne les a pas séparés ; on dirait même qu'elle a renforcé leur relation. Si ça, ce n'est pas le grand amour…

— Oui. La fête est géniale. L'association a fait des miracles.

— C'est vrai. Mon père est resté sans voix. Il n'imaginait pas que le lycée pourrait organiser une soirée pareille, dit Sam avec émotion.

Austin s'approche, me prend par la taille et salue Sam et Nash.

— Tu as remarqué la tenue de Susan ? Beurk, ça donne envie de vomir, ricane Sam.

— Ce qui est plus agaçant, intervient Nash, c'est de voir Cam pendu à ses lèvres, l'air béat. Chris, vous devriez faire la paix. Il se comporte comme un idiot.

Sam lui donne un coup de coude pour le faire taire.

— Nash, ce n'est pas le moment…

Je la rassure :

— Non, Sam, pas de problème. On n'est plus ensemble, Cameron et moi. Il peut bien faire ce qu'il veut.

— Un, deux, trois… test, dit la proviseur, qui est en train d'essayer le micro installé sur une estrade.

Les lumières qui s'atténuent annoncent le début de la cérémonie.

— Je dois y aller ! s'exclame Sam, qui se fraie un passage à travers la foule.

Les Geller rejoignent la directrice, qui entreprend de complimenter notre principal bienfaiteur.

— ... Ceci n'est qu'un modeste hommage rendu à la famille qui a contribué à faire de notre lycée l'un des plus prestigieux de Miami. Merci du fond du cœur pour votre générosité, nous vous en serons éternellement reconnaissants.

Debout sur la scène, Cameron scrute la salle, comme s'il cherchait quelqu'un. Il est très élégant avec son costume sombre qui lui va comme un gant. Quand nos regards se croisent, j'ai l'impression qu'il ne reste plus que lui dans le gymnase. Puis ses yeux se posent sur Austin qui se tient à côté de moi.

Les serveurs circulent avec des plateaux chargés de coupes de champagne.

— ... et c'est pourquoi je vous invite à lever vos verres pour porter un toast à cette famille extraordinaire ! lance la directrice.

Austin me tend une coupe. Il me sourit, puis observe attentivement mon visage.

— Chris, une de tes boucles d'oreilles va tomber.

Je m'éloigne de quelques pas pour poser le verre sur une table et rajuster ma boucle d'oreille. Quand je me retourne pour reprendre mon verre, je tombe nez à nez avec Susan.

— Ah, Chris, fait-elle. J'espère que tu t'amuses bien.

Je suis tellement contrariée par sa présence que je n'arrive même pas à la regarder en face.

— Si tu as quelque chose à me dire, vas-y. Je n'ai pas de temps à perdre.

— Oh ! je veux juste que tu saches que les choses entre Cam et moi se passent à merveille. En fait, je devrais te remercier... Sa petite aventure avec toi lui a fait comprendre ce qu'il perdait au change. Depuis lundi, on s'est vus tous les soirs, et notre histoire marche encore mieux qu'auparavant.

Ils sont de nouveau ensemble depuis lundi, et Cameron m'a parlé de ses sentiments pour Susan seulement aujourd'hui ?... Quel salaud !

— Laisse-moi tranquille, tu veux ?

— Qu'est-ce qu'il y a ? Tu te sens mal ?

Elle me lance un regard satisfait.

— Je n'ai rien à faire ni de toi ni de Cameron. Je suis contente d'avoir compris à quelle sorte de manipulateur j'ai eu affaire.

Je prends mon verre et lui tourne le dos.

— J'espère que tu apprécies le champagne, Chris ! me nargue Susan en levant sa coupe.

J'aurais dû lui briser le verre sur la tête.

Je cherche Austin, mais je ne le vois nulle part. J'ai la tête qui tourne, peut-être à cause des lumières et du vacarme ; je décide de sortir pour prendre l'air. Une fois à l'extérieur, je regarde autour de moi à la recherche d'un visage ami. Aucune trace d'Austin ni de ses copains du basket. En revanche, j'aperçois Sam en compagnie de Nash, Aaron, Carter et Matt. Je m'approche d'eux.

— ... je vous jure, cet endroit est bourré de nanas super canon. Il faut qu'on y aille tous un jour ! lâche Aaron.

— Je te signale que Carter et moi, on a une copine, s'esclaffe Nash. Il faudra que tu y ailles avec Matt.

Sam sourit et lui agrippe la main.

— Hé, salut Chris !

— Salut, Carter ! Comment va Maggie ?

Depuis que je suis revenue au lycée, je ne l'ai pas encore vue, c'est bizarre, d'habitude, elle est toujours avec lui.

— Elle est en visite chez ses grands-parents en Caroline du Nord, répond-il. Elle revient lundi. J'ai hâte !

Ça se voit que Carter est fou d'elle. Pourquoi moi, je récolte toujours les salauds ? Pourquoi je ne peux pas tomber amoureuse d'un garçon sympa comme Nash ou Carter ?

Prise de vertige, je vacille.

Matt me rejoint en deux pas.

— Ça ne va pas ?

— Si... c'est juste que... Je peux m'appuyer sur toi ?

Tout à coup, les voix de mes amis se brouillent, les images deviennent floues... Je dois fermer les yeux quelques secondes.

— Chris ? Ça va ? s'inquiète Sam.

— Oui... ça va. Je... je retourne à l'intérieur.

Au bout de quelques pas, l'herbe sous mes pieds se met à onduler. Je ferme encore les yeux... Quand je les rouvre, je suis dans une pièce toute blanche. J'essaie de me redresser, mais je n'arrive pas à bouger, mon corps est aussi lourd que du plomb. Ce n'est pas une sensation agréable...

Qu'est-ce qui m'arrive ?

10

Autour de moi, tout est blanc : où suis-je ?

J'essaie de plier le bras droit, mais je sens la présence d'un corps étranger qui m'empêche de bouger.

Je tourne la tête et, du coin de l'œil, j'aperçois un petit tube qui sort du pli de mon coude. Pourquoi suis-je à l'hôpital ?

Je pousse sur mon bras gauche pour m'asseoir, mais dès que je lève la tête de l'oreiller, une douleur violente me coupe le souffle. Je serre les dents et, au prix d'un effort considérable, je parviens à me redresser. J'examine la chambre. À deux pas du lit, je vois un garçon aux cheveux châtains qui dort dans un fauteuil. Cameron ? Qu'est-ce qu'il fait ici ?

J'essaie de prononcer son nom, mais ma bouche n'émet qu'un faible murmure. Ma gorge est desséchée ; je m'éclaircis la voix.

— Cameron.

Il ouvre les yeux, saute sur ses pieds et s'approche du lit.

— Enfin ! paresseuse...

— Qu'est-ce que je fais ici ?

— Il y a deux jours, à la fête, tu t'es évanouie. Matt a appelé une ambulance et on t'a amenée aux urgences. Tu vas mieux, maintenant. Ils t'ont donné un sédatif pour que tu te reposes, tout est OK.

Il m'effleure la joue.

Deux jours ? Je ne peux pas y croire ! La dernière chose que je me rappelle est le moment où Sam et Nash m'ont saluée. À partir de là, c'est le vide absolu.

— Et toi, qu'est-ce que tu fais là ?

— Je suis ici depuis une heure. Tout le monde est passé voir comment tu allais, je ne voulais pas manquer à l'appel, dit-il sans me regarder en face.

Je repose la tête sur l'oreiller ; je me sens un peu mieux.

Quelqu'un frappe à la porte.

— Elle s'est réveillée ? fait une voix de garçon.

— Oui, répond Cameron.

Je penche la tête et je vois Matt qui s'approche avec un verre d'eau.

— Salut, Chris, dit-il. Comment tu te sens ? Tu veux boire ?

Il me tend le verre.

Je prends une gorgée d'eau. C'est exactement ce dont j'avais besoin.

— Merci, Matt. J'ai un terrible mal de crâne ; je ne me souviens de rien.

— Ne t'inquiète pas. C'est normal. Tout va revenir petit à petit.

— Les résultats des analyses sont arrivés ? demande Cameron.

— Non, on les aura dans la soirée. On saura alors ce qui s'est passé.

Je pense à mes parents ; ils doivent être morts d'angoisse... Et j'ai dû gâcher la fête à tout le monde.

— Tu te souviens si tu as beaucoup bu ? veut savoir Cameron. Ça t'est arrivé d'exagérer avec l'alcool ; tu crois que ça pourrait être à cause de ça ?

— J'ai pris juste une gorgée de champagne, rien d'autre.

Je n'aime pas la manière dont il me soupçonne... Ses questions ont plutôt l'air d'affirmations.

— Et même si j'avais bu, je ne me serais pas retrouvée dans cet état.

— Tu as peut-être dépassé la limite sans t'en rendre compte, insiste-t-il.

— Je sais quand m'arrêter, dis-je, irritée.

— Bon, ça suffit, Cam. Je ne crois pas que Chris soit stupide au point de boire jusqu'à tomber ivre morte, intervient Matt.

— Ouf, enfin quelqu'un qui me croit, fais-je en soupirant.

— Je m'en vais, lâche Cameron.

Il se lève du lit, contrarié.

Bon débarras ! Il n'aurait même pas dû venir.

— Ne le prends pas mal, me conseille Matt. Tu connais Cam, ça lui passera.

— Il m'a raconté. Merci d'avoir appelé l'ambulance et de m'avoir aidée.

— Arrête, Chris, c'est normal. Je vais prévenir tes parents que tu es réveillée. Ils ont eu drôlement peur !

Une fois seule, je recommence à me creuser la tête. Même si je ne me rappelle pas grand-chose de cette soirée, je suis absolument sûre de n'avoir presque rien bu...

La porte s'ouvre à toute volée. Kate fait irruption dans la chambre et se précipite vers moi, en larmes.

Je lui souris.

— Je pensais que tu n'allais plus jamais te réveiller !

Elle s'écarte pour s'essuyer les yeux.

Je tente de la rassurer :

— Tout va bien à présent.

— Comment te sens-tu ? demande mon père, qui s'approche à son tour.

— J'ai un peu mal à la tête, mais à part ça, ça va.

Ma mère, qui les suit, est très pâle avec les yeux brillants. Elle m'embrasse tendrement sur le front et me caresse la main.

— Ma chérie, nous venons de parler avec les médecins. La situation est sous contrôle. Nous attendons les résultats des analyses pour...

Je l'interromps.

— Oui, je sais, Cameron me l'a dit.

Mes parents échangent un regard stupéfait.

— Qu'est-ce qu'il y a ? fais-je, à la fois inquiète et intriguée.

— Il était encore là quand tu t'es réveillée ? souffle ma mère.

— Oui, il dormait dans le fauteuil. Pourquoi « encore » ? Ça ne faisait qu'une heure qu'il était arrivé.

— Oh ! non, ma chérie. Depuis que l'on t'a amenée à l'hôpital, il ne t'a pas laissée seule une minute. Ses parents ont essayé de le convaincre de rentrer chez eux, en vain. Il a passé deux jours et deux nuits auprès de toi, explique ma mère en me caressant le visage.

Je la fixe, troublée. Je suis perdue... Cameron, qui me dit que je n'ai jamais compté pour lui, a passé quarante-huit heures à mon chevet ? Pourquoi ? Plus j'y pense, moins je comprends son comportement.

— As-tu besoin de quelque chose ? demande mon père.

— Encore un peu d'eau, s'il te plaît.

— Je te prendrai aussi de quoi grignoter, dit ma mère en le suivant jusqu'à la porte.

Kate s'assoit au bord du lit. Elle n'a vraiment pas l'air en forme.

Je fais un rapide calcul : si deux jours se sont écoulés depuis la fête, aujourd'hui, c'est lundi... *Hayes...*

— Hayes et Nash sont partis ?

Kate hoche la tête.

— Nash est passé à l'hôpital ce matin, dans l'espoir que tu serais réveillée. Il m'a demandé de t'embrasser. Hayes aussi t'embrasse. Figure-toi qu'il y a une bonne nouvelle : ils seront de retour à Miami fin août. Leur déménagement n'est que provisoire.

Ça me remonte un peu le moral.

— Super ! Et Sam, comment va-t-elle ?

— Pas très bien, mais tu peux être fière de moi, Chris : je suis restée près d'elle comme tu l'aurais fait. Nash et elle ont décidé de rompre, parce qu'ils ne croient pas dans les relations à distance. Il y a deux heures, quand on leur a dit au revoir, Sam était effondrée. Mais je suis sûre qu'elle s'en remettra.

— Je suis très fière de toi, Kate. Tu es la petite sœur que tout le monde voudrait avoir.

Je lui presse la main.

Du coin de l'œil, j'aperçois un vase garni de fleurs magnifiques sur la table de chevet.

— C'est Austin qui te les a apportées, m'apprend Kate.

Pas rancunier, le gars... Je lui ai pourtant gâché la fête, à lui aussi.

Cameron entre dans la pièce, une petite bouteille d'eau à la main. Pourquoi est-il revenu ?

Je lui demande, un peu inquiète :

— Qu'est-ce qui se passe ?

Il s'assoit près de moi et me tend un verre.

— Tes parents sont en train de parler avec le médecin. Ils m'ont demandé de t'apporter ça.

Une question me tourmente et je dois absolument connaître la réponse. Je me lance :

— Cam, pourquoi tu ne m'as pas dit que tu étais resté auprès de moi tout ce temps ?

Il me jette un regard de biais, l'air gêné.

— Qui t'a raconté cette connerie ?

Kate lui lance un coup d'œil surpris, puis sort, nous laissant seuls.

Je poursuis :

— Je le sais, c'est tout. Tu m'expliques pourquoi tu m'as menti ?

Il hausse les épaules en évitant mon regard.

— Euh… je ne pensais pas que c'était important que tu le saches.

— Tu plaisantes ? Ça te semble une chose sans importance ? Je n'y comprends rien, Cam ! Tu me balances à la figure que tu te fiches de moi, et ensuite tu restes là, à attendre que je me réveille, comme si toi et moi on était toujours ensemble. Alors ?…

Il me regarde sans rien dire. Quand il ouvre enfin la bouche pour parler, il est interrompu par l'entrée de mes parents et du médecin dans la chambre. Ils affichent tous une expression tendue.

— Il y a un problème ? demande Cameron.

— Nous avons les résultats des examens, annonce mon père.

Mon cœur s'emballe.

— Voilà, dit le médecin en feuilletant mon dossier médical. Les analyses ont relevé une quantité significative de stupéfiants dans le sang. Maintenant, je voudrais entendre de ta bouche si c'est la première fois, ou si dans le passé tu avais déjà fait usage de drogues.

— Quoi ? Je n'ai jamais pris de drogue d'aucune sorte !

— Si c'est vrai, cela pourrait expliquer la réaction de ton organisme, peut-être non préparé à assimiler la dose révélée par les tests.

— Je vous jure que je n'ai jamais pris de stupéfiants ! Je les ai toujours eus en horreur. J'ai passé toute la soirée avec Austin, il peut confirmer ce que je vous dis.

Cameron secoue la tête et sort de la chambre, visiblement vexé. Encore !

— Nous allons la garder encore trois jours, pour faire quelques vérifications supplémentaires. Ensuite, elle pourra reprendre sa vie habituelle, dit le médecin à mes parents.

Puis il s'adresse de nouveau à moi.

— Je te conseille de faire attention. Il se peut que quelqu'un t'ait administré à ton insu une substance illicite. Sois prudente ! Cette fois, tu as eu de la chance...

Je le sens un peu dubitatif. J'espère que mes parents, eux, me croiront. Si seulement je pouvais comprendre ce qui est arrivé...

J'ai beau m'y efforcer, mes souvenirs comportent de nombreux trous.

Soudain, la voix exaspérante de Susan résonne dans ma tête... « J'espère que tu apprécies le champagne, Chris ! » Et un vague soupçon s'insinue en moi.

11

Il s'est écoulé plus d'une semaine depuis mon malaise à la fête en l'honneur des Geller, et pourtant je ne peux pas dire que je sois en forme.

Depuis que je suis sortie de l'hôpital, je n'ai rien fait d'autre que traîner chez moi et me reposer. J'ai très envie de faire une promenade.

J'interromps Kate sur son trente et un, prête à sortir.

— Où vas-tu ?

— Quelqu'un m'a envoyé un message. Je dois le rejoindre au parc.

— Quelqu'un ? Tu ne sais pas qui c'est ? fais-je, préoccupée.

Elle secoue la tête. Elle n'a même pas l'air un peu tendue.

— Tu penses vraiment y aller ? Et si c'est quelqu'un qui te veut du mal ? La nuit tombe !

— Alors, viens avec moi.

Bonne idée. Je cours dans ma chambre me changer, et nous sortons.

— Tu te doutes de qui ça peut être, au moins ?

— Non.

Elle est trop calme, comme si elle allait rejoindre des amies, et non un inconnu.

Nous arrivons au parc en avance.

Je demande :

— Qu'est-ce qu'on fait ?

— On s'assoit sur le banc et on attend. Si personne n'arrive, on rentre à la maison. Selon moi, c'est une blague de Catherine.

J'espère qu'elle ne se trompe pas… En parcourant les parages des yeux, j'aperçois Austin qui, mains dans les poches, marche dans la rue. Je ne l'ai pas encore remercié pour les fleurs, c'est l'occasion parfaite de le faire.

— Kate, je vois Austin, là-bas ; je vais lui dire bonjour. S'il y a quoi que ce soit, tu cries et tu cours vers moi, OK ?

— Oui, je sais ce qu'il faut faire.

Je la laisse seule, un peu inquiète.

— Chris ! s'écrie Austin. Qu'est-ce que tu fais là ? Tu as bonne mine, ajoute-t-il en me faisant la bise.

— Ça va. Demain, je retourne au lycée. Je suis avec Kate.

Je fais un signe dans sa direction, et ils se saluent d'un geste de la main.

— Je voulais te remercier pour les fleurs. Elles étaient très belles.

— De rien ! Euh…, fait-il en jetant un coup d'œil par-dessus mon épaule. Qui est le type qui serre ta sœur contre lui ?

Je me retourne, tous les sens en alerte.

— C'est Hayes, le frère de Nash. Ça alors !

— Ils sont déjà revenus ? s'étonne Austin.

— En effet, c'est bizarre… Ils sont partis il n'y a même pas une semaine.

Nous courons les rejoindre.

— Salut, Hayes ! Quelle surprise !

Il se tourne vers nous, ses magnifiques yeux bleus illuminés par la lueur orangée du soleil couchant.

— Salut, Chris, salut, Austin. Finalement, j'ai réussi à convaincre mes parents : je terminerai l'année scolaire à Miami Beach. Je resterai à l'internat sous la tutelle de mon oncle et de ma tante.

Heureuse, Kate bat des mains et lui saute de nouveau au cou. Il rit, ravi.

— Où est Nash ? je demande.

— Il doit être chez Sam pour lui apprendre la bonne nouvelle, suppose Austin.

— Euh… non…, fait Hayes.

— Au lycée, en train de ranger ses affaires ?

— Non plus. Il est à New York.

— Quoi ? souffle Kate.

— Ouais. En fait, moi, j'ai tellement insisté que j'ai eu mes parents à l'usure. Mais Nash… ben, lui, il a préféré rester à New York. Il dit que c'est mieux comme ça, que pour lui ce sera une expérience importante, explique Hayes en serrant la main de Kate.

Dommage… Un instant, j'ai eu l'illusion que tout redeviendrait comme avant.

— Si c'est ce qu'il veut…, lâche Austin.

— Et puis, on se parlera au téléphone, fais-je, peu convaincue.

Je sais déjà comment marchent ces choses, j'en ai l'expérience.

— Désolé, je dois filer, dit Austin. Dans une heure, j'ai un match de basket ; avant, je dois passer chez moi.

Il me fait la bise.

— Chris, ça m'a fait plaisir de te voir en forme. À bientôt.

Je décide de faire comme lui ; je commence à être fatiguée.

— Kate, j'y vais, moi aussi. Je te laisse en de très bonnes mains.

Je leur dis au revoir et je prends le chemin du retour. Savoir que Nash a préféré rester à New York m'attriste un peu... Je n'ose pas imaginer la réaction de Sam quand elle apprendra le retour de Hayes.

Plongée dans mes pensées, je m'engage dans notre rue. Je sursaute en apercevant Cameron qui promène son chien.

Oh ! non. Une minute après, Sam arrête son scooter à sa hauteur.

Je ne peux pas les éviter.

Sam me voit et agite le bras.

— Hé, Chris ! Comment tu te sens ? lance-t-elle.

— Bien, mais un peu fatiguée. J'ai besoin de m'allonger.

— Tu es pâle, en effet. Essaie de te reposer, je t'appelle plus tard pour savoir comment tu vas. À tout à l'heure, Cam.

Elle remet son casque et s'en va, laissant derrière elle un nuage de fumée qui me fait tousser.

— Eh bien, salut, Cameron, dis-je.

— Chris, tu veux que je t'emmène en voiture demain ?

— Non, merci.

Je secoue la tête avec un rire amer.

— C'est si drôle que ça ? demande-t-il.

— Un peu. Mais surtout, ça n'a pas de sens.

— Pourquoi ?

— Je ne devais pas t'oublier et rester loin de toi *pour mon bien* ?

— Je ne comprends pas...

— C'est ce que tu m'as dit chez vous, avant la fête, non ? Comment ta petite amie prendrait le fait que tu m'emmènes au lycée ? Et moi, comment je dois interpréter ta proposition ? Tu ne vois vraiment pas que chaque fois que tu es gentil avec moi, tu me déstabilises ? Tu n'arrêtes pas de m'embrouiller, de me donner des faux espoirs. Maintenant, c'est moi qui te le demande, Cam : tu as fait ton choix, alors, s'il te plaît, oublie-moi et ne m'approche plus. Fais-le pour mon bien.

Il baisse la tête sans rien dire.

Il est probable qu'après ce discours on ne s'adressera plus la parole, et cette idée me rend folle. La vérité, c'est que je voudrais de tout mon être accepter sa proposition, ainsi que le peu qu'il sera disposé à me donner. Par chance, j'ai encore assez d'amour-propre pour comprendre que je dois me protéger de lui et de son ambivalence.

— Chris, finit-il par lâcher, je sais que mon comportement doit te sembler fou. Mais il y a une raison à cela. J'espérais que tu l'aurais comprise. Tu crois vraiment qu'après ce que nous avons vécu, j'ai envie de me remettre avec Susan ? Réponds-moi, dit-il.

— Je ne sais pas.

— Ce n'est pas elle que je veux, c'est toi. Et je t'aime tellement que je suis prêt à renoncer à tout, même à toi, juste pour te savoir heureuse. Je ne peux pas tout t'expliquer… Je te demande juste d'avoir confiance en moi et de me laisser faire.

Je recule d'un pas.

— Tu plaisantes ? C'est dingue !

Je suis complètement perdue. Il veut être avec moi, mais est avec Susan… Ça n'a aucun sens !

Il lâche la laisse du chien.

— J'essaie juste de te protéger de quelqu'un qui pourrait vraiment te faire du mal.

— Comment veux-tu que je te croie ?

— Crois-moi, c'est tout, Chris.

Il s'approche ; sa bouche n'est qu'à quelques centimètres de mes lèvres.

— Cameron, je… je ne peux pas.

Il secoue la tête.

— Chut.

Il m'embrasse, et mon corps réagit aussitôt.

— Tu m'as manqué à la folie, murmure-t-il en me regardant dans les yeux.

— Ne me fais pas de mal, Cam, ne me fais pas regretter de t'avoir fait confiance, je t'en prie !

— Promis. Je te demande juste une chose.

— Quoi ?

— Devant Susan, fais comme si tu me détestais. Je ne veux pas tout gâcher.

— J'essaierai, mais j'ai quelque chose à te demander, moi aussi : je veux savoir ce que tu es en train de faire. Je veux comprendre, Cam.

— Oui, d'accord, mais pas maintenant. Tu as besoin de te reposer. Tu es trop pâle.

Il me caresse doucement le visage.

— Je te raccompagne chez toi.

12

Le réveil sonne à sept heures pile. Je tends le bras pour l'éteindre.

— Ma chérie, si tu ne te sens pas bien, tu peux rester à la maison, dit ma mère d'une voix douce.

C'est tentant, mais je crois qu'une semaine loin du lycée, c'est déjà trop.

J'ai plein de choses à rattraper : mieux vaut que je me lève et que j'affronte la réalité.

Je me prépare en vitesse et je sors de chez moi. Cam m'attend dans sa voiture.

— Bonjour, mon cœur.

Je me sens fondre de plaisir juste parce qu'il m'a appelée « mon cœur ».

Il démarre.

— Alors, dis-moi ce que je dois faire aujourd'hui.

— Oh ! rien de particulier, juste garder tes distances avec moi et faire semblant d'être jalouse.

« Rien de particulier »... Ben voyons !

— Et pourquoi est-ce qu'on fait tout ça ?

— Pour tenir Susan loin de toi.

Cette histoire ne m'emballe pas du tout, d'autant plus que je ne sais pas comment je réagirai quand je la verrai tourner autour de Cameron.

— Ça ne me plaît pas, Cam. Si l'autre soir, ça s'est passé comme je le crois, Susan a déjà atteint son but : j'ai été super mal. Tu crois vraiment qu'elle constitue encore une menace ?

Il détourne les yeux de la rue pour les poser sur moi.

— Je sais que je te demande beaucoup, mais je ne lui fais pas confiance. Elle serait capable de faire n'importe quoi pour obtenir ce qu'elle veut.

— D'accord. Mais si tu essaies seulement de coucher avec elle, je...

— Pour ce qui est de « faire semblant d'être jalouse », tu devrais te débrouiller à merveille ! s'esclaffe-t-il.

Je soupire et je me tourne vers la vitre.

— Hé, mais je plaisante ! De toute façon, tu n'as rien à craindre. *Je suis avec toi*, pas avec elle, ne l'oublie pas.

Arrivés au lycée, nous amorçons cette mise en scène absurde.

— À tout à l'heure, dit Cam.

Il me fait un clin d'œil avant de sortir de la voiture.

Je prends une expression agacée, je descends à mon tour et claque fort la portière

— Hé, ce n'est pas ma faute, improvise Cam.

Je crie :

— Va te faire foutre, Geller !

Je me précipite vers le portail sous les regards intrigués de mes camarades.

Dans la cour, j'aperçois Susan. Je n'ai aucune intention de lui parler, mais cette sorcière me bouscule exprès.

Je proteste :

— Hé, regarde où tu vas !

— Oh, pardon, Chris. Comment vas-tu ? L'envie de boire du champagne t'est passée pour de bon ?

Voilà la confirmation de mes soupçons. C'est cette garce. Et elle n'essaie même pas de le cacher.

— Alors, c'était toi ? Tu te rends compte de ce qui aurait pu arriver ? Je devrais te dénoncer.

— Tu n'as pas l'ombre d'une preuve ! Et puis, ma chérie, tu l'as cherché. Je t'avais prévenue de rester loin de Cam. Je t'avais dit que ça se terminerait mal pour toi, et c'est ce qui est arrivé. Je tiens toujours mes promesses. J'espère que cette fois tu as retenu la leçon.

Je la regarde droit dans les yeux.

— Tu es vraiment tarée !

— Peut-être, mais c'est moi qui couche avec Cameron… Tu aimerais être à ma place, hein ? dit-elle avant de me pousser.

Les élèves s'agglutinent autour de nous.

Je siffle :

— Ne me touche pas !

— Sinon, tu fais quoi ? Tu cours te réfugier dans les bras de Matt ? Ah ! non, c'est vrai, Matt t'a juste utilisée. Tu appelles Cameron à l'aide, peut-être ? Ah ! non, j'oubliais, c'est moi qu'il aime.

— Pourquoi tu ne te sers pas de ton cerveau pour éviter de dire des conneries, pour une fois ? Ah ! non, c'est vrai, tu n'en as pas.

Elle sursaute, piquée au vif, me bouscule, et je me retrouve par terre.

Aussitôt, elle se jette sur moi comme une furie.

Les élèves qui nous entourent profitent du spectacle en rigolant.

— Hé là ! intervient Cameron.

Il remet Susan sur ses pieds en la tirant sans ménagement.

Son plan pour me protéger ne marchera pas : elle trouvera toujours une occasion de m'agresser.

— Je te hais ! hurle-t-elle tout en se débattant.

Impassible, Cameron ne la lâche pas.

Matt me tend la main pour m'aider à me relever. L'air préoccupé, il passe son bras autour de mes épaules.

— Allons-y, dit-il.

— Non ! Personne ne bougera d'ici tant que je ne saurai pas ce qui s'est passé, fait la proviseur, qui émerge de la foule. Laquelle de vous deux a commencé ?

— C'est elle, s'écrie Susan en me montrant du doigt.

— Quoi ? Ce n'est pas vrai !

— Monsieur Espinosa, qui a commencé ? demande la proviseur.

— Je n'ai pas vu, je viens d'arriver.

— Monsieur Geller ?

J'espère que Cameron ne confirmera pas la version de Susan.

— Je ne sais pas, répond-il.

J'esquisse un sourire, tandis que Susan se tourne vers lui, outrée.

— Dans mon bureau, toutes les deux ! ordonne la proviseur.

Formidable. Nous la suivons dans son antre. Je n'ai pas mis un pied ici depuis mon premier jour au lycée.

— Asseyez-vous.

Tandis que la proviseur nous tourne le dos, Susan me pousse méchamment pour s'installer.

— Je suppose que vous êtes conscientes que votre comportement pourrait avoir des conséquences fâcheuses ? lance la proviseur.

— Madame, c'est sa faute ! Moi, je n'ai rien à voir là-dedans, déclare Susan.

— Je ne peux pas vous croire sur parole, mademoiselle Rose. Ce que vous avez fait mériterait un renvoi, et l'exclusion du voyage scolaire. Mais, exceptionnellement, je vais faire preuve de clémence et vous punir d'une autre manière.

Le regard qu'elle nous jette par-dessus ses lunettes m'inquiète.

— En vue des inscriptions pour l'an prochain, je veux que toutes les deux, *ensemble*, vous distribuiez des prospectus dans la rue.

Je n'arrive pas à y croire. Je ne vais jamais supporter si longtemps la présence de cette teigne !

Je prends mon courage à deux mains.

— Madame, vous savez qu'on ne s'entend pas, elle et moi, n'est-ce pas ? J'ai peur que cela ne se termine encore plus mal.

— Bien sûr, que je le sais. C'est pourquoi, en dehors du fait que vous vous rendrez utile, cette punition sera une bonne occasion pour vous de trouver un terrain d'entente.

Je regarde Susan : ça alors ! Elle est en train d'écrire quelque chose sur son portable, au lieu de réagir et dire quelque chose pour nous sortir de ce pétrin.

Je demande :

— Quand devrons-nous le faire ?

— Après le voyage scolaire. Vous pouvez retourner en classe, maintenant. Les cours commencent.

Dans le couloir, Sam vient à ma rencontre.

— Chris, tu m'expliques ce qui t'a pris ?

— C'est elle qui a commencé ! Je n'allais pas la laisser faire !

Tandis que nous nous dirigeons vers la salle d'anglais, je lui raconte la querelle avec Susan, la confirmation de mes soupçons et la punition insolite infligée par la proviseur.

Dans la classe, je remarque que mon sac à dos, que j'avais laissé dans la cour, est sur ma table. Je regarde Cameron à la dérobée, il me fait un clin d'œil. C'est lui qui me l'a rapporté. Attentionné !

À la pause déjeuner, je me retrouve seule : Cam s'installe avec Susan, ce qui me démoralise un peu.

— Tout va bien, Chris ? demande quelqu'un derrière moi.

Je me retourne et vois une chevelure rousse.

— Ça ne te regarde pas, Lindsay. Laisse-moi tranquille.

— Oh, allez ! Je suis désolée pour ce qui t'est arrivé. Je te promets de te laisser en paix et de rien écrire sur toi.

Je n'ai aucune confiance en elle. Je lui tourne le dos et me prépare à mettre les voiles.

— Avant de s'en aller, Lexy m'a demandé de te dire quelque chose.

— Ça ne m'intéresse pas.

— Ça concerne Carly.

Je la regarde dans les yeux pour voir si elle ment. Elle a l'air sérieuse.

— D'accord, je t'écoute.

— Elle a dit qu'une seule personne pourrait te raconter ce qui est arrivé ce soir-là.

— Qui ça ?

— Celle qui rêve de te blesser. Quel est le premier nom qui te vient à l'esprit ?

— Susan.

Lindsay acquiesce.

— Parle-lui. Je parie qu'elle a hâte de te mettre au courant.

— Pourquoi ? Elle me déteste ; elle ne me rendrait jamais ce service.

— Peut-être qu'il ne s'agit pas d'un service... Elle sait que la vérité te ferait sans doute changer d'idée sur beaucoup de choses. Entre autres, sur Cameron...

— Et toi, qu'est-ce que tu sais ?

— Moi, je sais toujours tout, déclare Lindsay.

Elle me fait un clin d'œil et tourne les talons.

Elle se moque de moi. D'après Lexy, très peu de gens savent ce qui s'est vraiment passé.

Plongée dans mes pensées, je me dirige vers la salle du prochain cours quand, soudain, j'aperçois Cameron. Que faire ? Je voudrais lui annoncer la décision de la proviseur et lui rapporter la confession de Susan. Je fais un pas vers lui…

Je me fige à la vue de Susan qui court dans sa direction et l'embrasse.

Non, le plan de Cameron ne fonctionnera jamais ! Comment veut-il que je me contrôle devant ce genre de scène ? J'ai été folle de lui promettre que j'allais essayer. Je n'y arriverai pas, je ne suis pas assez forte.

— Cameron est un crétin…, dit Matt derrière moi.

Je me retourne. Lui aussi regarde Cam et Susan, qui s'éloignent main dans la main.

— Oui, fais-je. Il est digne de ta petite copine. Excuse-moi, mais la journée a été pénible, je n'ai aucune envie de parler de lui.

— OK. Juste par curiosité : ce matin, je vous ai vus arriver ensemble. Pourquoi ? Vous avez pourtant rompu, non ?

Cette question me prend au dépourvu.

— C'est juste que j'avais besoin de quelqu'un pour m'amener en voiture. On a décidé d'être amis. Mais ça s'est mal passé. Je ne crois pas que nous le deviendrons jamais.

— Je savais que Cam te ferait souffrir.

C'est lui qui le dit, alors qu'il m'a fait encore plus mal ? Ça me laisse sans voix.

— J'espère que Susan ne t'a pas blessée ce matin ?

— Non, ça va. Merci pour ton aide, aussi bien aujourd'hui que toutes les autres fois où tu m'as donné un coup de main. Je ne sais pas trop pourquoi tu le fais, mais je te remercie.

Il me regarde dans les yeux.

— Je le fais parce que je me sens terriblement coupable. Après l'histoire avec Tamara, je me suis senti comme une merde ; j'essaie de réparer, autant que possible. Tu ne me croiras sans doute pas, mais je tiens à toi. Et... et j'adorerais avoir une autre chance.

— Matt, je...

— Je veux dire, en tant qu'ami. Je sais qu'il ne peut rien y avoir d'autre entre nous... J'ai eu tort d'écouter Susan : par sa faute, j'ai perdu trop de personnes. Je n'ai pas l'intention de continuer sur cette voie. J'espère qu'un jour tu me pardonneras, Chris.

Je ne sais quoi dire. J'ai souffert par sa faute, c'est vrai, mais j'ai toujours pensé que tout le monde méritait une seconde chance.

J'esquisse un sourire.

— Je peux essayer.

— Vraiment ? fait-il, ravi.

— Oui, seulement, je te préviens : un seul mensonge, et ce sera fini pour toujours entre nous.

Il sourit :

— Je ne suis pas aussi stupide, je ne veux pas te perdre encore une fois.

13

Je ne sais pas combien de temps encore je vais réussir à jouer le jeu cruel imaginé par Cam...

Hier soir, je lui ai rapporté ma discussion avec Susan. Lui aussi la soupçonnait d'être responsable de mon malaise ; il est d'autant plus déterminé à continuer cette mise en scène. Je le suis beaucoup moins...

Du coup, ce matin, c'est Sam qui est venue me chercher. Tout au long du trajet, je me tais, perdue dans mes pensées.

— Sam, pardonne-moi si j'ai l'air distante. Je n'ai pas très envie de parler, dis-je tandis qu'on traverse la cour du lycée.

— À cause de Cam ?

Je hoche la tête.

— Dis-toi que même si son idée est complètement dingue, il t'aime et fait ça pour te protéger.

— Tu... tu es au courant, pour son plan ?

Je tombe des nues : je pensais que Cam n'en avait parlé à personne, surtout pas à sa sœur.

— Oui, depuis une semaine.

— Et pourquoi tu ne m'as rien dit ? Je croyais qu'on était amies.

— Bien sûr qu'on l'est ! Mais tu étais trop mal, et puis… Cam m'a demandé de me taire, pour ton bien. Maintenant qu'il t'a tout expliqué, on peut enfin en parler.

Je suis un peu déçue par son comportement. Je pensais qu'entre nous il y avait une relation spéciale, de confiance absolue et de complicité.

Seulement, Sam est avant tout la sœur de Cam, qui passera toujours avant n'importe quelle amie.

L'arrivée du professeur nous empêche de poursuivre. C'est peut-être mieux.

Les battements de mon cœur s'accélèrent quand Susan et Cam se glissent dans la classe à leur tour. Cameron et Susan. Elle lui donne un petit baiser avant de courir à sa table ; Cam vient s'asseoir derrière moi.

— Avant de commencer, j'ai le plaisir de vous annoncer que, ce matin, nous allons accueillir une de vos anciennes camarades, qui va terminer l'année scolaire avec nous, dit le prof.

Aussitôt, quelqu'un frappe deux coups légers à la porte, et une très jolie fille entre dans la classe.

— Chloé ! s'exclame Cameron dans mon dos.

Je vois que Sam soupire : elle ne doit pas la trouver sympa.

— Ravi de vous revoir, mademoiselle Split, dit le prof.

— Merci. Je suis contente moi aussi de vous retrouver, répond Chloé avant d'aller s'asseoir à une table libre.

— Tu nous as manqué, lui souffle Cameron.

Je me retourne : elle lui sourit et lui envoie un baiser ! Mais c'est qui, celle-là ?

Quand la sonnerie retentit, Chloé se lève et se précipite dans les bras de Cam.

En fin de journée, Sam s'approche de ma table, avec un air abattu. La cloche vient de sonner ; je suis en train de ranger mes affaires.

— Je t'en prie, Chris, dis-moi que tu es libre. Je ne veux pas rester à la maison avec Cameron et Chloé, qui jouent aux meilleurs amis.

Toute la journée, ces deux-là n'ont cessé d'échanger des coups d'œil et des sourires. Génial ! Maintenant, en plus de Susan je devrai aussi supporter cette Chloé…

— Désolée, je n'ai pas envie de sortir, et puis il faut que je travaille un peu. Votre maison est gigantesque, ce ne sera pas difficile de les éviter. Au pire, tu peux toujours rester enfermée dans ta chambre à regarder la télé, lui dis-je tandis que nous sortons de la classe.

— Oui. Je sens que je vais m'amuser… Combien tu paries qu'il y aura aussi Susan ?

— Pourquoi ?

— Susan et Chloé étaient amies.

— Et Cam ? Qu'est-ce qu'il lui trouve de spécial, à cette nana ?

— Ils ont toujours été très proches, répond Sam en haussant les épaules. Moi, je ne la supporte pas.

Cameron nous rejoint, un sourire idiot sur les lèvres.

— Vous ne seriez pas en train de parler de Chloé, par hasard ?

Il a l'air de très bonne humeur.

— Pourquoi, c'est défendu ? réplique Sam.

J'évite le regard de Cameron et fais mine de partir. Cette situation me contrarie terriblement. Il m'a mise dans une position inconfortable. Pour lui, c'est beaucoup plus simple... Je me demande comment il réagirait si je faisais semblant d'être avec Austin.

Cam m'agrippe le poignet.

— Rappelle-toi que je dois te ramener chez toi.

Tout le monde nous regarde.

— Merci, je vais rentrer seule.

— Comment ?

— Je peux marcher, ou trouver quelqu'un d'autre.

— Désolé, ta mère m'a demandé de te raccompagner en voiture.

Apparemment, il essaie de faire croire aux autres qu'il y est contraint et forcé. Je me doute qu'en réalité il veut me parler. Le problème, c'est que je n'en ai pas envie ; je préfère être seule pour mettre de l'ordre dans mes idées.

— Je me fiche de ce que t'a dit ma mère. Je ne veux pas rentrer avec toi.

Je libère mon poignet et m'en vais.

Une fois chez moi, je fonce dans ma chambre et m'écroule sur mon lit. Mon portable sonne ; je prends l'oreiller pour me couvrir la tête et me boucher les oreilles.

Il ne s'arrête plus de sonner.

C'est Cameron. Et si je répondais, juste pour savoir ce qu'il a à me dire ? Il est peut-être arrivé quelque chose d'important.

En moins d'une seconde, mon doigt glisse sur l'écran.

— Qu'est-ce qu'il y a ?

— Ouvre la fenêtre.

Oh ! non.

— Je suis déjà là, allez, ouvre.

Je m'approche de l'encadrement. J'écarte le rideau, et tombe sur ses yeux et son sourire irrésistible derrière la vitre.

— Ouvre, j'ai envie de te parler, dit-il au téléphone.

— Pas moi !

Son sourire disparaît.

— Chris, ouvre cette saleté de fenêtre !

— Non.

— Tu m'expliques ce qui te prend ?

— Ce qui me prend ? Tu embrasses Susan, tu baves devant cette Chloé, et maintenant tu as envie de me parler... Pardon, je ne suis pas d'accord.

— Chloé est une amie ; quant à Susan, tu sais bien que je fais semblant. Ce stupide baiser n'a aucune importance.

Pour lui, peut-être... Si ça se trouve, ça l'amuse d'avoir deux petites amies.

J'éclate :

— J'en ai marre, de ta façon de me protéger ! Soit tu mets fin à ce plan idiot et tu t'affiches avec moi au grand jour, soit tu restes avec elle. Moi, je ne peux pas continuer, ça fait trop mal, dis-je en retenant un sanglot.

Il pose la main sur la vitre et me regarde droit dans les yeux.

— Je n'aurais rien dû te dire ! Tout aurait été plus simple. Tu m'excuseras, je ne peux pas permettre que cette psychopathe t'envoie à l'hôpital une autre fois… Je t'aime, Chris.

Il coupe la communication et s'en va.

J'attends un moment, puis j'ouvre la fenêtre pour vérifier s'il est bien parti. Il n'est plus là.

Je m'essuie les yeux et m'apprête à me rallonger quand j'entends un bruit sec derrière moi. Je me retourne : Cameron est en train d'entrer par la fenêtre.

Je soupire.

— Qu'est-ce que tu fais ?

— Chris, je ne veux pas te perdre.

Il s'approche et me caresse le visage.

— Je t'en prie, ne pleure pas. Je déteste te voir comme ça, surtout quand je sais que c'est à cause de moi.

— Je t'aime, Cam.

Je l'embrasse.

Il m'attire contre lui.

Je suis bouleversée ; je le désire plus que jamais. Il enlève lentement mon tee-shirt.

— Tes parents sont là ? chuchote-t-il.

Je secoue la tête.

— Ferme à clef, on ne sait jamais.

Je m'exécute.

Cameron m'embrasse avec passion, me laissant à bout de souffle. Son tee-shirt atterrit par terre.

112

Ce n'est pas la première fois que je le vois torse nu, mais son physique parfait me fait un autre effet maintenant que nous sommes si près de faire l'amour.

Il me prend par la taille et me conduit vers le lit.

L'émotion me submerge : je suis sur le point de sauter le pas avec Cam ! Je me sens prête, et cette fois personne ne risque de nous déranger.

Nos bouches se trouvent ; notre respiration s'accélère.

Il m'embrasse dans le cou. C'est une torture délicieuse ; je n'ai jamais éprouvé de sensations aussi intenses. La première fois où nous étions dans une telle situation, nous n'étions pas encore un couple : j'étais allée chez lui pour bosser l'histoire, et on a fini sur le canapé.

Il m'allonge sur le lit et s'installe à côté de moi.

— Tu es très belle, chuchote-t-il.

Je caresse son visage.

— Tu es sûre de vouloir le faire ? demande-t-il à voix basse.

Je hoche la tête et il me sourit. Il m'embrasse de nouveau, ses mains descendent lentement le long de mon corps.

Il effleure ma peau sous le nombril en tirant sur mon jean pour le déboutonner. Puis il m'embrasse encore et encore dans le cou pendant que ses doigts explorent mon corps.

Dans la pièce, la chaleur monte. L'attente me rend folle ; je le veux, maintenant.

Je tends la main vers le bouton de son jean. Je sens qu'il sourit, et il se redresse légèrement.

— Impatiente ?

Il se lève pour enlever son jean et prendre un préservatif ; puis s'étend près de moi.

— Tu es sûre ?

Je le regarde droit dans les yeux.

— Cam, tu me l'as déjà demandé. Je t'aime, je veux que ma première fois soit avec toi.

Il sourit. Nous nous glissons sous le drap.

— Dis-moi si ça te fait mal, OK ?

En un instant, nous ne formons plus qu'un. La légère douleur que j'éprouve au début cède doucement la place au plaisir.

— Tout va bien, mon cœur ? chuchote-t-il d'une voix rauque près de mon oreille.

Oh ! oui, tout va bien.

Chacun de ses mouvements me fait frissonner ; plus les sensations que j'éprouve sont intenses, plus je sens que je l'aime. J'ai la certitude que c'est lui. Malgré toutes les erreurs que j'ai commises jusque-là, je sais que je ne me trompe pas. Il m'aime, il est prêt à tout pour me protéger.

Cam s'immobilise avant de s'abandonner sur moi. Mon cœur bat très fort ; je ne peux croire que je viens de le faire.

Il s'allonge à côté de moi en cherchant à reprendre son souffle, tend le bras et m'attire contre lui.

Je pose la tête sur son torse.

— Tu as eu mal ? demande-t-il.

— Je m'attendais à pire, dis-je pour blaguer.

— Mmm... Ça fait plaisir de te voir aussi bien.

C'est vrai, je me sens détendue et heureuse. Je lui souris.

— Ne souris pas comme ça.

— Pourquoi ?

— Parce que ça me donne envie de recommencer, et de ne plus m'arrêter.

Je rougis.

Tout à coup, on entend le bruit de la porte d'entrée.

Je sursaute, affolée.

— Oh non !

Cameron, entièrement nu, est déjà debout. Je comprends pourquoi il plaît autant aux filles. Il est parfait.

Je secoue la tête pour chasser ces pensées, je me lève et j'enfile ma culotte et mon tee-shirt.

— Chris, dit ma mère, qui frappe à la porte.

Cameron est en train de mettre son jean ; il ne réussira jamais à sortir à temps !

La poignée bouge.

— Chris, ouvre la porte, dit ma mère.

— Dans le placard, vite ! dis-je à Cameron.

Je jette un coup d'œil à la ronde : par chance, ma chambre n'est pas en désordre. J'ouvre la porte.

— Pourquoi tu t'enfermes ? demande ma mère.

Je dis la première chose qui me passe par la tête :

— J'étais en train d'essayer des robes. Je ne voulais pas que quelqu'un entre et me voie nue.

— Quelle coïncidence ! Je voulais justement te montrer une petite robe que je t'ai achetée aujourd'hui. Je suis sûre qu'elle t'ira à merveille ! Je vais la chercher.

Je referme la porte derrière elle et cours vers le placard.

— Cam, vite !

Il sort aussitôt et finit de se rhabiller. Puis il m'embrasse tendrement sur la bouche.

— Je t'aime, chuchote-t-il.

Et il se sauve par la fenêtre.

— La voilà. Tu ne trouves pas qu'elle est superbe ? demande ma mère, qui pousse la porte une seconde plus tard.

— Merveilleuse !

— Essaie-la. Je t'attends dans le salon.

Une fois seule dans la chambre, je m'assois sur le lit.

Je repense à ce qui vient de se passer... Un long frisson parcourt mon corps.

14

Passer la nuit à faire des recherches sur Internet n'a jamais été mon truc. Je suis fatiguée, je tombe de sommeil. Mais je voulais savoir pourquoi je n'ai eu aucune perte de sang pour ma première fois.

Hier soir, après le départ de Cam, j'ai remarqué que mes draps étaient immaculés, et ça m'a fait peur. C'est complètement irrationnel, mais, pendant quelques instants, j'ai douté de ma virginité : avais-je effacé je ne sais quel événement de mon passé ?

Internet m'a appris que c'est normal. Il peut arriver, pour plusieurs raisons, que la déchirure de l'hymen ne soit pas accompagnée de saignement... Cela m'a tranquillisée, pas entièrement, toutefois. Une étrange sensation persiste, comme si faire l'amour avec Cam avait réveillé quelque chose en moi, quelque chose d'indéfinissable, une peur, un souvenir ; ce n'est pas clair... et je ne suis pas sereine. Je voudrais en parler à Cam, mais je crains de ne pas savoir décrire ce malaise.

— Tout va bien ? Tu n'as pas bonne mine, observe Kate.

— C'est juste que je n'ai pas beaucoup dormi cette nuit, dis-je en buvant mon lait à petites gorgées.

— De mauvais rêves ?

— Non, des recherches sur le Net.

— À propos de quoi ?

Le klaxon de la voiture de Cameron me permet d'éviter l'interrogatoire de ma petite sœur. Ouf... J'abandonne mon petit déjeuner, attrape mes affaires et me précipite dehors.

Dès que je m'installe à côté de lui, Cam me plante un baiser sur les lèvres.

— Bonjour, mon cœur.

— Bonjour à toi, dis-je en souriant.

— Tu vas bien ?

— Oui, je n'ai jamais été mieux, je mens.

Nous entrons dans le lycée main dans la main. Plus question de dissimuler ce que nous sommes : un couple heureux et amoureux.

Les gens que nous croisons ont l'air stupéfaits : jusqu'à hier, Cam semblait éperdument amoureux de Susan...

Tout à coup, Lindsay nous rattrape, hors d'haleine, les cheveux ébouriffés.

— Dites, je peux vous prendre en photo ? C'est un scoop !

Et puis quoi encore !

Je sursaute pourtant en entendant Cameron lui répondre :

— Pas de problème.

Ce n'est pas possible, il n'est pas sérieux !

Il me fait un clin d'œil et me glisse à l'oreille :

— Fais-moi confiance.

— Prenez la pose, lance Lindsay, ravie.

Je m'apprête à sourire… quand il passe le bras autour de ma taille et m'embrasse sur les lèvres.

— Merci beaucoup ! s'exclame Lindsay, qui examine la photo.

— File écrire un bel article ! lui dit Cam.

— J'y vais de ce pas.

Je secoue Cam par l'épaule.

— Tu es fou !

— Oui, fou de toi.

Ça sonne, c'est l'heure d'aller en cours.

Main dans la main, nous nous dirigeons vers notre classe.

En nous voyant, Chloé se fige.

— Chloé, je te présente Chris, ma copine.

Elle me regarde, ouvre la bouche pour dire quelque chose, puis la referme et m'adresse un sourire forcé.

Je lui tends la main.

— Salut, Chloé.

— Salut, Chris, répond-elle. On peut se parler ? Seuls ? demande-t-elle à Cameron.

Il me regarde comme pour me demander la permission. Je hoche la tête et j'entre dans la classe.

Chloé est-elle contrariée ? Je voulais lui faire bonne impression : après tout, c'est une amie de Cameron.

Alors que j'installe mes affaires, Susan fait son entrée, un sourire gravé sur le visage. Puis arrive Sam, qui vient me serrer dans ses bras.

— Chris ! Tout va bien ? J'ai appris ce qui s'est passé avec Cameron, dit-elle, l'air émue.

Quoi ?

— Il te l'a dit ?

Elle acquiesce.

Je ne savais pas que Cam et elle étaient devenus aussi intimes. Cela ne me déplaît pas que Sam le sache, tôt ou tard, je le lui aurais dit moi-même, mais j'aurais préféré que Cam garde ça pour lui.

— Alors ? Je suis curieuse !

— Ç'a été très tendre, intense, absolument parfait. Même si…

— Même si ?

— Rien d'important, mais… Sam, il s'est passé quelque chose de bizarre.

J'ai décidé de lui en parler. C'est ma meilleure amie ; je crois qu'elle a aussi plus d'expérience que moi dans ce domaine.

— Raconte.

— Après l'avoir fait, j'ai vu que je n'avais eu aucune perte de sang, et ça m'a troublée. Je suis certaine que c'était ma première fois, et pourtant, j'ai une impression bizarre qui me met mal à l'aise…

Sam détourne les yeux ; elle semble avoir l'esprit ailleurs.

— Eh bien, Chris, je crois que tu dois… Oh ! le prof est là, dit-elle, et elle court à sa place. On en reparle après.

Dommage… Sam était sur le point de me dire quelque chose.

Cameron et Chloé entrent à leur tour dans la classe. Il semble tendu. Dès qu'il s'assoit derrière moi, je me retourne pour lui demander si tout va bien.

120

Il se détend et il affiche un sourire qui se veut rassurant. Il se penche vers moi.

— Ça va, mon cœur, me chuchote-t-il avant de m'embrasser sur la bouche.

J'entends alors un bruit. Je regarde de l'autre côté de la classe : Susan est debout, un crayon cassé entre les mains. Je vois les stylos et crayons de couleur éparpillés à ses pieds.

— Oups ! lâche Cameron dans mon dos.

— Mademoiselle Rose, ramassez-moi tout ça et asseyez-vous, ordonne le professeur.

Elle s'exécute, le regard fixé sur Cameron et moi.

— Bien. Avant de commencer le cours, nous allons parler de notre séjour à Londres pour décider de la répartition des chambres. Que ce soit clair : je ne veux pas entendre parler de chambres mixtes, n'essayez même pas, vous ne feriez que perdre votre temps.

Pendant qu'il dit ça, son regard s'attarde sur Cameron.

Puis, il se met à noter sur une feuille les noms des camarades de chambre.

— Christina Evans ?

— Je suis avec Samantha Geller.

Sam me sourit.

— Samantha Geller et… ?

— Juste nous deux, dis-je.

— Non, la chambre est pour trois. Bien, j'ajoute Chloé Split.

Quoi ? Je me retourne pour regarder Chloé qui m'adresse un sourire. Sam, elle, a l'air terrorisée.

Le prof passe à Susan qui, sans surprise, partagera la chambre avec ses acolytes.

— Cameron Geller, pour des raisons qu'il est inutile d'expliquer, c'est moi qui choisis à votre place.

Je suppose que, lors des voyages précédents, Cam ne s'est pas distingué par sa bonne conduite...

— Dans votre chambre, je veux quelqu'un de raisonnable qui vous tiendra à l'œil. Je n'ai pas l'intention de vous chercher cette fois encore dans les chambres des filles...

— Monsieur, avouez que vous vous êtes bien amusé à me pourchasser, réplique Cameron.

Le prof lui lance un regard mauvais.

— Vous partagerez la chambre avec le nouvel élève qui arrive la semaine prochaine, et avec... mmm... voyons...

Le prof parcourt attentivement sa liste d'élèves.

— Matthew Espinosa.

— Quoi ? s'étrangle Cameron.

— Bien ; votre réaction confirme que j'ai fait le bon choix, dit le prof. Et maintenant, au travail.

Quand sonne la pause déjeuner, je rejoins Cameron, qui se tient à la porte, boudeur.

— Ça va ?

— Non ! Ça ne me dit rien de partager la chambre avec un petit nouveau ringard et l'ex de ma copine.

— Tout ira bien.

Il me fait un clin d'œil.

— Au pire, je passerai la nuit dans ta chambre. Viens là.

Il m'attire à lui pour m'embrasser.

Quand nos lèvres se rencontrent, je nous revois sur le lit, nus, et l'air me manque. Soudain en sueur, je m'écarte de lui pour reprendre mon souffle.

— Ça ne va pas ? mon cœur ?

— Si, c'est juste que...

— Qu'est-ce qui se passe, bon sang ? lâche Susan dans notre notre dos.

Cameron se retourne et réplique aussi sec :

— Je parle à ma petite amie ; alors, sois gentille... On voudrait rester seuls.

Il pivote vers moi, me prend par la main et m'entraîne hors de la salle.

— Tu me le paieras, Chris ! siffle Susan quand je passe près d'elle.

Combien de fois ai-je entendu cette menace ?

Cameron s'arrête.

— Si tu touches un seul de ses cheveux, tu es morte !

— T'es un salaud, Geller, réplique-t-elle, en larmes.

— Et, encore, tu n'as rien vu ! Je te déconseille de t'en prendre aux personnes que j'aime.

15

— Geller ! appelle quelqu'un dans le fond du couloir.

Chloé.

Cameron soupire.

— Chloé, ce n'est pas le moment pour s'engueuler.

— Désolée, il faut qu'on parle tous les deux. Maintenant.

— Je n'ai pas l'intention de rester là à t'écouter, dit Cameron

Il me prend par la main et recommence à marcher.

— Tu l'as promis ! À moi, et à Carly. Tu te rappelles ?

Je frissonne : qu'est-ce que Chloé a à voir dans l'histoire de Carly ?

Cameron se tourne lentement vers elle.

— Ne la mêle pas à ça.

— Tu sais parfaitement que nous devons avoir cette conversation.

— Chris, excuse-moi, lâche Cam. Je te retrouve tout à l'heure.

— Quoi ? Pas question !

Il me regarde dans les yeux.

— Je t'en prie.

Le mystère Carly, qui continue de surgir quand je m'y attends le moins, commence à me lasser...

Je cède à contrecœur. Comme je voudrais être une petite souris pour écouter ce qu'ils vont se dire, ces deux-là...

Dans la classe, je trouve Sam, seule, qui fixe l'écran de son portable.

— Qu'est-ce que tu fais ?

— Regarde, il y a Chris, dit-elle.

Elle tourne le téléphone vers moi. Elle est en train de faire un appel vidéo avec Nash.

— Salut, le New-Yorkais !

Il sourit.

— Salut, Chris !

C'est trop bizarre de le voir à travers le portable...

— Comment ça va, là-bas ?

— Bien. Je suis un peu en retard sur le programme, mais je crois que j'arriverai à tout rattraper. Je me suis déjà fait des amis, mais ils ne sont rien comparés à vous.

— Tu nous manques, tu sais...

— Vous me manquez, vous aussi. Je dois y aller, le cours va commencer. Dites bonjour de ma part à ce salaud de Cameron !

— Pourquoi « salaud » ? veut savoir Sam.

— Parce qu'il ne répond jamais au téléphone, dit-il avant de couper.

Le sourire disparaît aussitôt du visage de Sam.

— Il te manque, fais-je bêtement.

— Oui. Plus que jamais. C'est frustrant, de ne le voir que sur un écran. Ses bras me manquent, son parfum... tout. Je l'aime, Chris. Allez ! j'arrête de me plaindre, de toute façon ça ne sert à rien. Il a préféré partir...

Elle se tait un instant avant de reprendre :

— Tu sais, quand nous étions en train de parler de Cam, et que le prof d'anglais nous a interrompues...

— Vas-y, continue.

— Ben, en réalité, ce que je voulais te dire, c'était d'en parler avec lui, et de lui faire confiance.

Ainsi, Sam sait quelque chose qu'elle ne peut pas me révéler... Je ne veux pas insister pour ne pas la mettre mal à l'aise : je suppose qu'elle a promis à Cam de garder le secret. Oui, je vais suivre son conseil et essayer de lui parler.

Comme le prof entre dans la classe, je vais à ma place. Cam et Chloé arrivent de nouveau en retard. Il a l'air préoccupé, mais, cette fois, je ne me retourne pas pour lui demander ce qu'il a. Je sais déjà que cela a un rapport avec Carly, et le sujet reste tabou.

En fin de journée, Cam m'accompagne à mon casier.

— Mon cœur, ça te dit de venir chez moi ce soir ?

— Mes parents ne voudront jamais ! Ils vont me dire que, comme j'ai perdu une semaine de cours, je dois rattraper le programme, et bla bla bla.

— Attends ! Tu as seize ans, tu peux faire ce que tu veux quand tu veux. Et puis, je suis sûr que si tu dis que tu viens chez moi, il n'y aura aucun problème. Tes parents m'adorent, fait-il, l'air satisfait.

— Espèce de lèche-bottes ! Tu devrais me montrer comment on fait.

— Oh ! avec mes parents, tu te débrouilles pas mal non plus.

— Si tu le dis…

— Ils sont fous de toi ! Dès qu'ils t'ont vue, ils ont décidé que tu étais la fille qu'il me fallait.

Notre petit flirt est bientôt interrompu par Susan, qui fonce droit sur nous.

Oh non !

Cameron se place en travers de son chemin.

— Écoute, Susan, on en a assez de tes conneries. Laisse-nous tranquilles, d'accord ?

— Je veux présenter des excuses à Chris.

C'est une blague ? Je regarde autour de moi avec méfiance pour m'assurer qu'il n'y a pas de caméra cachée.

— Susan…, insiste Cameron.

— Non, laisse-moi parler, fait-elle.

Son regard passe de Cam à moi.

— Chris, je reconnais que j'ai exagéré, mais essaie de me comprendre. Hier encore, Cam était avec moi, et ce matin, vous arrivez en vous tenant par la main, comme si de rien n'était. Je n'ai pas l'intention de te faire du mal ; ce qui est arrivé à la fête m'a suffisamment effrayée. J'ai eu peur de t'avoir tuée… Je te propose une trêve.

— Susan, fait Cam, je jure que si tu trames quelque chose…

— Non, j'ai juste décidé de ne pas péter un plomb chaque fois que je vous vois ensemble.

Elle me tend la main, que je serre. Puis elle esquisse un sourire et s'en va.

— Ça alors ! Je suis sciée…, je m'exclame.

— À ta place, dit Cam, je ne baisserais pas la garde. Elle est capable de changer d'idée en une nanoseconde. Quelque chose me dit que Chloé y est pour quelque chose.

— Tu peux m'expliquer ce qu'elle a à voir dans cette histoire ?

— Mmm… Je me demande si ce n'est pas elle qui a convaincu Susan de te présenter des excuses. Si c'est le cas, crois-moi, elle ne l'a pas fait pour t'être sympathique. Il y a autre chose là-dessous…

Mais alors, pourquoi ? Attirer l'attention de Cam ?

— Cam… je dois te parler d'un truc important.

— Non. Je ne veux rien entendre qui pourrirait encore plus la journée ou ferait qu'on se dispute. On remet ça à plus tard, d'accord ?

À vrai dire, moi non plus je n'ai pas envie d'aborder des sujets délicats. La journée a été bien assez pénible.

— D'accord, on en parle une autre fois.

16

— Il est super tard ! Je n'ai pas entendu mon réveil !
La voix de Kate m'arrache au sommeil.

J'allume mon portable et la lumière de l'écran m'aveugle. Il est neuf heures, et on est samedi… Alors, pourquoi est-elle aussi pressée ?

Je tire la couverture sur ma tête pour me rendormir.

Quelqu'un frappe à la porte d'entrée : sûrement pour Kate.

Une minute plus tard, j'entends des pas dans le couloir, et la porte de ma chambre s'ouvre.

— Non, Kate, je ne te prête rien !

C'est toujours la même histoire. Elle a une tonne de vêtements, mais quand elle sort, elle n'a soi-disant rien à se mettre.

Mon matelas bouge : quelqu'un s'est assis dessus. Je sors la tête de sous la couverture : Cameron ! La surprise me fait sursauter et tomber du lit.

— Tout va bien ? demande Cam en se penchant.

Je masse ma nuque endolorie.

— Qu'est-ce que tu fais là ?

— Tu me manquais, alors je suis venu te dire bonjour.

D'accord, c'est très gentil, mais il aurait au moins pu attendre que je me réveille.

— Qui t'a ouvert la porte ?

— Kate.

Je vais la tuer ! Elle sait parfaitement que le samedi à neuf heures je dors encore. Je ne ressemble à rien !

Il me tend la main.

— Allez, lève-toi !

Je m'assois près de lui. Je dois avoir une tête horrible.

— Tu es trop mignonne, à peine réveillée, s'esclaffe-t-il.

— Ce n'est pas vrai. Ne me regarde pas !

Gênée, j'essaie d'arranger mes cheveux.

On frappe encore à la porte.

— Chris, dit ma mère en entrant. Oh ! s'exclame-t-elle à la vue de Cameron.

Elle va penser qu'on a passé la nuit ensemble.

— Bonjour, madame Evans, dit Cam, très à l'aise.

— Cameron, quel plaisir de te voir... euh... Tu as dormi ici ?

Je réponds à sa place :

— Non, non. Il est... il vient d'arriver. C'est Kate qui lui a ouvert.

Ma mère pousse un soupir de soulagement.

— Je suis venu chercher Chris pour l'emmener au skatepark, explique Cam.

Je le regarde, étonnée.

— Au skatepark ?

— Amusez-vous bien, dit ma mère avant de tourner les talons.

Cam se lève.

— Dépêche-toi, les autres nous attendent.

— Je ne viens pas.

— Pourquoi ?

— Parce que je ne me sens pas bien et que ça ne me dit rien.

Je suis sûre qu'il y aura aussi Chloé…. Ce n'est pas de la jalousie, on voit très bien qu'elle n'est qu'une amie pour Cameron, seulement je suis convaincue qu'elle et Susan complotent quelque chose contre moi.

— De fausses excuses. Regarde ce beau temps ! Allez, habille-toi. Je t'attends dehors.

Je me lève et je me prépare à contrecœur.

Quand j'entre dans la voiture, Cameron me dévisage avec perplexité.

— Qu'est-ce qu'il y a ?

— Tu as mis vingt minutes pour enfiler un tee-shirt et un legging ?

— Tu oublies le maquillage. Tu ne connais rien aux trucs de fille !

— Bien sûr, dit-il d'un ton ironique avant de démarrer.

— Chloé sera là, elle aussi ?

— Oui.

Génial. Ça va mal se passer, je le sens.

— Tu ne la trouves pas sympa, hein ?

— Ce n'est pas ça. Elle ne m'inspire pas confiance, c'est tout.

— Elle n'est pas méchante, tu le comprendras vite. Essaie de discuter avec elle aujourd'hui. Je parie que vous deviendrez amies.

Amies ? Mais bien sûr ! J'acquiesce quand même pour lui faire plaisir.

Une fois au skatepark, je repense à l'après-midi passé ici avec Matt. Tant de choses ont changé depuis.

Les copains sont en train de bavarder assis en cercle. Il y a Carter, Jack, Taylor, Matt et Chloé. C'est trop bizarre de ne pas voir Nash avec eux.

— Sam n'est pas là ? je demande

— Non, elle avait rendez-vous avec Nash pour un FaceTime.

Il me prend par la main pour m'entraîner vers le groupe.

— Et voilà les tourtereaux, ricane Taylor.

— C'est trop mignon, Geller, sérieux ! Qu'est devenu le dragueur sans cœur qui ne tombait jamais amoureux ? plaisante Chloé.

Cameron se contente de lui faire un doigt d'honneur. Elle éclate de rire.

— On fait un tour ? propose Jack.

Cam me tend son skate.

— Tu veux essayer ?

— Non, merci. La dernière fois, j'ai failli envoyer un mec à l'hôpital.

— Ce n'était pas ta faute. Tu avais un prof complètement nul.

Il plaque un baiser sonore sur mes lèvres.

Chloé vient s'asseoir près de moi.

— Cam a l'air super amoureux, dit-elle. La dernière fois que je l'ai vu dans cet état, c'était avec…

J'anticipe :

— Susan.

Elle me regarde et me sourit.

— Je voulais dire Carly, mais ça marche aussi pour Susan.

Je me lance :

— C'est toi qui l'as convaincue de me présenter des excuses ?

— Oui.

— Je peux savoir pourquoi ?

— C'est trop long à raconter… En tout cas, ne t'en fais pas, je ne complote rien contre toi, si c'est ce que tu penses. J'essaie seulement de donner une bonne leçon à cette garce.

— Qu'est-ce qu'elle t'a fait ?

— À part me pourrir la vie ? Rien.

— Ça a quelque chose à voir avec Carly ?

Je me rappelle très bien que l'autre jour elle a parlé d'une promesse que Cameron leur aurait faite, à elle et à Carly…

— Je ne peux pas t'en dire grand-chose. Très peu de gens savent ce qui s'est réellement passé. Et c'est mieux ainsi, pour le bien de tous. Tout ce que je peux te dire, c'est que, oui, Carly a beaucoup à voir avec cette histoire parce que… c'était ma sœur.

Je la regarde, stupéfaite.

— Tu plaisantes ? Pardon… Je veux dire, vraiment ? Oh ! je…

— Je ne t'ai rien dit, OK ? Je ne veux pas que Cameron apprenne que je n'ai pas respecté notre pacte. Pour que les choses soient claires : je ne suis pas amie avec Susan, je veux juste découvrir ce qu'elle sait sur la mort de Carly.

— Je ne comprends pas... Qu'est-ce que Susan aurait à voir avec tout ça ?

Chloé réfléchit quelques instants avant de répondre :

— Eh bien, à une certaine époque, Carly, Susan et moi étions inséparables. Puis Susan a trahi ma confiance, et notre relation a changé, mais elle est restée très amie de Carly. Je suis persuadée qu'elle en sait plus que ce qu'elle ne dit sur l'accident de ma sœur...

— C'est à cause de ça que tu as déménagé à New York ?

— Oui. Partir d'ici m'a semblé la meilleure manière d'affronter la mort de Carly et d'essayer de reprendre en main le cours de ma vie.

Cette fille est plus forte que ce que je pouvais imaginer...

Je lâche :

— Je suis désolée, Chloé.

Je me sens stupide de l'avoir jugée sans connaître son histoire.

— Il ne faut pas. Le passé, c'est le passé. C'est le présent qui compte.

Je me retourne pour regarder les garçons. Cameron m'envoie un baiser. Il est trop mignon.

— Tu sais, Chris, après la rentrée, Cam m'a parlé de toi, fait Chloé. Tu n'es pas du tout comme il t'avait décrite.

Je m'esclaffe :

— Au début, on ne s'entendait pas du tout.

— À cause de Susan, je parie ?

J'acquiesce.

Nous passons la matinée à bavarder. Cam avait raison, Chloé est vraiment sympa.

Vers midi, Cam et moi disons au revoir à tout le monde et nous nous dirigeons vers la voiture.

— Alors, tu t'es ennuyée ? me demande-t-il.

— Non, au contraire. Chloé est super.

Il sourit.

— Qu'est-ce que je t'avais dit ?

— Cam ! appelle à cet instant Chloé, qui vient vers nous, suivie de Jack. J'aimerais te parler.

Je reste seule avec Jack.

— Tu rentres avec Cameron ? veut-il savoir.

— Oui, on va passer l'après-midi ensemble. Et toi... tu pars avec Chloé ?

— Oui. Nous aussi, on a des projets pour l'après-midi.

Il y a visiblement quelque chose de plus que de l'amitié entre ces deux-là.

— Oh ! c'est pas ce que tu crois, dit-il comme s'il lisait dans mes pensées. Nos parents sont amis. Toute la famille Split vient à la maison, on va fêter le retour de Chloé.

Je ne l'écoute plus : Cameron revient et passe près de moi sans un mot.

— Ne sois pas lâche et dis-le-lui ! crie Chloé.

Elle s'approche de moi, préoccupée.

— Chris, quoi qu'il t'apprenne, reste calme, OK ?

Surprise par sa mise en garde, je suis Cameron dans la voiture. Comme il se tait, je finis par demander :

— Cam... tout va bien ?

— Oui. C'est juste que... Chris, je dois te dire quelque chose.

Mon cœur bat fort.

— Je t'écoute.

— D'abord, promets-moi de bien réfléchir avant de prendre une décision quelconque.

— D'accord, fais-je, inquiète.

Cam serre ma main entre les siennes.

— Sam m'a parlé de ce problème... bref, de ta première fois et des doutes que tu as.

Pourquoi Sam m'a-t-elle devancée ?

— Oui... je ne sais pas quoi en penser. Tu es le premier garçon avec qui j'ai fait l'amour. Pourtant, j'ai une sensation étrange... C'est comme si...

— Chris, ta première fois, c'était avec moi, mais... mais pas ce jour-là.

— Quoi ? Je ne comprends pas, Cam ! Explique-toi.

— Le soir de la fête de Nash, tu étais dans ma chambre...

— Tu m'as dit que cette nuit-là, j'avais blessé Susan en lui disant des trucs horribles, rien d'autre.

Il se passe la main dans les cheveux et s'appuie contre son siège en évitant mon regard.

— Eh bien, ce n'est pas exactement ça. Il y a quelque chose que tu ne sais pas. Cette nuit-là, Susan et moi, on est montés dans ma chambre pour faire...

enfin, tu devines. Mais quand je t'ai vue allongée sur mon lit, je n'ai plus eu envie de faire l'amour avec elle. Tu étais si belle... Puis tu t'es réveillée et tu as hurlé des insultes, que je ne répéterai pas, à Susan. Quand elle est partie, tu t'es rallongée. Je me suis mis à côté de toi et...

— Non, ça suffit.

Je préfère ne pas entendre la suite. Je n'arrive pas à croire qu'il ait profité du fait que j'étais ivre et inconsciente de mes actes. Je descends de voiture, je claque la portière et me mets à courir. Nous n'étions pas encore ensemble ! J'en ai la nausée.

— Chris, attends, s'écrie Cam dans mon dos. S'il te plaît, écoute ce que j'ai à te dire ! Ensuite, tu feras ce que tu veux.

Je m'arrête.

— Et qu'est-ce que tu as à me dire ? Que tu t'es bien amusé pendant que j'étais saoule ? Tu me dégoûtes !

— Tu le voulais, toi aussi !

— Quoi ?

— Cette nuit-là, quand je me suis allongé près de toi, tu m'as carrément sauté dessus en me disant que tu voulais faire l'amour.

— J'avais bu ! Je n'étais pas moi-même ! Qu'est-ce que tu cherches à dire ? Que c'est ma faute ? D'ailleurs, tu étais avec Susan ! Pourquoi tu as rejoint une nana que tu ne supportais même pas ?

— Non, ce n'est pas ta faute. Moi, je le voulais, je le voulais de toutes mes forces. J'ai commencé à éprouver quelque chose pour toi longtemps avant ça, quand on a fait l'amour, j'étais déjà fou de toi. Comment est-ce que tu peux ne pas t'en souvenir ? Tu avais l'air tellement amoureuse… c'était si beau… Cette nuit-là, j'ai décidé d'en finir avec Susan.

— Cameron, ce qui me fait mal, ce n'est pas le fait que ma première fois ait été avec toi. Je suis blessée parce que tu me l'as caché pendant tout ce temps. Sans Chloé, tu ne m'aurais rien dit !

— Je comprends. C'est pourquoi je me sens comme le pire des cons. J'aurais dû te le dire tout de suite. Mais vu que tu faisais comme si rien ne s'était passé, j'étais désorienté. Chris…

Il fait un pas vers moi ; je recule aussitôt.

— Ne me touche pas ! La seule chose que je veux maintenant, c'est être le plus loin possible de toi.

17

Le lundi est la pire journée de la semaine. Pas facile de retourner à la routine quotidienne après avoir passé un dimanche entier à ne rien faire.

Je dois me préparer à la hâte et sortir vite si je veux arriver à l'heure au lycée. Peu de chances que Cameron m'attende dehors...

Je rallume mon portable, que j'avais laissé éteint toute la journée pour éviter le moindre contact avec lui. Je suis curieuse de découvrir s'il a cherché à me joindre.

Cinq appels manqués, tous de Cam.

Inutile de dire que ça me fait plaisir : cela démontre qu'il tient à moi et qu'il veut s'expliquer. Seulement, je suis un peu perdue. J'ai les idées embrouillées, et je n'ai pas encore décidé s'il mérite ou non d'être pardonné pour ce qu'il a fait.

Je glisse les écouteurs dans mes oreilles ; je marche, au son de *Wonderland* de Taylor Swift, cherchant à chasser mes pensées négatives. Tout ira bien.

Devant le lycée, je rejoins Austin, Alex, Robin et Camila.

Je remarque que cette dernière porte le pendentif qu'Austin lui a offert. C'est vrai, je n'y avais plus pensé… Sa fête d'anniversaire devait avoir lieu le lendemain de la soirée en l'honneur du père de Cam. Ce dimanche-là, j'étais étendue sur un lit d'hôpital, à moitié morte…

— Camila, avec tout ce qui m'est arrivé, je ne t'ai pas souhaité ton anniversaire… Alors, tous mes vœux en retard !

— Merci, Chris. Austin m'a dit que tu l'avais aidé à choisir le cadeau… J'aimais bien ses tasses ; je les collectionne depuis des années, et puis…

Robin lui donne un coup de coude, et elle se ravise.

— Euh… oui, bref, merci.

Robin s'empresse de changer de sujet :

— Dis donc, ça s'est arrangé avec Geller ?

— Pardon ? De quoi tu parles ? fais-je.

— Du message de Lindsay. Celui où elle dit que tu t'es encore disputée avec Geller, explique Austin, qui lance un regard furieux à son copain.

— Je n'ai rien reçu, moi !

Je vérifie mon portable : il n'y a que les appels manqués de Cam.

— Je suis désolé pour toi et Geller, reprend Austin.

— Menteur ! ricane Alex.

— Ouais… Bon, je file, j'ai un compte à régler avec une fouineuse qui ne sait pas s'occuper de ses oignons. À plus tard !

J'espère trouver Lindsay avant la sonnerie. Je n'ai que dix minutes, il faut que je me dépêche.

Je parcours le bâtiment dans tous les sens : pas de trace de cette teigne. En revanche, en m'approchant de casiers, j'aperçois Cameron et Susan, hilares. C'est un coup de poignard dans le cœur.

Je regarde autour de moi, cherchant une manière de rejoindre mon casier sans qu'ils me voient. Non, je n'ai pas le choix, je ne peux pas les éviter. Je respire à fond et marche droit devant moi.

Je réussis à m'insérer dans un groupe d'élèves et à les dépasser, ni vu ni connu. C'est mieux comme ça.

Je prends à la hâte les livres dont je vais avoir besoin pour les cours, referme la porte de mon casier et... tombe nez à nez avec Cameron.

Je sursaute, surprise ; lui sourit, amusé par ma réaction. Je le contourne sans un mot.

Tandis que je marche vers la classe, j'entends ses pas derrière moi. Je lance :

— Tu avais l'air d'excellente humeur, tout à l'heure. Je suis contente pour toi.

— Tu ne serais pas jalouse de Susan, par hasard ?

— Non.

— Elle me parlait de son frère aîné, qui a réussi à avoir son diplôme à l'université. C'était un super pote à moi.

— Tu n'es pas obligé de te justifier.

— Non, mais je préfère t'expliquer pour que tu ne te fasses pas de films.

Je secoue la tête, puis je reprends mon chemin.

Il attrape mon bras.

— Je peux savoir ce qui te prend ? Tu es toujours furieuse à cause de cette histoire ?

— Ça t'étonne ?

— Chris, on le voulait tous les deux, et ç'a été formidable ! Si tu te rappelais comment ça s'est passé cette nuit-là, tu serais heureuse.

Je me tais. J'ai toujours cette sensation étrange... Peut-être qu'au lieu de m'acharner sur Cam je devrais apprendre à m'écouter...

— Pourquoi tu n'as pas répondu à mes appels ?

— Je n'avais pas envie de parler ; j'avais besoin d'être seule.

— Et tu a pris une décision ?

Je réfléchis quelques instants... Non, pas de décision. Je suis trop troublée pour décider d'une chose aussi importante.

— Allez, Chris, ça ne peut pas être fini parce qu'on a fait l'amour.

— Tu ne comprends pas ? Il s'agit de ma première fois, dont je ne me souviens pas, et que tu m'as cachée. Navrée, mais je dois bien peser le pour et le contre.

La sonnerie retentit et je pousse un soupir de soulagement. Si on avait continué à discuter, cela aurait certainement mal fini.

Nous venons de nous installer quand le prof d'anglais demande à Sam de se rendre immédiatement dans le bureau de la proviseur.

Elle se lève, inquiète.

— Il est arrivé quelque chose ?

— Non, la proviseur a besoin de vous pour faire visiter le lycée au nouvel élève qui arrive aujourd'hui.

Sam obtempère et sort de la salle.

En pensant à l'identité du garçon qui va arriver, je fais tourner nerveusement mon crayon sur la table, ce qui produit un bruit agaçant. Je n'arrive pas à m'ôter une idée de la tête.

— Chris, qu'est-ce que tu as ? demande Cameron derrière moi.

— Ma mère croit avoir vu Set, qui se baladait sur Ocean Drive hier après-midi. J'ai pensé qu'elle s'était trompée... Mais si c'était lui, le nouvel élève ?

— Quoi ! Ton ex ? Ta mère a juste vu quelqu'un qui lui ressemblait.

— Mademoiselle Evans, il y a un problème ? demande le prof.

— Pardon, monsieur, dit Cam, c'est ma faute. J'étais en train de demander à Chris si je pouvais me mettre à côté d'elle pour suivre, vu que j'ai oublié le livre.

Le prof acquiesce et Cam vient s'asseoir à ma table. Malin !

— Pourquoi ton ex aurait-il emménagé à Miami Beach ? chuchote Cameron.

— Je ne sais pas. Mais je te jure que, si c'est lui, je change de lycée.

— Ne t'en fais pas. Si ce petit con tient à sa peau, il a intérêt à rester loin de toi. Sinon, je me charge de lui.

La porte de la classe s'ouvre et Sam entre, très troublée. Mon cœur manque un battement.

— Ah ! mademoiselle Geller. Il est là ? demande le prof.

J'agrippe la main de Cameron, oubliant momentanément que je suis toujours fâchée contre lui.

Sam hoche la tête et fait signe au garçon qui est dans le couloir de s'avancer.

En le voyant, je deviens livide.

— Bienvenue dans notre établissement ! s'exclame le prof. Présentez-vous à la classe.

Le nouveau se place devant le bureau.

— Bonjour, je m'appelle Trevor Square.

Oh ! non... Avec toutes les personnes qu'il y a sur terre, il faut que ce soit justement lui qui vienne ici...

Je m'agrippe à la main de Cameron, qui semble nerveux. La dernière rencontre entre Trevor et lui n'a pas été très amicale.

— Bien, monsieur Square, allez donc vous asseoir là-bas, dit le professeur.

Le voir ici me fait un drôle d'effet...

— Il aurait mieux valu que ce soit ton salaud d'ex, commente Cam. Dire que je vais devoir partager ma chambre avec lui pendant le voyage scolaire !

— Essaie de changer, dis-je.

Je remarque que Trevor a les yeux rivés sur moi.

— Mademoiselle Evans, monsieur Geller, si vous ne cessez pas de parler, je serai contraint de vous demander de sortir dans le couloir et d'y rester jusqu'à la fin du cours, nous menace le prof.

— Bien, fait Cameron en m'entraînant vers la porte. Au revoir, monsieur.

C'est pas vrai ! il n'est pas sérieux ?

J'ai le temps de voir le visage choqué du professeur avant que Cameron referme la porte. Je lance :

— T'es fou ou quoi ?

— Il nous a donné deux options. J'ai choisi.

Je secoue la tête, atterée.

— Il faut qu'on discute ! reprend-il. Qu'est-ce qu'on va faire avec ce mec ?

Je le suis dans le couloir.

— Je ne sais pas… On l'ignore ?

— Parce que tu crois qu'il réussira à t'ignorer, lui ?

Il s'arrête devant le distributeur automatique pour sélectionner un café.

— Il va bien falloir.

— Dans le cas inverse, je serai obligé de le lui faire comprendre…

Je croise les bras et fronce les sourcils.

— Seulement si c'est nécessaire, évidemment, ajoute-t-il.

— Là, c'est mieux.

Je m'appuie contre le mur et je l'observe pendant qu'il boit son café. Il est tellement beau.

— Tu es encore furax ? demande-t-il.

— Cam, ce n'est pas le moment de parler de nous.

Il sourit.

— Tu m'as appelé Cam. C'est que les choses s'améliorent.

Je détourne le regard et me concentre sur les élèves qui affluent dans le couloir tandis que la fin du cours sonne. Nous pouvons retourner en classe.

Nous marchons côte à côte quand j'aperçois Susan, qui bavarde avec ses amies. L'image de Cam rigolant avec elle me revient à l'esprit ; je bous à nouveau de colère.

— Chris ? Ça va ? souffle Cameron.

Puis il la remarque lui aussi et soupire.

147

— Je t'en prie, ne me dis pas que tu penses encore à elle… Je t'ai dit de quoi on parlait !

— Tu veux que je te dise ? Je ne te crois pas. Pourquoi le diplôme de son frère serait un sujet aussi amusant ? Cameron, je suis désolée, mais je dois essayer de voir clair dans tout ça. Il faut que tu me laisses tranquille. J'ai besoin de temps pour réfléchir et comprendre.

Je fais demi-tour et m'éloigne de lui en courant.

18

— Salut, Chris ! fait Sam, qui me rejoint devant les casiers.

Elle semble troublée. Elle examine le couloir pour voir s'il y a quelqu'un dans les parages, avant de poursuivre à voix basse :

— Trevor me fait peur. C'est super inquiétant, la manière dont il te fixe ; et il s'efforce d'être sympa avec moi pour arriver à toi.

— Il te parle beaucoup ?

— Oui, il n'a pas arrêté de toute la semaine : pendant les cours, aux intercours, quand tu étais aux toilettes… J'avoue qu'il joue son rôle à merveille, il a presque réussi à me convaincre qu'il était cool.

J'ai un peu de pitié pour Trevor ; sa position n'est pas confortable. Tous mes amis se méfient de lui et le tiennent à distance. Il l'a cherché.

S'il n'y avait pas ce passif entre nous, son arrivée dans mon lycée aurait pu me faire super plaisir, vraiment.

— Tu ne dois pas t'en faire, Sam. C'est vrai, Trevor et moi, on a eu des problèmes, mais ça ne veut pas dire que ce n'est pas un gentil garçon. Tu n'as rien à craindre, dis-je pour la rassurer.

Sam pousse un soupir de soulagement.

Pendant le cours d'anglais, je ne peux pas ignorer que Trevor m'observe avec insistance. Quand nos regards se croisent, nous cherchons l'un et l'autre à faire comme si de rien n'était, embarrassés.

En ce vendredi interminable, les cours me semblent plus longs et ennuyeux que jamais. Sûrement parce que Cam me manque... Je ne peux nier l'évidence : je l'aime et je n'arrive pas à vivre loin de lui.

Il a respecté mon souhait d'avoir du temps pour réfléchir. Pourtant, quelque chose continue à me freiner... Je n'ai pas assez confiance, or c'est l'élément clé d'une relation.

Dès que la fin des cours sonne, je me précipite hors de la classe. J'ai hâte de rentrer chez moi pour profiter d'une soirée tranquille. Aujourd'hui, nos parents ne sont pas là ; Kate et moi avons la maison à notre entière disposition.

Tandis que je traverse le couloir à pas rapides, j'entends quelqu'un m'appeler : c'est Cameron, qui marche dans ma direction.

Mon cœur se met à battre plus fort.

— Qu'est-ce qu'il y a ?

Il s'arrête à un pas de moi. Il me regarde intensément sans dire un mot. Puis il me caresse le visage, et un frisson descend dans mon dos. Je proteste mollement :

— Cam...

— Chut.

— Non.

Je recule.

— Tu me manques, Chris ! lâche-t-il. Je ne peux pas le supporter un jour de plus, c'est au-dessus de mes forces.

— Cameron, je t'en prie.

Je baisse la tête, je ne veux plus voir ses yeux.

Il relève mon menton.

— Chris, s'il te plaît, ne laisse pas cette histoire ruiner notre relation. Tout allait si bien ! D'accord, j'ai fait une erreur, mais essaie de me comprendre. Tu avais l'air si sûre de vouloir faire l'amour avec moi... Je ne pouvais imaginer que tu ne t'en souviendrais pas.

Une petite voix en moi m'ordonne de rester loin de lui. Pourtant, je ne tarde pas à abdiquer.

— D'accord, Cam. Je te crois quand tu dis que je l'ai voulu autant que toi. Concernant le fait que tu ne m'aies rien dit, j'espère qu'il n'y aura plus de non-dits entre nous. Je te pardonne.

— Vraiment ?

Il me serre fort dans ses bras. Dieu, comme cela m'a manqué... C'est comme rentrer chez soi après un long voyage.

— Mon cœur, ça te dit de passer la soirée avec moi ? propose-t-il en m'embrassant sur la tête.

— Oui. Si tu veux, on pourrait aller chez moi, mes parents ne sont pas en ville.

Cam s'écarte et me regarde avec un sourire malicieux. Je m'empresse de dire.

— Je précise tout de suite : Kate sera là.

Il me fait un clin d'œil.

— On ne fera pas de bruit.

Je secoue la tête en essayant de chasser le sourire stupide qui apparaît sur mon visage. Il m'a tellement manqué.

À peine nous mettons-nous en chemin que j'entends Austin me héler.

Non, pas maintenant ! Quoi qu'il ait à me dire, Cameron ne le prendra pas bien, et je parie que cela nous gâchera la soirée.

— Austin, on est pressés, dis-je.

— Je dois juste te demander un truc vite fait. Samedi, il y a la finale du tournoi de basket. Tu veux venir ?

— Non, elle ne veut pas, me devance Cameron d'une voix irritée. Samedi elle sera à *mon* match. Nous aussi, on joue la finale.

— Je crois que Chris est assez grande pour choisir tout seule, réplique Austin.

— *Choisir ?* Je suis son copain, ricane Cameron.

Et il a raison. Austin est un bon ami, mais la question du choix ne se pose même pas.

— Oui, jusqu'à ce que tu fasses une autre connerie. Ensuite, elle pourrait changer d'idée, rétorque Austin.

Il a décidé de mourir aujourd'hui ou quoi ?

Cameron fait un pas vers lui… Heureusement, il s'arrête et respire à fond.

— Écoute-moi bien, Miller. Je suis sur le point de passer une soirée cool avec ma copine ; je ne laisserai personne contrarier mes plans. Donc, tu es gentil, tu dégages.

Ho ! Ils se chamaillent comme si je n'étais pas là…

— Bien sûr, vas-y, amuse-toi, lance Austin. Profite, avant qu'elle ne comprenne à quelle tête de con elle a affaire.

Il est grand temps que j'intervienne.

— Austin, stop ! Je t'en prie, tu joues avec le feu, là.

— De toute façon, Chris, je t'ai réservé des places au premier rang. Prends-les, au cas où tu déciderais de venir, dit-il en me tendant les billets.

— Elle ne s'en servira pas, le coupe Cameron, qui fait mine de me les arracher.

Je recule et je les mets dans la poche de mon sweat.

— Merci, Austin, c'est très sympa.

J'attrape la main de Cameron pour l'éloigner de la scène du futur crime.

— Tu peux toujours rêver, marmonne-t-il.

— Cam…

— Oui, désolé. Évitons de parler de ce pauvre mec, ça lui donne trop d'importance.

Il me prend par la taille et m'attire à lui. Aussitôt, comme chaque fois, je me sens en sécurité.

— Allons-y.

19

Kate n'est pas à la maison, ce qui m'étonne. Je prends mon portable et lui envoie un message.

Cameron sourit avec malice.

— On dirait qu'on est tout seuls…

Il se dirige vers ma chambre ; quand je le rejoins, il est en train de regarder des photos où je suis avec Sam et les autres. Il y en a aussi une avec Cass, la plus belle de toutes.

— Tu n'en as aucune avec moi, observe-t-il.

— Ça se répare, tu sais…

Il sort son portable et s'assoit sur le lit. Je m'installe près de lui.

Il fait une première photo, où j'ai l'air d'une idiote.

— Supprime-la. Tout de suite.

— Non, s'esclaffe-t-il.

Il se met à prendre des photos en rafale ; je me cache le visage pour limiter les dégâts.

— Cam, ça suffit !

— D'accord, je crois qu'on en a assez, déclare-t-il enfin. Tu as une imprimante ?

Nous montons dans le bureau de mon père. C'est une sorte de sanctuaire, une zone protégée, où je ne mets jamais les pieds quand papa est là.

— Choisissons-en une, propose Cameron.

Certaines rendent plutôt bien, la plupart sont floues et, sur presque toutes, je me couvre le visage.

— Celle-ci ! dis-je. Supprime toutes les autres.

Le résultat est vraiment pas mal. De retour dans ma chambre, j'ajoute la photo aux autres sur la porte du placard.

Cameron me caresse la joue et se penche pour m'embrasser.

Le baiser, tendre au début, devient plus intense. Nous avons été séparés trop longtemps ; nous avons envie l'un de l'autre. Je recule et je m'appuie contre mon bureau.

Cam fait glisser la main sur ma taille en déposant de petits baisers sur ma joue et dans mon cou. Il se déplace lentement ; ça me rend folle.

Puis il me soulève et m'assoit sur le bureau sans cesser de m'embrasser.

Ma respiration s'accélère, j'ai envie de sentir sa peau contre la mienne. J'attrape le bas de son tee-shirt et je le lui ôte.

Il m'aide à me débarrasser de mon sweat et me fait glisser vers le bord du bureau. Sa bouche cherche de nouveau la mienne tandis que ses mains descendent le long de mes cuisses. Mon corps se remplit de frissons.

Soudain, la sonnette résonne dans l'entrée. Noon ! Pourquoi faut-il que quelqu'un gâche ce moment magique ?

Cam s'écarte de moi.

— Comme d'habitude… On dirait que tout le monde a une putain d'alarme qui se déclenche chaque fois que toi et moi, on est en train de…

Je descends du bureau, j'enfile mon sweat et vais ouvrir. Cameron me suit sans même prendre la peine de remettre son tee-shirt.

Je sens son souffle sur mon cou... Il me faut quelques instants pour reprendre mes esprits.

J'ouvre et je me retrouve face à un garçon que je n'ai jamais vu.

— Salut. Qu'est-ce que tu veux ?

— Il manque des petites assiettes.

Mais qu'est-ce qu'il raconte, bon sang ?

Trois filles le contournent et entrent chez moi. Au passage, elles lancent un coup d'œil admiratif à Cameron, qui lâche :

— Merde, qu'est-ce qui se passe ici ?

— Je voudrais bien le comprendre.

— Qu'est-ce qu'il y a à comprendre ? fait le type. On a besoin d'autres assiettes pour les chips.

Je cours dans le jardin pour voir de quoi il parle. Il y a plein de gens sur le gazon ; d'autres sont en train d'arriver. De petites tables avec des boissons et de la nourriture sont installées le long de la piscine. Deux mecs sont en train de préparer un poste de DJ avec une table de mixage et des baffles.

— Tu as organisé une fête ? demande Cam, surpris.

— Quoi ? Non !

Je vois Sam, qui vient à ma rencontre.

— Chris, pourquoi tu ne m'avais pas dit qu'il y avait une fête chez toi ?

— Il n'y a aucune fête chez moi ! Qui a prétendu ça ?

— Je ne sais pas. Le message que j'ai reçu était anonyme.

Elle remarque son frère derrière moi, à moitié nu.

— Ah... je veux bien croire que ce n'est pas toi, étant donné que tu étais manifestement occupée.

— Si je découvre qui a fait ça, je l'étrangle de mes propres mains et je le noie dans la piscine ! s'exclame Cameron.

Je respire à fond et m'efforce d'analyser la situation. Il doit déjà y avoir une cinquantaine de personnes ; la musique joue à plein régime. Au milieu d'un petit groupe de gens qui bavardent sous la marquise, je reconnais Susan, qui m'observe avec un sourire effronté. Lorsqu'elle s'aperçoit que je la regarde, elle lève son verre.

Incroyable ! Cette idiote a réussi à organiser une fête chez moi à mon insu.

— Qu'est-ce que tu regardes ? demande Cameron.

— Une nana qui dans moins de trois secondes sera morte, dis-je, avant de foncer sur cette tarée.

Cameron m'agrippe le poignet.

— Hé, hé, reste tranquille !

Je hausse la voix.

— Et pourquoi ça ? Bon sang, elle a organisé une fête chez moi !

— Laisse-moi lui parler, Chris, calme-toi et trouve une idée pour les renvoyer tous.

Je hoche la tête et je retourne auprès de Sam, qui est en train de parler avec Chloé.

— Chris, qu'est-ce qui se passe ? veut savoir cette dernière.

— Demande-le à ta copine. Elle a invité tout le bahut chez moi. Ses excuses et la promesse d'une trêve, ce n'était qu'une tactique pour que je baisse la garde ! Je parie que tu étais au courant.

— Ne me regarde pas comme ça, lâche Chloé. Je n'en sais pas plus que toi. Je pensais qu'elle allait s'en tenir à notre plan.

— Votre plan ?

— Oui. Je l'ai convaincue de rester loin de toi en échange d'une chose, mais ça n'a pas d'importance. Maintenant, il faut qu'on disperse tout ça...

Elle a raison. Il faut se remuer avant que la situation ne dégénère et que les voisins appellent la police.

— Où est Cameron ? demande Sam.

— Là-bas, dis-je en désignant l'endroit où se trouvait Susan. Enfin, en tout cas, il était là il y a quelques secondes... Ils ont disparu.

— Ils ont dû aller discuter ailleurs, commente Chloé.

— Il aurait pu nous être utile. Avec son sale caractère, il aurait nettoyé les lieux en quelques secondes, dit Sam.

Chloé se met à hurler :

— La fête est finie ! Rentrez chez vous !

Personne ne l'écoute. Un garçon la bouscule sans le vouloir, et elle tombe dans l'eau. Je me précipite vers elle et je la vois émerger, verte de rage. Cette histoire va mal se terminer si je ne trouve pas un moyen de me débarrasser de ces convives inopportuns.

Je prends mon portable pour regarder l'heure. Sept heures trente-neuf.

À cet instant, je reçois un message provenant d'un numéro masqué. Je l'ouvre :

« Fête grandiose chez Susan Rose. Qu'attendez-vous ? »

Tous ont dû avoir le même, car la foule reflue en direction de la maison de Susan, à quelques minutes de chez moi. Ça alors ! Il suffisait de si peu pour les chasser ?

Si c'est Cam qui a convaincu Susan d'envoyer ce message, je lui en serai éternellement reconnaissante.

Quand je me retourne pour le chercher, je vois Trevor, un portable à la main.

— C'est toi qui l'as envoyé ?

Comment a-t-il fait pour avoir le numéro de tous ces gens ?

— Chris, je te connais assez pour savoir que ce n'est pas ton style, de donner de telles fêtes. Quand j'ai reçu le message, j'ai eu de sérieux doutes… J'ai décidé de venir vérifier… Et voilà, j'ai trouvé le portable de Susan, lance-t-il, triomphal, en brandissant l'objet du délit.

En effet, ce ne peut être que le sien : il est rose bonbon et sa coque a deux oreilles de lapin.

— Merci, Trevor.

— De rien, ça me semble normal de t'aider, dit-il avant de s'en aller.

Je suis stupéfaite.

— Chris, s'écrie Sam, qui accourt vers moi. Comment tu as fait ?

— C'est Trevor qui s'en est chargé. Il a piqué le portable de Susan et a envoyé une invitation à une contre-soirée…

— Trevor ? Ce Trevor-là ?

J'acquiesce, incrédule comme elle.

— Où est-ce qu'ils se sont tous barrés ?

C'est Cameron, toujours torse nu. Susan a certainement beaucoup apprécié de bavarder avec lui...

— Trevor les a fait partir.

— Trevor ? Tu plaisantes !

— Pas le moins du monde...

20

— Nous partons dans trois semaines, dit le prof. Je vous conseille d'emporter des vêtements chauds ; comme vous le savez, le climat de Londres n'est pas des plus plaisants. De plus, en mars, il est imprévisible : nous pourrions avoir des journées de soleil, aussi bien que de la neige. Puisque c'est la fin du cours, nous allons en rester là. Nous aurons l'occasion d'en reparler dans les jours qui viennent. Bon appétit à tous !

Alors que je me dirige vers la cafétéria, Susan me rejoint.

— Chris, je dois te parler d'une chose importante.

— Fiche-moi la paix, OK ?

— C'est un truc que tu veux savoir depuis longtemps.

Je m'arrête : d'après Lexy, Susan serait la seule disposée à me raconter l'histoire de Carly.

— D'accord, mais dépêche-toi ! dis-je avant de la suivre dans les toilettes des filles.

— T'inquiète. Moins je passe de temps avec toi et mieux je me porte.

— Accouche !

— Il paraît que tu es obsédée par Carly… Je ne sais pas grand-chose sur sa mort, je n'étais pas là quand elle s'est fait renverser, mais j'ai des informations intéressantes qui concernent Cameron et Austin, et qui pourraient bien te faire changer d'idée à leur sujet.

— Continue.

— À cette époque, Carly était ma meilleure amie ; elle me parlait de ses problèmes avec eux. Elle était amoureuse des deux ; eux aussi l'aimaient. J'étais super jalouse : Carly se faisait draguer par les mecs les plus beaux de l'école, tandis que moi, j'étais juste une copine. Celle que personne ne remarquait jamais.

Elle s'interrompt quelques secondes, plongée dans ses pensées.

Pour le moment, je n'entrevois aucun point commun avec moi. Je suis bien amoureuse de Cameron, mais je n'éprouve rien pour Austin.

— Un jour, alors que je revenais de l'entraînement de pom-pom girls, j'ai entendu Cam et Austin parler d'un pari. L'enjeu, c'était d'être le premier à mettre Carly dans son lit. J'ai essayé de la prévenir, mais elle ne m'a pas écoutée, poursuit Susan en haussant les épaules. Cameron était vraiment amoureux d'elle : alors, dans un premier temps, il a refusé de relever le défi proposé par Austin. Puis il a fini par l'accepter, parce qu'il haïssait Miller. Un soir où Carly avait bu un verre de trop, il a fait l'amour avec elle, et a gagné le pari. J'espère que tu n'es pas trop bouleversée.

— Non, ça va. Je suis au courant que Cameron n'était pas un saint. Par contre, il y a un truc que je ne comprends pas : pourquoi t'es-tu mise avec lui s'il s'était comporté comme un salaud avec ta meilleure amie ?

Son sourire s'efface ; elle semble contrariée par ma question.

— J'aime Cameron depuis la première année de l'école primaire ; tout ce que je désirais, c'était être avec lui ! Mais parlons de toi. À ta place, je réfléchirais plutôt à certaines ressemblances entre Carly et toi. Pense à la façon dont Geller t'a convaincue de lui céder, alors que tu n'étais pas sobre. D'autre part, depuis que ta romance avec Cam a commencé, la rivalité entre Austin et lui a refait surface, pire qu'avant. Comment peux-tu être sûre que ces deux-là n'ont pas fait un autre pari ?

Je secoue la tête pour chasser cette idée : non, elle essaie juste de me provoquer.

— C'est ridicule ! Ce qui m'intéresse plus en revanche, c'est comment tu as pu être au courant, pour Cam et moi.

— J'ai mes sources. Maintenant, crois ce que tu veux, je t'aurai mise en garde.

Sur ce, elle part, me laissant seule dans les toilettes.

Je suis déstabilisée : ces deux histoires se ressemblent-elles vraiment ? Susan m'a-t-elle dit toute la vérité ?

Plus j'y pense, et plus je suis persuadée qu'il manque des morceaux à mon puzzle. Quelque chose ne colle pas. Cam est le seul qui pourrait m'aider à comprendre, mais je sais qu'il vaut mieux ne pas aborder ce sujet avec lui.

Pendant le cours d'anglais, je suis plongée dans mes pensées quand une boule de papier atterrit sur ma table.

« Il faut que je te parle. »

Je me retourne pour voir qui m'a envoyé le message : personne ne me regarde, ils sont tous concentrés sur le cours.

Puis je remarque un détail bizarre. L'écriture est désordonnée, et le Q et les A majuscules se mêlent aux autres lettres en minuscules. C'est un message de Trevor, j'en mettrais ma main au feu.

Je pivote vers lui et vois qu'il me sourit. Je ne sais ce que je dois répondre. Je ne veux pas que ma journée empire.

Qu'à cela ne tienne : ça ne peut pas être plus grave que ce que m'a raconté Susan.

J'écris : « D'accord », et je lui lance le billet.

— Je t'attends dehors, me souffle-t-il à la fin du cours.

Je hoche la tête.

— Qu'est-ce qu'il voulait ? fait Cameron, qui me rejoint.

— Oh ! rien d'important.

Je ne peux pas lui dire que j'ai rendez-vous avec Trevor...

— Il avait l'air de bonne humeur.

— Quoi ? dis-je en refermant mon sac à dos.

— On rentre ensemble ?

Il me prend la main et entrelace ses doigts aux miens.

— Non, je ne peux pas. Je dois retrouver ma mère dans le centre.

— Mmm... Tu ne me dis pas tout !

— J'ai des choses à faire.

— De quel ordre ?

— Des choses qui ne te regardent pas ! À plus tard.

Je l'embrasse avant de m'en aller, en espérant qu'il ne va pas me suivre pour me demander des explications.

Sam est en train de ranger ses affaires dans son casier. Je peux lui parler de Trevor, à elle.

— Sam.

— Chris, il faut que je te dise un truc.

— Moi aussi.

— Toi la première, fait-elle.

— OK. Trevor veut me voir pour me dire quelque chose d'important. Si Cameron te pose des questions, dis-lui que je suis sortie avec ma mère.

— D'accord.

— Et toi, c'était quoi ?

— Il s'agit justement de Trevor. Il est passé par ici et s'est arrêté pour discuter. Il veut m'emmener au ciné dimanche soir.

— Qu'est-ce que tu lui as répondu ?

J'espère qu'elle n'a pas été assez bête pour accepter.

— Que j'allais réfléchir.

— Sam…

— Tu me connais, Chris, je déteste dire non aux gens ! J'ai peur de leur faire de la peine. Je sais trop bien ce que ça fait…

Sam est vraiment une personne adorable.

— OK. Si tu veux, on en parle demain, comme ça, je te raconterai ce qu'il avait de si important à me dire.

Trevor m'attend dans la cour. Nous quittons le lycée ensemble et entrons dans le petit parc en face.

Une fois que nous nous sommes assis sur un banc, je demande :

— Alors,… c'est quoi, ce truc super important ?

— Je n'aime pas te voir aussi distante. Ça me fait mal ! Tu m'as manqué, Chris.

— Tu pensais que je réagirais comment en te voyant débarquer ici ? Tu t'attendais à ce que je coure t'embrasser ?

— Ce qui s'est passé entre nous à Los Angeles n'a pas été agréable, je sais, et je veux t'expliquer…

Je le coupe aussitôt :

— Trevor, je n'ai pas envie de me rappeler ces jours-là.

Je me lève, mais il m'agrippe le poignet.

— Il faut que tu saches, c'est important.

Je respire à fond.

— Vas-y, je t'écoute.

— Voilà : les horreurs que je t'ai dites là-bas, je ne les pensais pas. J'allais mal, j'étais en colère à cause de la mort de Cass. Je n'avais pas l'intention de te jeter mes sentiments à la figure de cette façon. Je croyais même que le sujet ne viendrait jamais sur le tapis.

— En fait, tu aurais dû m'en parler il y a long-temps.

Trevor secoue la tête.

— La vérité, c'est que peu après ton départ, Cass et moi on s'était mis ensemble.

— Quoi ?

Je n'arrive pas à croire qu'ils me l'aient caché. Je pensais que c'étaient mes amis, mes meilleurs amis, qu'il n'y avait pas de secrets entre nous…

— Cass ne voulait pas te le dire, elle avait peur de te blesser.

— Pourquoi ?

— Elle croyait que tu étais amoureuse de moi.

— Oh ! mon Dieu…

— De toute façon, ça n'allait pas très fort entre nous. Elle avait commencé à prendre des drogues, de plus en plus fortes, à fréquenter des milieux bizarres… Ensuite, tout est parti en vrille. Après l'avoir chopée pour la troisième fois avec un autre mec, je l'ai quittée. Peu à peu, on s'est éloignés l'un de l'autre jusqu'à ce que je la perde de vue.

— Sa mère m'a dit qu'elle était tombée dans la drogue avant que je parte.

— Oui, c'est vrai, mais à ce moment-là, la situation était encore gérable. Elle en prenait peu – quelques joints, des trucs légers, rien de plus… On espérait que ça allait s'arranger, mais, au contraire, ça a dégénéré.

Il prend une longue respiration.

— Mis à part cette courte période où on a été ensemble, Cass était une amie très chère. Quand j'ai su qu'elle était morte, j'ai culpabilisé de ne pas l'avoir aidée, cela m'a rendu fou. Je veux que tu saches que tout ce que je t'ai dit n'était qu'un tas de conneries, débitées sur le coup de la colère, conclut-il en me regardant droit dans les yeux.

Il a l'air sincère ; mais je reste sur la réserve.

— Je ne sais pas quoi dire…

— Dis juste que tu me crois. C'est tout ce que je veux entendre. Je me sens toujours terriblement coupable de ce qui est arrivé. Cass, elle, ne pourra jamais me dire qu'elle m'a pardonné…

— Je te crois, Trevor.

— Tu es sérieuse ?

— Oui.

Il me prend dans ses bras. Les bras de mon meilleur ami… Je pensais que je l'avais perdu pour toujours. Une larme coule sur ma joue.

— Je suis désolé pour tout, lâche-t-il.

— N'y pense plus, OK ?

Il me serre encore plus fort. Puis je m'écarte et je le vois qui sourit.

— Je suis heureux, Chris ! Tu m'as tant manqué… Et je veux recommencer de zéro. Je te promets que désormais, je serai sincère avec toi. Je ne commettrai pas les mêmes erreurs.

Il se tait un instant.

— Allez, on change de sujet ; je deviens pathétique… Ton mec ne me trouve pas sympa, ou je me trompe ?

Sa question me fait rire.

— Non. Il pense que tu es toujours amoureux de moi.

— Je me soigne. Demande-lui d'être patient, dit-il avec un clin d'œil.

21

Je suis devant chez Cameron ; nous devons passer la soirée ensemble. J'ai hâte.

Depuis ce matin, je suis d'une bonne humeur insolite, sans doute parce que j'ai clarifié les choses avec Trevor. Il me semble que, tout à coup, ma vie est remise sur les rails et que tout va enfin dans le bon sens.

J'appuie sur la sonnette. J'entends des pas. Mais ce n'est pas Cam qui m'ouvre la porte.

— Chris, quel plaisir de te voir ! Entre.

Mme Geller, vêtue de manière très élégante, s'écarte pour me laisser passer.

Je souris pour dissimuler ma déception.

— Bonsoir, madame, dis-je, mal à l'aise. Cameron m'avait proposé de passer la soirée avec lui… Apparemment il a oublié de me prévenir que vous aviez prévu une sortie.

— John, lance-t-elle, je crois avoir compris quel était l'engagement que Cameron ne pouvait reporter.

— Ah oui ? Lequel ? demande M. Geller.

Il s'approche tout en s'efforçant de nouer sa cravate.

— Oh ! bonsoir, Chris, fait-il avec malice.

— Salut, Chris ! Comment tu trouves ces chaussures ? demande Sam, qui s'arrête devant moi.

— Elles sont parfaites.

— Au fait, qu'est-ce que tu fais là ?

— Cam et moi, on devait se voir, mais je crois qu'on va devoir reporter ça à une autre fois, dis-je en souriant.

— Oh ! non, ne t'en fais pas, il a dit qu'il avait mieux à faire que de venir à un des habituels dîners d'affaires de papa. Je vois que ce « mieux à faire », c'est toi.

— Je suis désolée, je ne veux pas qu'il renonce…

— Tu sais, ça m'arrange, me coupe M. Geller. Je n'ai aucune envie de l'emmener avec moi s'il fait la tête.

— Tout le monde est prêt ? demande Mme Geller.

Son mari acquiesce et fait signe à Sam de les rejoindre.

— Cameron est en train de prendre sa douche, me lance cette dernière, goguenarde, avant de suivre ses parents. Tu peux l'attendre dans sa chambre.

Une fois là-haut, j'entends le bruit de l'eau : il n'a pas encore terminé. Je m'assois sur le lit et regarde autour de moi.

Je remarque une photo sur sa table de chevet. Je me rappelle qu'il y a quelque temps, dans ce même cadre, il y avait une photo de Susan. Maintenant, à la place, il y a la nôtre, celle qu'on a prise chez moi.

Je souris à la pensée des mésaventures arrivées ce jour-là. Sans la blague de mauvais goût de Susan, on aurait passé une soirée… merveilleuse.

La porte de la chambre s'ouvre, et Cameron entre, une serviette autour de la taille. Il passe la main dans ses cheveux presque secs.

— Oh, tu es déjà là !

— Je viens d'arriver. Je ne savais pas que tu devais sortir avec tes parents.

Il prend un boxer dans son tiroir et l'enfile.

— Je m'amuserai mieux avec toi, lance-t-il.

Il vient s'asseoir à côté de moi.

— Ça ne va pas ? dit-il en m'observant avec attention.

— Si, tout va bien.

— Mmm… je ne te crois pas, Chris. Quelque chose te préoccupe.

— Eh bien, c'est vrai. Seulement, promets-moi de rester calme : je ne veux pas qu'on se dispute.

Il s'allonge à moitié.

— Hier, Susan m'a parlé d'un pari entre Austin et toi, à propos de Carly. Bon, je m'en fiche, parce que je sais très bien comment tu étais dans le passé…

— Mais…, fait-il pour m'inciter à continuer.

— Mais elle m'a aussi dit que si tu as gagné, c'est parce que Carly était saoule quand vous avez fait l'amour.

— Je vois. Et tu veux savoir si ç'a été la même chose avec toi ?

— Exactement.

Cam serre les mâchoires.

— Je te jure, celle-là, je vais l'étriper ! dit-il d'un ton dur.

— En attendant, réponds à ma question, d'accord ?

Il hoche la tête avec gravité.

— Il n'y a eu aucun pari sur toi ! Tu n'es pas Carly, et je ne suis plus la personne que j'étais alors. J'en ai marre d'entendre toujours le même refrain ! C'est des conneries, l'histoire ne se répète pas ! Je te demande juste de m'écouter quand je te dis de garder tes distances avec Susan, et avec Austin. D'accord ?

J'acquiesce.

— Je t'aime, Chris, chuchote-t-il en me caressant les cheveux.

— Dire que j'avais peur de ta réaction... J'étais sûre que tu allais mal le prendre.

— Non, je te promets. Et je ne veux pas que notre soirée soit gâchée encore une fois par Susan.

— C'est à croire qu'elle le fait exprès... Dès que ça va bien entre nous, elle invente des salades pour nous éloigner.

Cam soupire.

— On arrête de parler d'elle ; on a mieux à faire.

Je lui souris.

— Ah oui ?

Il regarde mes lèvres avec insistance.

— Oui. J'attends ce moment depuis ce matin.

Il se redresse et effleure mes lèvres.

Je me laisse aller, portée par les sensations que me procure son baiser. C'est bon d'avoir Cam tout contre moi. Il me mordille la lèvre et un frisson me parcourt le dos. Je ferme les yeux, tandis qu'il couvre mon visage de baisers.

Je lui caresse le front, puis la nuque, j'enroule ses cheveux autour de mes doigts et tire doucement.

Tendue comme un arc, je me presse contre lui. Ses lèvres m'effleurent la joue, puis le cou. Il y plonge son visage. Je l'entoure de mes bras pendant qu'il continue à m'embrasser, encore et encore.

Nos mains cherchent fébrilement la peau sous nos vêtements, nos doigts s'entrelacent. Cam et moi glissons dans un univers parallèle. Nos respirations s'accélèrent, se fondent : c'est le seul son qui rompt le silence de la pièce. Cam m'allonge sur le dos, place mes bras au-dessus de ma tête, tenant mes poignets serrés, puis son corps se glisse sur le mien. Il libère lentement mes mains pour me caresser les bras du bout des doigts. Je suis parcourue de frissons ; on dirait une plume qui me chatouille la peau. Il prend mes mains, paume contre paume, et me regarde dans les yeux.

Je me perds dans son regard.

Il se tourne sur le côté, se soulève sur le coude et m'observe en me caressant la joue.

Notre univers parallèle explose quand mon portable sonne. Je soupire, contrariée.

— Ne réponds pas ! On s'amusait bien…

Il rit sous mon regard furieux pendant que j'attrape mon portable.

C'est Kate.

— Chris… où es-tu ? demande-t-elle, agitée.

J'entends des bruits de fond inhabituels.

— Chez Cam. Qu'est-ce qui se passe ?

Je m'assois sur le lit.

— Viens tout de suite à la maison ! sanglote-t-elle. Maman et papa se disputent, ils sont devenus fous !

Je suis déjà debout.

— J'arrive.

— Qu'est-ce qu'il y a ? Tu vas où ? souffle Cam, qui se relève à son tour.

Je me rhabille à la hâte.

— Il se passe quelque chose chez moi, Kate avait l'air désespérée. Je dois y aller.

Cam enfile son boxer.

— Je viens avec toi.

— Que… quoi ? Non, reste là, je t'en prie. Maman et papa seraient horriblement gênés !

Il prend mon visage entre ses mains.

— Calme-toi ! Je t'attendrai dehors, au cas où tu aurais besoin de moi.

Pendant que nous courons vers sa voiture, il demande :

— Tu n'as aucune idée de…

— Non.

Mes parents se disputent de plus en plus souvent ; je ne sais vraiment plus quoi faire.

Dès l'entrée, j'entends les cris de ma mère.

— Simon ! J'en ai ras le bol !

Kate est là qui assiste à la scène, blottie contre le mur, les larmes aux yeux. Je la dépasse et je fonce dans la cuisine.

— Qu'est-ce qui se passe ? fais-je en tremblant de tout mon corps.

Tous deux m'ignorent.

— Tu exagères, Courtney !

Je m'emporte :

— STOP ! Quelqu'un m'explique ce qui se passe ?

Mon cri les fait taire.

— Vas-y, dis-le-lui ! lance ma mère.

Papa lui jette un regard noir.

— Mais rien… J'ai un peu bu, et ta mère en fait tout un plat.

Il se tourne vers maman.

— Tu sais quoi, Courtney ? J'en ai marre de t'écouter râler !

Puis il sort de la maison en claquant la porte.

Ma mère éclate en sanglots ; je cours la prendre dans mes bras.

Comment ai-je pu ne pas me rendre compte que ma famille partait en vrille ?

— Je suis désolée, fait ma mère.

— Chhhut.

Je la serre fort.

— Je n'en peux plus ! Je vais…

Je la coupe :

— Papa doit juste traverser une période difficile… Il a besoin d'aide.

Je lui passe un mouchoir pour qu'elle s'essuie le visage.

— Essaie de lui parler, maman. Je suis sûre que ça peut s'arranger ! Ce n'est pas marrant, de vous voir vous disputer comme ça. Pour Kate, surtout, c'est terrible.

— Tu as raison, Chris. Il faut que je m'allonge cinq minutes. Plus tard, je mettrai de l'ordre dans ce chaos.

Une fois seule dans la cuisine, je vois Cam s'y glisser discrètement.

— Ça va ? J'ai vu ton père sortir, l'air furax ; il a laissé la porte ouverte… Qu'est-ce qui s'est passé ? demande-t-il en regardant autour de lui.

— Si j'ai bien compris, papa a trop bu. Je ne comprends pas, ça ne lui ressemble pas…

— Et ta mère ?

— Elle était bouleversée, et très en colère, dis-je.

J'essaie de retenir mes larmes.

Cam m'embrasse sur la tête et m'attire contre lui.

— Ne t'inquiète pas, ils vont se réconcilier…

Je souris.

— Tu vois ? Ça va déjà mieux.

— Ce n'est pas ça !

— Alors quoi ? Dis-le-moi.

— Rien… c'est juste que je t'aime comme une folle.

— Moi aussi je t'aime, Chris.

22

Ce matin, la sonnerie du réveil ne me met pas de mauvaise humeur, au contraire : j'ai remplacé l'habituel bip-bip, qui me rappelait trop une alerte, par la mélodie et les paroles de Skye Stevens dans *Rewind*.

J'ouvre mon placard pour choisir mes vêtements. Franchement, ce serait mieux, d'avoir un uniforme scolaire ! Au moins, je pourrais dormir quelques minutes en plus...

Je me fige sur le seuil de la cuisine : mes parents se serrent dans les bras. Comme je ne veux pas gâcher ce moment d'intimité, je décide de sauter le petit déj et je sors de chez moi.

Il est encore tôt : je marche sans me presser.

Mon portable vibre. Je lis le message.

« Un scoop : le nouvel arrivant, Trevor Square, semble déjà avoir trouvé son âme sœur... Il y a quelques jours, il a été vu en compagnie de Christina Evans dans une attitude affectueuse qui ne cadre pas avec une simple amitié. Comment Cameron va-t-il le prendre ? En pièce jointe, les photos des deux tourtereaux, surpris pendant une promenade romantique au parc. C'est tout pour aujourd'hui.

Lindsay et ses sources »

J'espère de tout mon cœur que Cameron ne va pas lire ce message... Il ne sait pas que j'ai vu Trevor.

Quand j'arrive au lycée, Sam est en train de garer son scooter dans la cour. Elle agite la main.

— Hé oh, Chris. Bonjour !

— Salut, Sam. Je doute que ce soit un bon jour si Cam tombe sur le message de Lindsay...

— Tu ne lui as pas dit pour Trevor ?

— Non.

— Alors, vas-y vite, avant qu'il ne lise ce truc et ne pète un plomb.

— Tu as raison. Je lui en parlerai dès que possible.

— Oh-oh..., regarde un peu qui arrive, dit Sam.

Je me retourne : Trevor vient dans notre direction. Un peu derrière, j'aperçois Cam.

— Sam, il faut que j'y aille, je ne veux pas que Cam nous voie ensemble.

— D'accord, file vite !

Même si les cours ne commencent que dans dix minutes, j'entre dans la classe. Chose bizarre, Cameron est déjà assis à sa place, les sourcils froncés.

— Cam.

Il me regarde longuement, l'air en colère. Je pose ma main sur la sienne :

— Ça va ?

Il saute sur ses pieds.

— Qu'est-ce que t'en as à faire ?

— Pardon ?

— Pourquoi tu ne vas pas voir Trevor pour le lui demander à lui ?

Il a lu le message.

Il sort de la salle. Je le suis en l'appelant ; en vain : il entre dans les toilettes des garçons. Je m'arrête à la porte.

— Cameron, reviens ici et laisse-moi te parler.

Aucune réponse.

— Bien, fais comme tu veux.

Je fais un pas pour m'en aller, c'est alors qu'il sort et m'agrippe le poignet.

— Vas-y, parle.

— Lindsay n'a écrit que des conneries. Je te jure qu'il n'y a absolument rien entre Trevor et moi.

Il détourne le regard sans un mot.

— Cam... comment peux-tu croire cette fouineuse ?

— Difficile de ne pas la croire ! J'ai vu les photos...

— Et alors ? Je suis dans ses bras parce qu'on a fait la paix.

— *Quoi ?*

— Cet après-midi-là, je suis allée au parc avec lui parce qu'il voulait me parler de Cass, et de ce qui s'était passé avant sa mort. Il a admis qu'il s'était super mal comporté avec moi, et m'a demandé pardon.

Cam me fusille du regard.

— Si je résume : au lieu de passer l'après-midi avec moi, tu es allée avec ce gros con écouter ses putain d'excuses ? Et tu l'as cru, en plus ?

— Oui, Cameron, je l'ai cru. Contrairement à toi, je trouve que tout le monde mérite une deuxième chance.

Il frappe dans ses mains.

— Bravo à la gentille fille au grand cœur ! J'en ai ras le bol ; je me casse.

Ça sonne ; on devrait déjà être dans la classe.

— Cam, c'est quoi, le problème ?

— Le problème, c'est que tu t'es bien gardée de me le dire.

— Tu plaisantes ? Tu m'as caché des trucs bien pires, et je t'ai pardonné ! Tu ne peux pas accepter que j'aie une simple conversation avec un ami ?

— Un ami ? Ce mec est amoureux de toi depuis toujours !

— Peut-être, mais il sait que ce n'est pas réciproque. Je n'aime que toi.

— Ben voyons, évidemment…

— Tu sais quoi, Cam ? Fais comme tu veux. Je m'en vais.

Je le contourne et me précipite en classe.

— Evans ? Un problème ? me demande le professeur.

— Non, non. Excusez-moi, monsieur, fais-je avant de m'installer à ma place.

Mon portable vibre : c'est un message de Sam. « Qu'est-ce qui s'est passé ? »

Je réponds en prenant soin de ne pas me faire voir par le prof.

« Je me suis disputée avec Cam. »

On frappe à la porte ; Cam va s'asseoir à sa place derrière moi sans prendre la peine de s'excuser.

Le professeur le regarde par-dessus ses lunettes en secouant la tête, mais il ne lui demande pas d'explications.

« Encore ? C'est à cause de Trevor ? » écrit Sam.

« Oui. »

— Avant de terminer le cours, j'ai quelques informations à vous donner au sujet du voyage, annonce le prof. Mademoiselle Split, auriez-vous la gentillesse de distribuer ces feuilles à vos camarades ? Je vous remercie. Il s'agit du programme détaillé de la semaine à Londres. Vous y trouverez aussi la répartition des chambres.

— Pardon, monsieur, je ne vois mon nom nulle part, dit Trevor.

J'entends Cameron soupirer.

— Il doit y avoir une erreur, répond le prof en parcourant la liste. Vous partagerez votre chambre avec deux camarades : Matthew Espinosa et...

— Moi, ajoute Cameron.

Tous se retournent pour regarder Cam, tandis que Trevor lève les yeux au ciel.

Dès que la sonnerie retentit, Cam sort de la classe sans daigner m'accorder un regard. Trevor, lui, vient à ma rencontre.

— Chris, au secours ! Il faut vraiment que je partage ma chambre avec ce mec ?

— Trevor...

— Oui, désolé. J'oubliais que vous êtes ensemble. Qu'est-ce que tu veux, je ne le supporte pas. Au fait, Chris, reprend-il sur un ton plus hésitant, j'ai une question à te poser... Tu peux me dire si ton amie Sam a un petit copain ?

Waouh.

— Non, plus maintenant. Mais si tu as juste envie de t'amuser, laisse-la tranquille. C'est une fille bien, elle mérite d'être traitée comme une reine.

— Je le sais, je n'ai pas l'intention de la faire souffrir.

— Ça vaudrait mieux pour toi

Il sourit et s'appuie sur la table derrière lui.

— Qu'est-ce que vous vous racontez ? dit Sam, qui arrive à cet instant.

— Je lui demandais quel match elle irait voir demain, improvise Trevor.

— Vu que tu t'es disputée avec Cam, il faut que tu ailles à celui d'Austin, lâche-t-elle.

— Je déciderai plus tard.

Trevor ne la quitte pas des yeux. Je les verrais bien ensemble… Même si Sam et Nash formaient un couple parfait.

23

Je suis en train de choisir des vêtements pour aller au match.

Finalement, j'ai décidé d'assister aux deux finales avec Sam. Je veux voir Cam jouer, même s'il est fâché contre moi.

— Dépêche, file à la salle de bains et habille-toi.

Elle choisit pour moi parmi un tee-shirt et une jupe taille haute.

— Je veux être à l'heure pour Trevor, ajoute-t-elle en guise d'excuse.

— Pour Trevor ?

— Oui… je crois que sortir avec d'autres garçons pourrait m'aider.

— À oublier Nash ?

Elle acquiesce d'un air triste.

— Je dois tourner la page. Je ne peux pas attendre jusqu'à la fin de l'année en espérant que tout rede-viendra comme avant. Et s'il trouvait mieux à New York ? S'il décidait de rester là-bas pour toujours ? La vie continue…

Je lui prends la main.

— Si tu sens que tu dois le faire, fonce. Bon, je vais mettre ces… ces trucs.

— Tu vas voir, Cameron va adorer.

— Ben voyons… bien sûr…, dis-je avant de pousser la porte.

Une fois dans le couloir, je manque de heurter Cam.

Pendant quelques secondes, je reste figée comme une idiote ; lui aussi. Puis je respire à fond et je m'écarte pour aller dans la salle de bains tandis qu'il entre dans la chambre de Sam.

J'enfile la jupe et le tee-shirt, je mets les chaussures et me fais une queue de cheval. C'est pas mal, en effet.

Quand je retrouve Sam, elle est en train de ranger des affaires dans son sac.

— Ça va ?

— Il y a un souci. La voiture de Cam est en panne ; il est déjà parti avec papa. On va devoir y aller à scooter.

— Je ne vois pas de problème.

— Ben si, je vais être complètement décoiffée !

La cour du lycée est pleine de monde. Les finales des championnats de football et de basket attirent des foules de supporters.

— Je suis comment ? demande Sam, en ôtant son casque.

— Parfaite.

Elle sourit et sort son portable pour lire un message qui vient d'arriver. Elle soupire.

— Génial ! Il faut qu'on passe prendre une bouteille d'eau pour Cam !

— Quoi ? On doit aller dans les vestiaires ?

— Oui. Tiens, appelle Trevor et dis-lui qu'on arrivera en retard.

Je tape le numéro tout en suivant Sam, qui fonce vers le distributeur automatique.

Trevor répond que lui aussi est dans les vestiaires, avec Matt.

— OK. Alors, on se retrouve là-bas.

Je ne savais pas que Matt et Trevor étaient devenus amis.

— Enfin ! s'exclame Cameron à notre entrée dans les vestiaires.

Son regard passe de Sam à moi. Je me sens terriblement embarrassée.

— Chris, je peux te parler un instant ? lance Trevor de l'autre bout de la pièce.

— Qu'est-ce qu'il y a ? fais-je en ignorant Cam.

— Tu iras voir la finale de basket tout à l'heure ?

— Oui, pourquoi ?

— Alors, on vient aussi, Matt et moi.

Non.

Non, non et non.

— Moi aussi, je veux voir comment se débrouille Miller avec son équipe de basket, déclare Taylor, qui nous a rejoints.

Ils se sont tous donné le mot ou quoi ?

— De toute façon, ils vont perdre, c'est sûr, s'esclaffe Taylor, imité par Matt.

— Les gars, sur le terrain ! s'écrie l'entraîneur.

— Allons-y !

Sam me prend par la main et m'entraîne vers les gradins.

— Hum, hum… Tu ne penses pas que tu devrais me remercier ? chuchote-t-elle.

Elle avait raison, Cameron n'arrête pas de me regarder à la dérobée.

Chloé et Jack s'installent près de nous. Ils sont trop chou ensemble.

Je regarde Cameron, qui s'échauffe. Il est si beau…

— Il te manque, pas vrai ? me demande Chloé.

— Oui.

— Il ne t'a pas encore parlé ?

— Non, pourquoi ?

— Il m'avait dit qu'il voulait le faire.

— Apparemment, il a changé d'idée.

— Laisse-lui un peu de temps, tu sais que c'est une tête de mule. Il finira par faire marche arrière, tu verras.

— Je l'espère.

— Je parie même que ça va pas tarder… Il ne te lâche pas des yeux !

Sam frissonne :

— Je commence à avoir un peu froid. Il y a beaucoup de vent aujourd'hui.

— Tiens, prends ma veste, dit Trevor.

Trop mignon !

Matt arrive au pas de course.

— C'est le numéro deux, dit-il à Trevor. Tiens-le à l'œil.

Trevor acquiesce, le regard fixé sur un joueur de l'équipe adverse.

— Qu'est-ce qui se passe ? veux-je savoir.

— Matt m'a demandé de surveiller ce type. Il paraît qu'il ne joue pas net. Au besoin, je dois avertir l'arbitre.

— Et tu penses qu'il va te croire ?

— Moi non ; ma caméra, oui, répond-il avec un clin d'œil.

À cet instant, je vois Susan qui court vers Cameron. Ils parlent pendant quelques secondes, puis elle le serre contre elle, et il se laisse faire.

Susan s'éloigne enfin de Cameron, qui reprend son échauffement et je pousse un soupir de soulagement.

Les pom-pom girls se regroupent sous les gradins. En passant devant nous, Susan ralentit.

— Souhaitez-nous bonne chance pour le show le plus beau de l'année.

— Je te souhaite de te casser la gueule ! dis-je sèchement.

Elle s'en va, verte de rage.

Quand elle est suffisamment loin pour ne pas l'entendre, Chloé s'exclame :

— Je t'adore !

24

Une petite musique se fait entendre ; les pom-pom girls courent sur le terrain et commencent leurs acrobaties. Tous les garçons ont les yeux rivés sur elles.

Susan s'agite en braillant comme une oie. Je crois sincèrement que les filles de l'équipe pourraient se débrouiller sans cette mise en scène ridicule. Leur show serait même bien plus agréable à regarder.

— Faites-la taire, pitié ! s'exclame Sam.

Chloé et moi éclatons de rire.

— Allez, Susan ! crie un garçon derrière nous.

Elle bondit, et sa mini-jupe se soulève, découvrant ses fesses. Les garçons, ravis, applaudissent comme des idiots. Maintenant, je comprends pourquoi Susan est si populaire...

Le spectacle se termine enfin et les joueurs entrent sur le terrain. Cameron prend position au centre. Dès que l'arbitre siffle le coup d'envoi, Taylor réussit à attraper la balle et à avancer sur le terrain adverse où il est arrêté par la ligne défensive. Carter lui vient en aide. Il intercepte le ballon, qu'il passe à Cameron.

— Allez ! crie Chloé.

Cameron dribble vers le but en slalomant parmi les adversaires. Juste avant qu'il ne tire, l'arbitre siffle une faute. Le numéro deux de l'équipe adverse est étendu à terre et crie en se tenant la jambe.

— Trevor..., dis-je.

Il se retourne vers moi et hoche la tête.

Il visionne le film : on voit bien qu'il s'agit d'une simulation, exactement comme Matt l'avait prévu.

Trevor se dirige vers l'arbitre pour lui montrer la vidéo.

Cameron court dans notre direction, déconcerté.

— Qu'est-ce qu'il y a ?

— Le numéro deux a simulé une faute ; Trevor a tout filmé, lui explique Sam. Il est en train de montrer l'enregistrement à l'arbitre.

— Pourquoi il l'a filmé ?

Chloé lève les yeux au ciel.

— À ton avis ? C'est pas parce que l'autre est beau gosse, et qu'il veut le faire tourner dans une pub pour les caleçons Calvin Klein !

J'interviens à mon tour :

— C'est Matt qui le lui a demandé.

L'arbitre siffle la reprise après avoir renvoyé le numéro deux sur le banc.

Trevor revient vers nous, l'air satisfait.

— Alors ? fait Jack.

— Matt avait raison.

La première mi-temps s'achève sur un score de 1 à 1. Nous allons voir les garçons dans les vestiaires.

Cameron m'accueille avec un demi-sourire.

— Qu'est-ce qu'il y a ? je demande, méfiante.

— Tu es quand même venue, alors que j'étais en colère contre toi, répond-il en enfilant un maillot propre.

— Qu'y a-t-il de si bizarre ?

— Rien… seulement… je pensais que tu aurais préféré le match de Miller.

— C'est parce que tu me connais mal.

— C'est possible. De toute façon, je suis content que tu sois venue. Dommage qu'il soit là, lui aussi, ajoute-t-il en se tournant vers Trevor.

— Cam, je te répète que Trevor est juste un ami, et que…

Il pose le doigt sur mes lèvres.

— Je n'ai pas envie d'en parler maintenant.

— Après le match, d'accord ? À tout à l'heure.

Il m'embrasse sur la joue et suit son équipe sur le terrain tandis que nous retournons sur les gradins.

Je remarque que l'humeur de Sam a changé.

— Ça va ?

— Oui, bien sûr. Excuse-moi, je dois aller aux toilettes.

— Qu'est-ce qui lui prend ? demande Trevor.

— Je ne sais pas.

Lorsque l'arbitre siffle le début de la deuxième mi-temps, Sam est de nouveau près de moi, muette et pensive.

— Tu es sûre que ça va ?

— Oui, je suis juste un peu fatiguée.

Encore quelques petites minutes, et le match sera fini.

— But ! crie Chloé en sautant de joie.

Les joueurs de l'équipe de Cameron courent sur le terrain en soulevant leurs maillots.

Les filles sont toutes debout et prennent des photos.

Cameron me sourit de loin. Comme je voudrais être auprès de lui et le serrer dans mes bras !

De l'autre côté du terrain, Susan s'élance sur le gazon. Elle trébuche sur quelque chose et manque de perdre l'équilibre… Hélas ! elle réussit à se redresser et saute sur Cameron, enroulant ses jambes autour de sa taille.

Cameron secoue la tête, surpris.

— Mais qu'est-ce qu'elle fait ? lâche Trevor.

Je vois Cameron agripper Susan par la taille et la jeter carrément par terre. Elle en reste bouche bée. Bien fait !

Cameron saute la barrière qui sépare le terrain des gradins et court vers moi. Je vais à sa rencontre. Les mains sur mes hanches, il me fait tournoyer dans les airs. Puis il me pose sur le sol et me plante un baiser sur les lèvres.

— Le dernier but, je te l'ai dédié, dit-il.

Il m'a pardonné !

25

Mon réveil sonne. Je le décale de dix minutes : j'ai besoin de dormir encore un peu.

Quand je réussis enfin à me lever, je me traîne jusqu'à la salle de bains et me prépare à contrecœur en prenant dans le placard les premiers vêtements qui me tombent sous la main.

Kate m'attend dans la cuisine, déjà prête.

— Ce matin, pendant que tu dormais, maman et papa se sont encore disputés, dit-elle à voix basse.

J'en lâche le paquet de céréales.

— Pourquoi ?

— Je ne sais pas, Chris. En tout cas, ce n'est pas à cause de l'alcool. Ce matin, papa était sobre. Je suis sûre qu'il y a quelque chose d'autre là-dessous.

— Et s'il s'agissait d'un autre déménagement ?

À cette seule pensée, je me sens mal.

— Oh, mon Dieu, Chris, j'espère que non ! Juste au moment où on s'adapte...

Pitié, pourvu que ce ne soit pas ça... Pas quand j'ai enfin réussi à me construire une vie ici !

— On se calme, Kate. Ça ne peut pas être aussi grave ! Ce doit être une de ces crises de couple passagères qui arrivent à tout le monde.

Un peu rassurée, ma petite sœur s'en va. Je vérifie si j'ai des messages sur mon portable.

Cameron m'en a envoyé un : « Le bus vient de passer. Où es-tu ? »

Quelle idiote ! J'avais complètement oublié qu'il ne passerait pas me prendre parce que sa voiture est en panne. En plus, maman et papa sont déjà partis.

Qu'est-ce que je vais faire maintenant ? Je n'arriverai jamais au lycée à l'heure si je vais à pied.

Je fais défiler le répertoire de mon portable pour trouver quelqu'un qui pourrait m'emmener.

Sam ? Sûrement pas : elle adore être en avance. À cette heure-ci, elle doit déjà être là-bas.

Je continue à parcourir les noms, jusqu'à tomber sur celui de Trevor ! Avec un peu de chance, il sera encore chez lui.

Il répond à la première sonnerie.

— Bonjour, Chris ! Ça va ?

— Salut, Trevor. Oui, ça va. Tu es toujours chez toi ?

— Je suis en train de sortir, pourquoi ?

— Tu pourrais passer me prendre ? J'ai manqué le bus.

— Oui, pas de problème. Je suis chez toi dans cinq minutes.

En effet, cinq minutes plus tard, Trevor arrive sur une grosse moto. Il me passe un casque.

— Mets ça et accroche-toi. On va carburer.

Je m'installe, et il démarre sur les chapeaux de roues. Je m'accroche à lui tandis qu'il zigzague comme un fou entre les voitures coincées dans les embouteillages.

J'ai beau lui faire confiance, j'ai peur. Je n'ai jamais aimé la vitesse.

Une fois devant le lycée, il freine en un dérapage plus ou moins contrôlé. Nous entrons dans la classe avant que ça sonne. Je ne l'aurais pas parié !

C'est la dernière semaine avant le voyage scolaire. Le rythme des cours est frénétique et fatigant : il y a toujours un prix à payer avant et après les vacances !

Quand je pense qu'au retour de Londres je devrai purger cette absurde punition avec Susan, j'en ai la nausée...

Cam et moi réussissons enfin à trouver un peu de temps pour nous à la pause déjeuner.

En revanche, je n'arrive pas à échanger une seule parole avec Sam de toute la journée. Elle semble être redevenue la fille d'autrefois : renfermée, pensive, solitaire... Elle a commencé à sortir avec Trevor, mais je ne sais pas quelle tournure prend leur relation.

Lorsque la sonnerie annonce la fin des cours, je demande à Sam si elle veut rentrer avec moi pour qu'on puisse parler toutes les deux.

— Oui, Chris, ça me fait plaisir de bavarder avec toi. On s'est si peu vues, dernièrement...

— On se rattrapera pendant le voyage. Le compte à rebours a commencé !

— Oui, j'ai hâte ! Même si je ne suis plus aussi enthousiaste qu'à l'époque où je pensais que Nash serait là... Sans lui, ce ne sera pas pareil.

Une larme coule sur sa joue. Soudain, elle s'arrête et éclate en sanglots, inconsolable, cherchant refuge entre mes bras. Je la serre fort contre moi.

— Pardon, Chris. Je me sens idiote, fait-elle après un moment.

Elle s'écarte pour s'essuyer les yeux.

— Ne dis pas de bêtises, Sam, tu ne dois t'excuser de rien. C'est moi qui suis désolée de ne pas avoir compris que tu étais aussi mal. Je pensais que tu allais mieux, en partie grâce à Trevor.

— Je suis douée pour faire semblant, tu sais… Je l'ai toujours été. Mais à un moment ou à un autre, la coupe déborde et la réalité me rattrape. J'ai beau essayer d'oublier Nash, je n'y arrive pas. Ma vie sans lui n'a aucun sens.

Je lui serre la main.

— Sam, ne te laisse pas aller. Tu as tellement changé depuis que je te connais ! Tu es devenue une fille plus forte, capable de se remettre sur pied et de lutter contre tout et tous. Nash a fait ses choix ; toi, il ne te reste qu'à faire les tiens et à réagir. Ta vie a un sens même sans lui ! Tu dois profiter de chaque instant pour ne pas regretter plus tard d'avoir gâché tes dix-sept ans à pleurer et à souffrir pour une personne qui ne te mérite pas.

— Tu as raison, Chris. Comme toujours.

Je l'enlace de nouveau.

— Tu es une véritable amie, me chuchote-t-elle à l'oreille.

— Toi aussi.

— Et c'est pour ça que je dois te dire quelque chose…

Elle a un air un peu inquiète.

— Quelque chose de désagréable ?

Elle fait oui de la tête.

— Alors, tu m'en parleras demain. Maintenant, j'ai juste envie d'une bonne glace.

— D'accord.

Elle sourit enfin.

— Tiens, on va appeler Trevor. Ensuite, vous pourrez passer la soirée ensemble, tous les deux.

— Je ne crois pas que Trevor soit le garçon qu'il me faut, Chris.

— Pourquoi ?

— Parce que ce que j'éprouve pour lui n'est pas de l'amour. Je sors avec lui pour oublier Nash, et du coup je me sens méchante. Même si je suis plus que sûre que lui aussi utilise cette méthode pour oublier quelqu'un, ajoute-t-elle avec un petit sourire.

« Je me soigne… » Les paroles de Trevor résonnent dans ma tête.

Je la prends par la main.

— D'accord. Dans ce cas, ce sera une glace entre filles.

26

— ... et surtout, assurez-vous d'avoir vos papiers d'identité, dit le professeur. Je n'ai pas l'intention de perdre du temps à l'aéroport parce que l'un d'entre vous aura oublié son passeport.

La sonnerie retentit, et je me lève précipitamment. Je veux profiter de la pause déjeuner pour appeler Nash.

— Chris, je vais manger quelque chose. Tu es sûre que tu ne veux rien ? demande Cameron.

— Oui, Cam, merci.

— OK. Alors à tout à l'heure, dit-il avant de m'embrasser.

Je le regarde s'éloigner... La perfection incarnée ! Je n'arrive pas encore à croire qu'il est à moi.

— Ah, l'amour ! s'exclame quelqu'un derrière moi.

Je me retourne et je vois Chloé, qui me sourit avec gentillesse.

— Tu m'as fait peur.

— Vous allez très bien ensemble. Je ne l'ai pas vu aussi heureux depuis très longtemps.

— Oui, ça va bien de nouveau. J'espère seulement que ça va durer... Comme tu le sais, entre Cameron et moi, tout peut changer d'un moment à l'autre… Et toi, comment ça va ?

— Plutôt bien, mis à part le fait que ces jours-ci, j'ai vu Susan un peu trop souvent à mon goût. Elle m'a demandé de lui donner un coup de main en maths. Je ne la supporte vraiment pas ! soupire Chloé.

— Alors pourquoi tu continues à la fréquenter ?

Elle me fait un clin d'œil.

— Ça me regarde.

— J'espère pour toi que ça en vaut la peine… Je te dis à tout à l'heure ?

— Non, attends… J'ai besoin d'un conseil.

— À propos de quoi ?

— De Jack.

Elle rougit et baisse les yeux.

— Alors… vous êtes ensemble ?

Elle acquiesce, intimidée.

— Oui. Ce soir, il m'a invitée à sortir. Je suis super stressée ! Je ne sais pas comment m'habiller, comment me comporter…

— Chloé, tu dois juste être toi-même et t'amuser. Il t'a déjà choisie.

— Tu crois ?

— Bien sûr ! Il suffit de voir comme il te regarde.

Elle rougit encore plus.

— Oh, mon Dieu, j'espère que je ne vais pas tout gâcher.

— Ça se passera bien, tu verras. Bon, je dois y aller maintenant. Je veux profiter de la pause déjeuner pour faire une chose importante.

— C'est quoi ?

— Mmm... ça me regarde, dis-je.

Chloé me tire la langue.

Je sors de la classe pour appeler Nash. Il faut que je lui parle de Sam. Je suppose qu'il est au courant des moments difficiles qu'elle traverse, il pourra peut-être me dire comment l'aider. Je me sens impuissante ; j'ai peur qu'elle recommence à se faire du mal.

Il répond aussitôt :

— Chris, ça fait plaisir de t'entendre ! Tout va bien ?

— De mon côté, oui. Mais... je voudrais te parler de Sam.

— Il lui est arrivé quelque chose ?

— Non, non, ne t'inquiète pas. C'est juste qu'elle se comporte bizarrement... J'espérais que tu pourrais m'aider.

— En effet, elle m'a appelé hier soir ; elle avait l'air d'avoir le moral à zéro. Elle m'a dit des choses qui m'ont blessé : qu'elle ne veut plus m'entendre, qu'elle ne peut pas continuer de cette manière... et qu'au lycée, il y a eu quelques histoires.

— Quel genre d'histoires ?

— Chris... je... je ne sais pas si je peux...

— Nash, je t'en prie. Je suis très inquiète pour elle. Ça fait des jours qu'elle est bizarre, je n'arrive pas à savoir pourquoi. Il n'y a pas que toi ; je suis sûre qu'autre chose la tourmente... Allez, Nash ! Je voudrais l'aider.

— Je suis désolé, Sam m'a supplié de ne rien dire. C'est un sujet assez délicat, que tu ne prendrais pas bien et qui risquerait surtout de rendre Cameron furax.

— Tant pis, je veux l'entendre !

— Excuse-moi, Chris. Je t'en ai déjà trop dit.

— Nash, dis-moi ce qui se passe. Sam est ma meilleure amie ! Je l'aime et je veux l'aider.

— Chris, n'insiste pas, je ne peux pas. Je te demande seulement de la soutenir. C'est à elle de t'en parler si elle en a envie, conclut Nash avant de raccrocher.

— Hé, Chris ! Il paraît que ta classe aussi vient à Londres ! s'exclame Austin, qui me rejoint avec un énorme sourire. C'est génial !

— Oh ! Je ne savais pas que... C'est super, dis-je sans grand enthousiasme

J'imagine déjà la réaction de Cameron quand il va l'apprendre.

Camila, qui passe près de nous à cet instant, se contente de nous lancer un regard de travers, sans nous saluer. Étrange...

— Austin, il y a quelque chose que je ne sais pas ? Tout va bien avec Camila ? je lui demande dès qu'elle est assez loin pour ne pas m'entendre.

— Elle est en colère contre moi. Elle dit que je l'ai négligée dernièrement. Et c'est vrai. Il y a eu les entraînements de basket pour la finale, les cours... Enfin, pour tout te dire, elle est aussi jalouse de toi. Ce n'est pas ma petite amie, elle ne peut pas me faire ce genre de reproches !

La jalousie de Camila à mon égard est absurde ! Seulement, elle est amoureuse d'Austin et, en fin de compte, je la comprends.

— Vous devriez vous expliquer. C'est ta meilleure amie.

— Elle doit d'abord me présenter des excuses. Elle m'a traité comme une merde et m'a dit des choses super désagréables. J'attends qu'elle se soit calmée, puis on pourra peut-être en reparler, répond Austin.

— Je suis certaine que vous arriverez à vous entendre… Excuse-moi, il faut que j'aille en cours. Le prof de maths doit être déjà là. On a une éval aujourd'hui.

— D'accord. Ah, je sais que Geller a eu des ennuis avec sa voiture. Si tu as besoin d'un chauffeur, je suis là, déclare-t-il.

Je le remercie ; mais tant que Trevor sera disponible, c'est à lui que je le demanderai. Si Cameron savait qu'Austin aussi s'est mis à ma disposition, il serait furieux.

Une fois en classe, je m'approche de Sam.

— Je voudrais te parler.

Elle secoue la tête.

— On remet ça à plus tard, d'accord ? Je ne me sens pas prête pour l'éval.

— D'accord, mais…

Je me tais, car le prof arrive et demande à tout le monde de regagner sa place.

Résignée, je vais m'asseoir.

À la fin des cours, je cherche Sam du regard : elle n'est plus là. Si elle pense qu'elle va réussir à m'éviter longtemps, elle se fourre le doigt dans l'œil !

Je dois passer l'après-midi chez Cameron.

Lorsque nous arrivons chez lui, je vois le scooter de Sam dans le jardin.

— Cam, tu crois que ta sœur dînera avec nous ?

Il est en train d'inspecter le frigidaire.

— Mmm... la pizza entamée d'hier soir a disparu, donc je ne crois pas. Je vais lui demander.

— Sam n'est pas là, peut-être qu'elle est sortie avec Trevor, dit Cam qui revient dans la cuisine quelques minutes plus tard.

— Ah... J'espérais pouvoir discuter avec elle.

— De quoi ?

— Je suis inquiète. Quelque chose la tracasse, mais Nash n'a pas voulu me dire ce que c'est. Il m'a conseillé d'attendre qu'elle m'en parle.

— Si elle en a envie...

— À ton avis, qui d'autre que Nash pourrait être au courant ?

— J'ai bien une idée... Quelqu'un qui sait toujours tout sur tout le monde.

— Lindsay ?

— Gagné... Je m'en charge.

27

Depuis six heures du matin, je vérifie mes bagages toutes les cinq minutes.

— Maman, où sont mes chaussures noires ?

Je fais des allées et venues dans la maison, désemparée.

— Une minute, Chris ! Je ne peux pas préparer le petit déjeuner et chercher tes chaussures en même temps.

Je soupire et je retourne dans ma chambre pour fouiller mon placard.

Je tombe sur mon blouson en jean. Et s'il faisait chaud pendant notre séjour à Londres ? Mmm... Oui, je cours le mettre dans la valise, on ne sait jamais.

Quelqu'un sonne à la porte. Je ne peux pas aller ouvrir car je m'acharne sur ma valise, que j'essaie de fermer.

Je lance :

— Maman, tu veux bien y aller ?

— Je suis en train de cuire les pancakes. Si je les laisse sans surveillance, ils vont brûler !

— C'est quoi, ce boucan ? râle Kate, qui descend l'escalier, les paupières lourdes de sommeil.

On sonne de nouveau. Je cours ouvrir : Chloé, Sam et Cam se tiennent sur le seuil.

Nous prenons notre petit déjeuner ensemble ; puis nous chargeons la voiture.

Une fois les valises entassées dans le coffre, maman nous accompagne à l'aéroport.

À huit heures pile, nous nous trouvons devant le terminal Sud.

Nous cherchons notre groupe des yeux.

De loin, j'identifie les valises blanc et fuchsia comme étant celles de Susan. Waouh ! Elle a dû emporter tous ses vêtements…

— Les voilà !

Une heure plus tard, nous sommes dans la salle d'embarquement. Les professeurs nous indiquent nos places dans l'avion.

— Alors, les sièges ont été attribués au hasard. Vous êtes priés de ne pas vous lamenter et de ne pas déranger les autres passagers. Geller, sachez qu'on vous garde à l'œil, dit le prof en distribuant les billets.

— Je ne demande pas mieux, ironise Cam.

Je sais déjà que je ne serai pas installée dans la même rangée que Cam.

— Pourvu que je sois avec Jack, pourvu que je sois avec Jack…, répète Chloé tandis que nous passons les sièges en revue.

— Moi, je dis qu'elle a un petit problème, ricane Cameron.

Tout à coup, il devient sérieux :

— Que fait Miller avec nous ?

Je vois Austin, sur le point de s'asseoir, qui me fait un signe.

— Cam, ne t'inquiète pas, dis-je. Tout ira bien.

Il hausse les épaules et s'éloigne sans rien dire.

J'avance dans l'allée… Non. Il doit y avoir une erreur : je ne peux pas être entre Susan et Lindsay !

Je sens que ce voyage va être interminable. Neuf heures pour arriver à Londres ! J'ai le choix entre dormir ou trouver des sujets de conversation pour tuer le temps. J'opte pour la deuxième possibilité : pour le moment, je n'ai pas sommeil. Pour commencer, je me tourne vers Lindsay : je lui demande si ça l'amuse vraiment de se mêler de la vie des gens et de divulguer des commérages.

— Être le bras droit de Lexy me pesait, répond-elle. Je détestais ses articles, ils étaient trop agressifs. Je crois que c'était la fille la plus détestée de l'école.

— Alors… pourquoi tu continues ?

— Je voulais me faire des amis… Mais ça ne s'est pas passé comme ça, je n'ai fait que me rendre impopulaire, et finalement je me retrouve seule. Je donnerais n'importe quoi pour avoir des amis comme les tiens, Chris ! Tu ne sais pas la chance que tu as.

— Sauf que tout le monde sait que ses copains ne sont pas aussi géniaux que ce qu'elle croit…, intervient Susan.

— Toi, on ne t'a rien demandé, dis-je, agacée.

— Et alors ? Lindsay, vas-y, balance-lui la vérité sur ses amis, ou plutôt sur une certaine amie à elle. Pourquoi lui cacher les dessous d'une affaire qui concerne l'une des personnes les plus chères à son cœur ?

— Arrête, Susan, tu exagères, proteste Lindsay.

— Je peux savoir de quoi vous parlez ? fais-je, troublée.

— Alors, tu lui balances, ou je m'en charge ? lance Susan, de toute évidence amusée par la situation.

— J'ai promis de ne rien dire, et je tiendrai parole, répond Lindsay.

— Alors, c'est moi qui vais raconter la vérité à ce petit ange de Chris.

Lindsay soupire.

Je sens que ce que Susan va me dire me fera du mal.

— Je crois que tu es au courant pour les sources de Lindsay, non ? commence cette vipère.

— Oui, ce sont des personnes qui lui rapportent les ragots qu'elle publie dans son torchon.

— Bien. Une de ces sources, tout à fait fiable, est ma préférée…

— Vas-y, accouche !

— Oh, mais que tu es impatiente ! Eh bien, le voilà, le scoop qui va gâcher tes vacances : cette personne, c'est Sam, ta soi-disant meilleure amie.

J'espère avoir mal compris. Je souffle :

— Que… quoi ?

— Tu as bien entendu ! Elle est même parmi les plus actives.

Je me retourne pour regarder Sam, assise derrière moi. Elle est en train de bavarder avec Trevor.

Ce n'est pas possible. Elle n'aurait jamais fait une chose pareille ! Pas après tout ce qu'on a vécu ensemble.

— Non, tu mens ! dis-je en regardant de nouveau Susan.

— Et pourtant… Tu ne t'es jamais demandé comment ça se faisait que les nouvelles te concernant arrivent aux oreilles de Lindsay peu de temps après que tu les avais racontées à ta super copine ? Réfléchis un peu !

Je ne peux pas le croire. Sam a été la première personne avec qui je me suis liée à mon arrivée à Miami, la seule en qui j'ai toujours eu confiance.

Lindsay pose la main sur mon épaule.

— Chris, dit-elle, je suis désolée…

— Pas moi ! s'esclaffe Susan. Au contraire, je me sens beaucoup mieux, déclare Susan avec un sourire fourbe.

Je l'ignore, profondément trahie et blessée. Je ne pensais pas que Sam était capable d'une telle chose.

Pourquoi ? Dans quel but ? Qu'ai-je fait pour mériter ça de sa part ?

Et, surtout, comment me comporter maintenant avec elle ? Lui dire que je sais tout ?

Et Cam ? Comment va-t-il réagir ? Non, il ne faut en aucun cas qu'il l'apprenne, il le prendrait très mal.

28

— Chris ! Chris, chuchote une voix qui m'arrache au sommeil. On est arrivés.

J'ouvre les yeux : Lindsay me secoue l'épaule.

Alors, tout ça – le journal, la trahison de Sam – n'était pas juste un mauvais rêve.

Maintenant, il faut que je décide de comment me comporter. Le mieux est de me taire et de laisser Sam aborder le sujet. Si elle tient à moi, elle en trouvera le courage.

Devant l'aéroport, un car nous attend pour nous emmener à l'hôtel.

Chloé, assise dans le fond, me fait signe de la rejoindre. Elle m'a réservé une place entre Sam et elle ; Cam et Jack sont installés devant nous.

— Le vol s'est bien passé ? me demande Sam.

Je lui mens :

— Oui.

— Vraiment ? Comment ont été Susan et Lindsay ?

— Susan plus insupportable que d'habitude, Lindsay, par contre, sympa. Mais on n'a pas beaucoup parlé. Par chance, je me suis endormie presque aussitôt.

— Sam, raconte-nous plutôt comme était ton voyage avec Trevor, dit Chloé.

— Je… ben… je crois que j'éprouve quelque chose pour lui, avoue Sam tout bas.

— Quoi ? Mais tu disais que…

— Oui, je sais… mais je commence à penser que mes sentiments pour lui ne sont pas seulement amicaux. Ce n'est peut-être pas vrai que je l'utilise pour oublier Nash.

Derrière la vitre, la ville défile sous mes yeux, magnifique. Je me dis que je suis dans l'une des plus belles métropoles du monde.

Le car s'arrête devant notre hôtel. Cela va être difficile, de partager la chambre avec Sam et de faire comme si je n'étais pas au courant.

Quelqu'un me passe la main devant le visage. Quand je lève les yeux, je vois Trevor. Il sourit.

— Hou-hou ! T'es où ?

Je regarde autour de moi : ils sont tous en train de descendre, sauf Cam et Trevor, qui ont les yeux fixés sur moi.

— Tu es sûre que tout va bien ? demande Cam.

Je hoche la tête.

L'hôtel où nous allons séjourner n'est pas mal du tout. Il se trouve tout près du centre de Londres.

— J'espère que nos chambres sont voisines, ajoute-t-il.

— Et moi, j'espère qu'elles sont très loin l'une de l'autre, sinon je serai obligée de te supporter toutes les nuits, plaisante Chloé.

— Ne te fais pas d'illusions, Chloé, tu ne m'intéresses pas, réplique Cam avec une arrogance feinte.

Tout le monde rit. Cam et Chloé ont une relation très particulière : ils se chamaillent comme chien et chat, mais en cas de besoin, ils sont toujours là l'un pour l'autre.

Après une longue attente, c'est enfin notre tour de retirer la clef de la chambre. C'est la 210 : deuxième étage, chambre 10.

Comme l'ascenseur est trop chargé, nous décidons de monter à pied. J'essaie de soulever ma valise : elle pèse une tonne ! Jamais je ne réussirai à la porter jusqu'au deuxième étage.

Austin pose la main sur la poignée.

— Je vais t'aider, elle a l'air lourde.

Je ne lâche pas prise.

— Merci, je peux me débrouiller toute seule.

— Allez, Chris, tu peux bien laisser Austin t'aider, fait Chloé.

Je lui lance un regard furieux ; puis je hausse les épaules, et je cède.

Austin s'empare de la valise et monte l'escalier sans effort jusqu'à notre chambre.

Chloé ouvre la porte et s'engouffre à l'intérieur avec Sam.

— Merci pour ton aide, Austin, dis-je, même si ce n'était pas nécessaire.

— De rien.

Il reste là à me dévisager ; je me sens mal à l'aise.

— Alors, j'y vais…

— Tu m'en veux ? demande-t-il.

— Quoi ? Non.

— Tu as l'air si distante ; j'ai la sensation que tu cherches à m'éviter. Je croyais qu'on était amis…

— Bien sûr qu'on est amis, mais je préfère que tu ne m'approches pas quelque temps.

— Pourquoi ? À cause de Cameron ?

— Tu sais très bien que ce n'est pas la seule raison…

— Et quelles sont les autres ? Dis-le-moi parce que je n'arrive pas à comprendre. Pourquoi tu ne me parles plus comme avant ? Pourquoi tu ne réponds jamais à mes messages ? On dirait que tu as peur de moi…

Il a raison, dernièrement, j'ai vraiment cherché à l'éviter.

— Austin, s'il te plaît, on en parlera quand on sera rentrés.

— Dans une semaine ? Non, je veux une réponse maintenant, Chris.

— D'accord. Mis à part le fait que Cameron n'apprécie pas de nous voir ensemble, probablement par jalousie et à cause de l'histoire de Carly, je ne veux pas semer la zizanie entre Camila et toi.

— J'en ai déjà parlé avec elle. Camila et moi, on essaie de résoudre nos problèmes, tu n'as pas à t'en préoccuper. Tu n'as rien à voir là-dedans. Ce n'est pas à toi qu'elle en veut maintenant. Et en ce qui concerne Cameron… ben, il devrait croire en toi et laisser de côté l'histoire de Carly. J'en ai marre d'entendre toujours parler de ça. En tout cas, contrairement à lui, j'ai toujours été sincère avec elle. Je ne l'ai jamais trahie. Tu devrais t'efforcer de comprendre à qui tu peux faire confiance.

— Si l'un de vous se décidait à me raconter enfin cette foutue histoire, j'y réussirais peut-être.

La porte de la chambre s'ouvre et Chloé apparaît sur le seuil.

— Pardon de vous déranger, je voudrais savoir quel lit tu préfères, dit-elle, embarrassée.

— J'arrive tout de suite.

Je me tourne vers Austin.

— Alors, merci encore pour ton aide. À plus.

J'attrape ma valise et la traîne à l'intérieur. La chambre n'est pas très grande, mais elle est accueillante ; elle me plaît.

— De quoi vous parliez ? demande Chloé tandis que je referme la porte derrière moi.

— Du fait que tu aurais très bien pu t'abstenir de l'encourager à porter ma valise, dis-je en m'asseyant sur le lit qui sera le mien pendant les six prochains jours.

— Arrête, c'était marrant !

Et elle fait un clin d'œil à Sam.

— Austin ferait n'importe quoi pour toi.

— Je vous en prie, ne commencez pas..., dis-je, contrariée.

— Chris, tu ne vois pas que ce mec est dingue de toi ? À ta place, j'en profiterais.

J'espère que Chloé plaisante.

— Ça ne va pas ? On est juste amis. Le sujet est clos, OK ?

— Les filles, regardez ça ! On a aussi un balcon, s'écrie Sam, qui ouvre la porte-fenêtre.

Je la rejoins. Le balcon, gigantesque, permet de passer dans les chambres voisines.

— Mais c'est génial ! exulte Chloé. Dommage qu'on ne voie rien d'ici. La chambre de Cameron est au quatrième ; de là-haut, on doit avoir une meilleure vue.

La porte-fenêtre du balcon d'à côté s'ouvre, et Susan apparaît.

Je m'exclame :

— Dites-moi que c'est une blague !

— Evans ! Ce n'est pas possible ! gémit Susan.

— Eh bien, ça ne me fait pas plaisir de te voir, à moi non plus.

— Heureusement que tu es là, Chloé ! soupire Susan, qui lui adresse le plus faux sourire que j'aie jamais vu.

— Je suis contente qu'on soit voisines, lui répond Chloé.

Elle a vraiment l'air d'être sincère.

— Chloé, tu es super douée pour jouer les hypocrites ! s'esclaffe Sam, une fois la porte-fenêtre refermée. Tu m'as presque convaincue moi aussi !

— Merci !

— Je connais des personnes encore plus douées qu'elle.

Je regarde Sam, qui semble avoir compris à quoi je fais allusion.

— Je suis presque vexée, Chris ! plaisante Chloé. Rentrons. Il faut se changer pour le dîner.

Je la suis.

— Chris, attends une minute !

Je pivote vers elle.

— Tu voulais me dire quelque chose ?

— Non... et toi ?

J'espère de tout mon cœur qu'elle va m'avouer la vérité.

— Non, répond-elle en détournant le regard.

29

Londres est une ville fantastique.

Nous sommes restés plus de deux heures et demie à la National Gallery sans réussir à voir tout ce que nous aurions voulu.

Je n'ai pas vraiment écouté le guide, encore secouée par la question de Sam.

Je pensais qu'elle était mon amie, mieux : ma meilleure amie. Je croyais qu'après tout ce que nous avions vécu ensemble, nous resterions toujours unies et loyales l'une envers l'autre. Apparemment, je me trompais.

Dire que, pendant tout ce temps, elle complotait dans mon dos... J'ai beau réfléchir, je ne peux trouver aucune explication à sa trahison. Comment lui pardonner ? Lui dire en face que je sais tout me semble déjà impossible.

— Tout va bien, mon cœur ? demande Cameron, assis à côté de moi dans le car qui nous ramène à l'hôtel.

J'ai choisi cette place car je n'avais pas envie de faire le trajet avec Sam. Et puis, Cameron sait me remonter le moral par sa seule présence.

Je me tourne vers lui.

— Oui.

— Je n'ai pas l'impression. Depuis qu'on a atterri à Londres, tu es bizarre…

— Je suis fatiguée, c'est tout.

— Je ne te crois pas. Je te connais, je suis sûr qu'il y a autre chose.

Je ne veux pas lui parler de Sam ; ça lui gâcherait le séjour.

— Ce soir, toi et moi, on va avoir une discussion, me prévient-il. Je veux tout savoir. Viens là.

Il passe le bras autour de mes épaules et m'attire tout contre lui.

Une fois à l'hôtel, nous attendons, Sam et moi, pour retirer la clef de la chambre, sans un mot ; c'est super embarrassant. Mais je n'arrive pas à feindre que tout va bien ; et elle doit avoir compris qu'il y a un problème.

— De quoi vous avez discuté, Cam et toi, dans le car ? demande-t-elle tout à coup, plus pour rompre le silence, je suppose, que par curiosité.

— De rien de spécial.

Je n'ai pas envie de lui parler, et encore moins de lui raconter ce qui se passe entre Cam et moi.

— Allez, Chris, je suis ta meilleure amie ! Tu sais très bien que tu peux tout me dire.

J'ouvre la bouche pour répondre ; puis je me ravise et je respire à fond.

— On a juste parlé du voyage.

— Tu m'expliques ce qui te prend ? lance-t-elle, l'air inquiet. Tu es franchement…

Je la coupe :

— Vous allez arrêter, tous, de dire que je suis bizarre ? Je n'ai rien, je vais bien, fais-je, contrariée.

— D'accord, désolée.

Elle reste silencieuse jusqu'à ce qu'on entre dans la chambre.

Je suis d'une humeur massacrante. Alors, pendant que Chloé et Sam se préparent pour le dîner, je sors sur le balcon me calmer.

Je vérifie sur mon portable les appels et les messages. Il y en a un de Kate. Je l'ouvre. « Salut, Chris, j'espère que tu t'amuses. Tu me manques. »

Je réponds :

« Tu me manques, toi aussi », et je passe au message suivant, qui est de Trevor. Surprise, je lis : « Retrouve-moi dans le hall de l'hôtel. Je voudrais te parler. »

Il me l'a envoyé il y a cinq minutes. Intriguée, je glisse mon portable dans la poche de mon jean et je descends au rez-de-chaussée.

Je le trouve dans le hall, assis dans un fauteuil de velours, en train de lire un magazine. À ma vue, il se lève :

— Viens, on va trouver un endroit tranquille.

Nous passons dans un petit salon en retrait et nous nous installons sur un canapé.

— Dis-moi ce qui t'arrive, commence Trevor.

— À moi ? Rien.

— À d'autres ! Allez, Chris, tu peux mentir à Matt, à Cameron ou à n'importe qui, mais pas à moi. Je te connais trop bien pour ne pas voir que ça ne va pas !

— Bon, d'accord. Il y a bien quelque chose, mais ce n'est rien de grave.

— Tu peux me faire confiance, Chris.

— J'ai découvert un truc déstabilisant à propos d'une personne à qui je tiens vraiment.

— Sam ?

— Pourquoi elle ?

— Il suffit de voir comment tu la regardes. Qu'est-ce qui s'est passé ?

— C'est compliqué... Pour faire bref : j'ai appris que Sam était l'une des personnes qui informent Lindsay de tout ce qui concerne ma relation avec Cameron, et avant elle à une autre fille qui éditait le journal du lycée. Elle leur a raconté plein de choses personnelles que je lui avais confiées parce que je la considérais comme ma meilleure amie. Alors, tu comprends que je suis plutôt mal.

— Mais c'est absurde ! Tu en es sûre ?

— Malheureusement, oui.

Trevor reste silencieux quelques secondes.

— C'est un sacré coup bas !

— En effet. Je ne sais pas ce que je dois faire.

— Cameron est au courant ?

— Bien sûr que non !

— Il faut que tu lui dises.

— Pas maintenant. Je ne veux pas que ça lui gâche le voyage, à lui aussi.

Les yeux perdus dans le vague, Trevor semble réfléchir à la situation.

J'espère qu'il saura me donner un bon conseil : en ce moment, il est la seule personne sur qui je puisse compter.

— Tu en as déjà parlé avec Sam ?

— Non, j'attends qu'elle me l'avoue elle-même.

— Je peux essayer de lui parler, si tu veux.

— Non, merci, je préfère que tu restes en dehors de cette histoire.

— Comme tu préfères, dit-il en me serrant dans ses bras.

30

Ce soir, aucune sortie n'a été prévue : nous allons sûrement nous retrouver dans une des chambres pour jouer à des jeux stupides pendant toute la soirée.

Après le dîner, nous nous entassons dans l'ascenseur. Au deuxième étage, le mien, je suis sur le point de suivre Sam et Chloé lorsque Cam me retient par le bras.

— Qu'est-ce qu'il y a ?

Il me sourit.

— Toi, tu viens avec moi.

Avant que les portes se referment, je vois Sam et Chloé en train de rigoler. Trevor, lui, me regarde, l'air inquiet.

Il sort au quatrième étage ; puis c'est au tour de Taylor, dont la chambre est au cinquième.

Cam ne bouge pas, alors je lui demande, surprise :

— Où est-ce qu'on va ?

Il appuie sur le bouton du sixième étage.

— Dans un endroit magnifique, dit-il d'un ton mystérieux.

En sortant de l'ascenseur, il me prend la main et me fait signe de me taire.

Au fond du couloir, il ouvre une porte.

On se retrouve dans une petite pièce avec, au centre, un escalier en colimaçon, vers lequel il m'entraîne, toujours sans un mot d'explication.

Arrivés au sommet, je reste ébahie devant la vue à couper le souffle qui s'offre à nous. Sous nos yeux, Londres se déploie dans toute sa splendeur.

— Incroyable ! dis-je en regardant autour de moi.

Je m'approche du parapet qui entoure le toit de l'hôtel et contemple, émerveillée, cet incroyable panorama.

— C'est fantastique, Cam ! Comment as-tu découvert cet endroit ?

— J'ai consulté le site, et j'ai vu qu'il y avait un solarium.

Je pose les coudes sur le petit mur et je profite du spectacle de cette ville immense parée de lumières scintillantes.

Je me rends compte que Cameron m'observe.

— Qu'est-ce qu'il y a ? La vue ne te plaît pas ?

— Si, mais je préfère ton sourire, le plus beau du monde.

Je dépose un baiser sur ses lèvres.

Il prend mon visage entre ses mains, les yeux rivés sur ma bouche. Puis il m'attire à lui et m'embrasse avec une sensualité infinie. Ses baisers commencent à tracer un lent parcours de ma joue vers mon cou.

— Cam…

— Oui ?

Il me regarde avec intensité.

— On ne peut pas rester ici, fais-je, affolée.

— Ne t'inquiète pas ! Regarde ce que j'ai là.

Il tire une clef de la poche de son jean.

Je la fixe, étonnée.

— Comment tu l'as eue ?

— Fastoche ! Il m'a suffi de faire les yeux doux à une femme de chambre…

La main dans la main, nous descendons l'escalier en colimaçon. Dans l'obscurité de la petite pièce, je trébuche, manquant de m'étaler par terre. Je pouffe de rire.

— Chut ! fait-il en me mettant la main sur la bouche.

Je respire à fond pour me calmer pendant qu'il m'entraîne vers la chambre dont il a la clé.

Une fois dedans, Cam verrouille la porte et allume la lampe sur la table de chevet. Puis il vient vers moi.

— Tu es si belle…

Il m'embrasse, m'enlace et me fait reculer jusqu'au mur.

Sa bouche est la chose la plus sublime au monde…

Ses lèvres rencontrent de nouveau les miennes. Tandis que nos langues se mêlent, comme si elles n'étaient qu'une, il prend mes mains pour les placer autour de son cou.

Je suis très excitée, et très heureuse. Si quelqu'un m'avait dit, il y a quelques mois, que je ferais une chose semblable avec Cameron, je lui aurais ri au nez.

Une énergie nouvelle passe entre nous ; c'est quelque chose de profond qui fait que je me sens bien, en sécurité. Je cherche les paroles justes pour exprimer ce que j'éprouve quand il plonge son regard dans le mien et murmure :

— Je t'aime, Chris ! C'est fou ce que je peux t'aimer…

31

— Qu'est-ce que c'était chiant, cette visite à la Tate Modern, lâche Cameron en bâillant.

Je lui donne un coup de coude.

— Quoi ? proteste-t-il. C'était à mourir d'ennui !

— C'est l'un des musées les plus beaux et les plus intéressants au monde ! Tu ne comprends rien à l'art, Geller !

— Vous êtes incroyables, sans cesse collés l'un à l'autre ! ricane Chloé.

Nous profitons des deux heures de liberté pour faire une balade dans Southbank. Nous repérons un petit resto sur une placette, aux airs vaguement vintage, à quelques pas de la Tamise : Gabriel's Wharf. Il y a plein de bars et de boutiques colorées, où l'on peut faire du shopping.

Malgré l'air glacial, nous nous installons sur la terrasse et commandons des fish & chips. Les notes d'un morceau rock exécuté en live résonnent dans le lointain.

— Qu'est-ce que c'est ? demande Chloé en tendant l'oreille.

— Ne me dites pas que vous voulez aller voir ! s'exclame Cameron. Moi, je ne bouge pas d'ici.

— Moi non plus, lui fait écho Jack. Et Taylor pareil.

J'échange un regard entendu avec Chloé, et nous bondissons sur nos pieds, imitées par Sam.

— À tout à l'heure, les pépés !

Menées par la musique, nous débouchons sur une autre petite place, où un groupe de quatre garçons est en train de jouer un morceau entraînant.

Le rythme est irrésistible ; nous nous déhanchons et battons des mains en rythme. Nous sommes les seules filles dans le public, composé pour la plupart de personnes âgées avec leurs cabas de courses.

L'air ravis, les musiciens nous font signe de les rejoindre.

Amusées, nous acceptons l'invitation.

— C'est quoi, vos prénoms ? demande le chanteur.

Je réponds pour nous toutes :

— Chris, Chloé et Sam.

Il se tourne vers les spectateurs :

— Souhaitons la bienvenue à Chris, Chloé et Sam !

Cette situation insolite nous fait rire aux éclats.

Les garçons se remettent à jouer, et nous trois, à danser. Leur son est incroyable !

Le chanteur me prend la main pour m'inviter à danser avec lui. C'est plutôt agréable.

Quand la chanson se termine, il lance au public :

— Merci à tous ! Rendez-vous demain à la même heure.

Le batteur nous demande :

— Comment ça se fait qu'on ne vous ait jamais vues auparavant ?

— Nous sommes ici en voyage scolaire.

— Dommage ! ce serait génial, de vous avoir avec nous plus souvent. Quoi qu'il en soit, ravi de vous rencontrer. Moi, c'est Bradley.

— Quel est le nom de votre groupe ? veut savoir Sam.

— Angry Lions.

— On peut faire une photo avec vous ? intervient Chloé. Comme ça, quand vous deviendrez célèbres, on pourra se vanter d'être vos groupies.

— Quand ça arrivera, on vous appellera pour que vous dansiez avec nous sur scène, répond avec un clin d'œil le garçon qui porte un badge « James » sur son tee-shirt.

Sa réflexion fait rire tout le monde. On prend la pose, et Chloé demande à un passant de prendre la photo.

— Vous avez des soirées libres à Londres, ou vos profs ne vous lâchent pas d'une semelle ? se renseigne le bassiste.

— On a plein de temps libre, prétend Chloé.

Je la fixe, sidérée : qu'est-ce qui lui passe par la tête ?

— On peut échanger nos numéros, reprend le bassiste, et... si ça vous tente, voici des billets pour notre petit concert de ce soir.

Il nous tend trois tickets.

— Merci ! Ce sera génial !

Chloé les glisse dans son sac. Puis on échange nos numéros avec Bradley et James.

— Alors, à ce soir ! fait Bradley.

— Oui, à ce soir ! répond Chloé.

Dès que nous sommes suffisamment loin des garçons, nous éclatons de rire. C'était marrant, de flirter avec eux, mais il est évident que nous ne les appellerons pas. Il ne faut juste pas que Cam l'apprenne...

Une fois rentrées à l'hôtel, Chloé m'informe que je suis convoquée dans le hall par le prof avant le dîner.

Je dévale l'escalier, un peu inquiète.

— Chloé m'a dit que vous vouliez me voir ?

— Oui, Christina. Attendons juste que l'autre élève arrive, et je vous explique... Ah, la voilà.

Je me retourne pour voir de qui il s'agit. C'est pas vrai !

— Oh, non ! nous exclamons-nous en même temps, Susan et moi.

— Mesdemoiselles, je vous rappelle qu'après le voyage, une punition commune vous attend. Eh bien, nous allons prendre un peu d'avance. Prenez ces dossiers, dit-il en nous tendant des liasses de feuilles, et distribuez-les dans les chambres. Ce sont les fiches d'information sur les principaux monuments que nous visiterons demain : la tour de Londres et la cathédrale Saint-Paul.

Je demande :

— Vous ne pourriez pas nous les remettre demain ?

— Non. Je veux que vous ayez le temps de les étudier ce soir.

Il sourit comme s'il savait qu'il était en train de dire une absurdité.

— Ainsi, vous arriverez sur les lieux bien préparés. Amusez-vous bien, ajoute-t-il avant de tourner les talons.

Je suggère :

— Si on se partage la tâche, on finira plus vite.

— D'accord, répond Susan du bout des lèvres.

Une heure plus tard, nous avons distribué les dossiers aux trois premiers étages et à presque tout le quatrième. Il ne manque que deux chambres, dont celle de Cameron.

De l'autre bout du couloir, Susan me lance un regard de défi.

Nous nous élançons toutes les deux vers la porte de la chambre.

Cameron ouvre et nous regarde, surpris.

— C'est pour la visite de demain, disons-nous à l'unisson, en nous poussant mutuellement.

Cam prend le dossier de mes mains et se penche pour m'embrasser sur les lèvres.

— À tout de suite, chuchote-t-il avant de refermer la porte.

Devant mon air victorieux Susan siffle :

— À ta place, je me méfierais... Je sais que vous avez flirté avec les mecs de ce groupe. Je ne pense pas que ça plairait à Cameron.

Je fais volte-face pour la dévisager.

— Je suis aussi au courant pour la nuit de passion que vous avez passée ensemble. Tu as tout intérêt à être sympa avec moi, et à rester loin de Cam cette nuit.

— Qui te l'a dit ?

— Tu devrais faire plus attention à qui tu confies tes secrets, répond-elle, avec un clin d'œil.

— Sam...

Là, c'en est trop ! Je ne peux pas continuer comme si de rien n'était. Je redescends et j'entre dans notre chambre comme une furie.

— Sam ! Comment tu as pu ?

Sam se lève de son lit.

— Mais… de quoi tu parles ?

Elle se fiche de moi !

— Pourquoi tu me fais ça ? Pourquoi tu continues à répéter à Susan tout ce que je te confie, hein ? Tu es mon amie, ou pas ?

Je déverse sur elle toute la colère que j'ai accumulée ces derniers jours.

Chloé nous regarde, stupéfaite.

— Qu'est-ce qui se passe ? lâche-t-elle.

Sam baisse les yeux.

— Alors, tu lui expliques, ou je m'en charge ?

Sam reste immobile sans rien dire.

— D'accord, j'y vais. Depuis le début, elle fait semblant d'être mon amie. Elle est restée près de moi juste pour gagner les bonnes grâces de Susan et pour obtenir des scoops à leur offrir, à elle, Lexy ou Lindsay. Tout ce que je lui ai confié terminait dans le journal du lycée. Dire que je n'ai rien soupçonné… J'ai été assez bête de croire que j'avais trouvé une véritable amie, dis-je, en larmes.

Chloé écarquille les yeux.

— Sam, c'est vrai ?

— Qui te l'a dit, Chris ? se contente de demander Sam.

— Susan, ta chère copine. Pendant le voyage en avion.

— Et pourquoi tu ne m'en parles que maintenant ?

— Parce que j'espérais que tu aurais le courage de me l'avouer !

— Et tu crois que, si je te l'avais dit, tu l'aurais mieux pris ?

— Peut-être, oui, si tu m'avais dit que tu regrettais, ou que tu avais une bonne raison de te comporter ainsi...

— J'arrive pas à y croire, intervient Chloé. Pourquoi, Sam ?

— Ce ne sont pas vos affaires ! lance Sam brusquement avant de sortir de la chambre en claquant la porte.

32

Hier, je suis restée tard dans la chambre de Cam à attendre que Trevor s'endorme. Il avait trop bu et se sentait super mal.

Bourré comme il l'était, il disait des trucs sans aucun sens... Il répétait qu'il était encore amoureux de moi, me demandait de ne pas partir... bref, des bêtises dictées par l'alcool, dont il n'aura probablement aucun souvenir.

Ce matin, il n'est pas encore descendu pour le petit déjeuner. Je commence à m'inquiéter.

— Où sont les garçons ? demande Sam.

Je ne comprends pas pourquoi Chloé a insisté pour qu'elle vienne s'asseoir à table avec nous. Elle a pourtant été témoin de notre dispute !

— Je ne sais pas. Ils sont peut-être en train d'aider Trevor, suppose Jack.

— Tu l'as vu ce matin ?

— Oui. Il avait une sacrée gueule de bois.

Je saute sur mes pieds – il faut que j'aille voir comment va mon ami de toujours.

— Je reviens.

C'est Cam qui m'ouvre la porte.

— Qu'est-ce qu'il y a ? demande-t-il en m'embrassant.

— Je viens voir comment va Trevor.

J'entre dans la pièce, mais Trevor n'est pas là.

Taylor, lui, est allongé sur le lit ; il a une mine horrible.

— Ne me parle pas de lui ! gémit-il. J'ai dû l'aider à vomir toute la nuit.

— Où est-il maintenant ?

— Sur le balcon. Il avait besoin de respirer un peu d'air frais.

J'ouvre la porte-fenêtre et je vois Trevor assis sur une chaise, les yeux clos.

Il se retourne brusquement.

— Chris, qu'est-ce que tu fais là ? dit-il d'une toute petite voix.

— Je m'inquiétais pour toi. Tu n'allais pas bien hier soir.

Je m'installe sur une chaise à côté de lui.

— Aïe ! Ma tête…, fait-il. Je ne me rappelle rien… J'ai bu, beaucoup… Je revois ton sourire ; puis j'ai dû tomber par terre, et tout est devenu noir.

Je grimace.

— Tu aurais pu boire moins…

— Je sais, mais je voulais oublier, et faire semblant que tout allait bien, juste pour un soir. Tu es restée longtemps près de moi ?

— Jusqu'à ce que tu t'endormes.

— Et… j'ai dit quelque chose de bizarre ?

— Ben, en fait… tu as dis des trucs super bizarres.

— Genre ?

— Que tu m'aimes encore, que tu ne fais rien d'autre que penser à moi… des trucs du genre, dis-je en le regardant dans les yeux.

Il détourne le regard.

— Ah…, se contente-t-il de lâcher.

Je continue :

— Tu parlais comme ça juste parce que tu étais saoul, hein ?

Il rit :

— Évidemment. Tu ne m'as quand même pas cru ? J'étais complètement bourré.

Nous nous taisons quelques secondes, embarrassés.

— J'y vais, dis-je enfin.

Trevor hoche la tête.

Taylor s'est endormi ; Cam est dans la salle de bains, en train de prendre sa douche.

Je trouve ma chambre vide : Sam et Chloe doivent être encore dans la salle à manger.

Je m'allonge sur mon lit pour vérifier si j'ai eu des messages ou des coups de fil. Oui, Nash a essayé de me joindre.

Ça alors ! Je l'appelle sur FaceTime, et il répond aussitôt. Ça fait drôle, de voir son visage après si long-temps. Ses beaux yeux bleus me manquaient.

— Tu m'as téléphoné ; tout va bien ?

— Salut, Chris, Oui… je voulais savoir comment ça va.

Je remarque tout de suite qu'il est préoccupé, et je devine pourquoi.

— Je sais tout pour Sam, dis-je.

Il se tait quelques instants avant de dire :

— Je suis désolé. Je ne t'en ai pas parlé ; j'espérais qu'elle le ferait elle-même.

— Sauf que, ce n'est pas elle qui me l'a dit...

— Qui, alors ?

— Susan.

— Elle ne peut pas se mêler de ses affaires, celle-ci ? s'écrie-t-il.

— Elle a bien fait, pour une fois. Je suis sûre que Sam ne me l'aurait jamais avoué.

— Elle avait peur de ta réaction, explique-t-il. Chris, je suis tellement désolé... Vous devriez parler ! Comment elle a réagi quand tu lui as dit que tu savais ?

— Elle s'est énervée et s'est barrée sans donner d'explications.

— Et qu'est-ce que tu penses faire ? Tu as l'intention de lui pardonner ?

— Je ne sais pas, Nash.

— Chris, c'est ton amie. Vous devriez vous expliquer.

— Mon amie ? Alors, explique-moi pourquoi elle n'a pas hésité à aller raconter ma vie à Lexy, Lindsay et Susan ? Et pourquoi je devrais, moi, jouer la grande âme et lui pardonner !

— Sam a fait quoi ? demande Cameron, qui s'est figé sur le seuil.

Oh ! non...

— Cam...

— Réponds ! dit-il.

— J'ai appris que Sam rapportait à Lexy, Susan et Lindsay tout ce que je lui confiais.

Cam hausse le ton :

— Quoi ? Et quand avais-tu prévu de me le dire ?

Je me sens terriblement coupable.

— Chris, je te laisse, dit Nash, qui a suivi la scène sur son portable.

— Va te faire foutre, Nash ! crie Cameron avant de sortir de la pièce.

— Et voilà, maintenant, c'est ma faute…, soupire Nash. Je suis désolé, Chris, dit-il pour la troisième fois avant de raccrocher.

Je me précipite hors de la pièce et rattrape Cam devant l'ascenseur.

— Non, Chris, va-t'en !

— Pas question !

Je m'arrête à un pas de lui.

— Parle-moi… je t'en prie…

Il hausse les épaules et ne se retourne même pas pour me regarder.

— Depuis combien de temps tu es au courant ? Qui te l'a appris, et qu'est-ce que tu sais exactement ?

Finalement, il aurait peut-être mieux valu qu'il ne dise rien…

— Susan m'a juste avoué dans l'avion que Sam était une des sources du journal.

Il se tait.

— Cam, pardonne-moi ! Je n'aurais pas dû te le cacher, mais j'avais trop peur de ta réaction envers Sam. Je ne voulais pas la voir souffrir.

— Même après ce qu'elle t'a fait ? lâche-t-il, surpris.

— Oui. S'il te plaît, cela ne doit pas gâcher vos relations ! C'est vrai, je suis en colère contre elle, mais peut-être qu'elle a une bonne raison...

Si ça se trouve, Susan la fait chanter.

— Dis-moi, comment tu fais pour être aussi sympa ? demande Cam. Tu devrais être furieuse !

— Je suis déçue, mais je continue à croire en elle.

— Susan ne t'a rien dit d'autre ?...

— Non. Je ne sais que ça.

Chose bizarre, il ne s'emporte pas, comme je l'avais craint.

Son portable sonne.

— Oui, répond-il d'un ton dur. Quoi ? J'arrive, fait-il, l'air préoccupé.

— Tu vas où ? On n'a pas terminé cette conversation.

— Non, Chris, pas maintenant.

Il monte les marches quatre à quatre et s'enferme dans sa chambre. Je le suis discrètement : il faut que je sache ce qu'il pense de cette histoire.

Arrivée devant sa porte, j'entends sa voix ainsi que celle de Chloé en sourdine.

Je tends l'oreille.

— Je t'assure que c'est elle ! dit Chloé.

— Et qu'est-ce que tu veux faire à présent ? demande Cam.

Mais de quoi parlent-ils ?

— Apporter les preuves à la police ! Elle ne peut pas avoir fait du mal à ma sœur, et s'en tirer comme ça.

Et voilà, encore l'histoire de Carly qui resurgit... Ont-ils compris qui l'a tuée ?

— Montre-les-moi.

— Voilà. C'est bien sa voiture. On voit la plaque. Cam, c'est elle, insiste Chloé.

Oh mon Dieu ! Ils sont en train de parler de Susan ! Ils sont convaincus que c'est elle qui a tué Carly.

— Chris ?

Je me retourne : Sam et Austin me fixent, l'air surpris.

Qu'est-ce que je vais bien pouvoir leur dire ?

— Qu'est-ce que tu fais là ? demande Austin.

— Je... j'étais juste...

La porte de la chambre de Cam s'ouvre à la volée. À ma vue, Cameron et Chloé pâlissent.

— Chris ! s'exclame Cam.

— Je passais par là, et je suis tombée sur Austin et Sam...

— Tu as entendu quelque chose ? demande Chloé, qui jette un regard inquiet à Cam.

— Juste que vous parliez d'une voiture.

Je n'ai pas l'intention de mentir. J'en ai assez de tous ces mensonges.

— Non, tu n'as pas fait ça ? souffle Cameron.

— Fait quoi ?

— Écouter aux portes ! Chris, tu ne pourrais pas pour une fois t'occuper de tes oignons, et arrêter de fourrer le nez dans ce qui ne te regarde pas ?

— Ne lui parle pas comme ça ! intervient Austin.

— On t'a pas sonné, Miller. Entre, dit Cameron, qui s'écarte pour le laisser passer.

Il se tourne de nouveau vers moi.

— Depuis quand vous êtes amis, vous deux ? dis-je.

— Ce ne sont pas tes affaires.

— Oh si, ce sont mes affaires ! J'en ai marre de ces cachotteries ! Tu veux que je sois sincère avec toi ? Alors, arrête de mentir ! Vas-y : de quoi vous parliez ?

— Cam… tu devrais le lui dire…, fait Sam.

Pourquoi Cameron ne semble pas furieux contre elle ? Ils se sont déjà expliqués ou quoi ?

— Sam, tais-toi. Et toi, Chris, s'il te plaît, ne rends pas cette situation encore plus difficile. Il faut que tu me fasses confiance, et que tu me laisses tranquille aujourd'hui, me demande-t-il, ses yeux dans les miens.

— Tu ne veux rien me dire ? Très bien. Seulement, ne viens pas me chercher ensuite, cette fois je ne t'accueillerai pas à bras ouverts.

Je soutiens son regard pour lui faire comprendre que je parle sérieusement.

— Tu n'aurais pas tort ! commente Austin, qui écope d'un regard furieux de la part de Cameron.

Chloé me prend par le bras.

— Chris, je sais que tu as l'impression qu'on est en train de comploter contre toi, mais ce n'est pas ça, crois-moi.

Je ne lui réponds pas. Je veux m'en aller.

— Mon cœur, je t'en prie, écoute-moi. Avant de tout te raconter, je veux être sûr de ne pas me tromper. La vérité sortira au grand jour. Je te demande juste de ne pas douter de moi, dit Cam en tendant la main vers mon visage.

Je m'écarte de lui.

— Ma patience a des limites.

— Je le sais, mais résiste encore un peu. On est tellement près du but. On parlera ce soir, d'accord ?

— Je vais réfléchir, dis-je, puis je m'en vais.

33

C'est notre dernière soirée à Londres. Le temps a filé si vite !

J'ai passé les deux derniers jours en compagnie de Trevor, Lindsay et Taylor, pour éviter Cameron et les autres. Austin m'a confié que Cam, Sam, Chloé et lui essaient de comprendre comment se sont déroulés les événements la nuit où Carly est morte, renversée par une voiture. Ils sont tous convaincus qu'il ne s'agit pas d'un accident et soupçonnent Susan d'en être la responsable.

Austin n'a pas voulu m'en dire davantage : selon lui, c'est à Cam de me révéler le reste. Seulement mon petit copain, qui par définition aurait dû être sincère avec moi, n'a pas soufflé mot sur le sujet.

Je suis vexée, et très fâchée contre lui, contre Sam et Chloé aussi. J'ai l'impression qu'ils se fichent de moi, et cette fois je n'ai pas l'intention de passer l'éponge !

Je fais ma valise en ressassant ces pensées. Demain matin, il faut libérer la chambre pour dix heures.

Mon portable sonne ; c'est ma mère. Sa voix est bizarre... Elle pleure.

— Maman, mais qu'est-ce qu'il y a ?

— Chris... Je... nous voulions juste la protéger..., sanglote-t-elle.

— Maman, qu'est-ce qui s'est passé ?

Je marche de long en large dans la pièce, affolée.

— Voilà..., commence-t-elle.

Quand j'entends la suite, le téléphone me glisse des mains et tombe à terre. Je m'écroule sur le sol.

Ma mère continue de parler, mais je suis trop bouleversée pour ramasser le portable.

— Chris ! appelle Cameron, qui frappe à ma porte. Ouvre, mon cœur. Je veux te parler.

Je ne sais pas comment je trouve la force de reprendre la conversation avec ma mère.

— Elle a disparu quand ?

Nous pleurons toutes les deux.

— Il y a deux jours. Nous avons appelé la police, mais on ne l'a pas retrouvée. Je ne te l'ai pas dit avant, Chris, car tu es à des milliers de kilomètres et nous espérions qu'elle reviendrait plus vite... Mais le temps passe, et nous ne savons plus que penser.

— Maman, la police va la localiser, elle reviendra bientôt à la maison. Demain, je serai là moi aussi et nous ferons tout ce qu'il faut pour la trouver. Essayez de rester calmes, et rappelez-moi si vous avez la moindre nouvelle.

— D'accord, ma chérie. À plus tard. Je t'aime, dit maman, et elle raccroche.

— Chris, ouvre !

Cameron continue de frapper à la porte.

— Va-t'en !

Les larmes coulent sur mes joues. Je n'ai envie de voir personne, surtout pas lui.

— Mais… tu pleures ! Qu'est-ce qui se passe, bon sang ?

Je respire à fond, mais je n'arrive pas à me calmer. Cam secoue la poignée avec violence.

— Chris, si tu ne me laisses pas entrer, j'enfonce la porte.

Je finis par céder et je lui ouvre.

Dès que son regard profond se pose sur moi, je comprends que la seule personne qui puisse me faire du bien, c'est lui. J'ai besoin de lui, je veux qu'il soit auprès de moi et qu'il me console, comme il l'a toujours fait.

Je me jette dans ses bras et j'éclate en sanglots.

— Chut, me chuchote-t-il à l'oreille, en me caressant le dos. Je suis désolé, j'ai été con.

Je parviens à hoqueter une réponse.

— Ce… ce n'est pas ça.

Il m'essuie les joues avec sa paume.

— Qu'est-ce qu'il y a ?

— C'est Kate…

Je prends une profonde respiration.

— Qu'est-ce qu'elle a fait ?

— Elle a disparu ! La police la cherche depuis deux jours sans résultat, dis-je d'une traite.

— Quoi ?

— Oui, ma mère vient de m'appeler. Je suis folle d'inquiétude ! Qui sait où elle se trouve en ce moment, ce qu'elle est en train de faire… Et si quelqu'un l'avait enlevée ?

Mille images se bousculent dans ma tête et me troublent encore plus.

— Ils vont la trouver. C'est probablement inutile, mais tu as essayé de l'appeler ? Tiens, prends mon portable.

Je compose le numéro de Kate. Rien – juste la voix agaçante qui dit de laisser un message après le signal sonore.

— Je tombe sur la messagerie.

— Je suis sûr que tout va bien se terminer. Tu verras, il s'agit d'une bêtise d'ado, rien d'autre.

Il se penche pour m'embrasser, mais je détourne la tête. Ce qui s'est passé entre nous me fait toujours mal.

Je rappelle Kate et laisse un message.

— Kate, je t'en supplie, réponds : je veux savoir si tu vas bien, si tu es avec quelqu'un, cela me suffit. Je te jure que dès que je serai rentrée à Miami, je te chercherai, jusqu'à ce que je te retrouve, dis-je avant de raccrocher.

Cam m'enlace avec tendresse. Je ferme les yeux quelques secondes : je suis si bien dans ses bras...

Mon portable vibre.

— C'est un message de Kate !

« Je vais bien, ne t'inquiète pas. Je t'aime. »

Je souris à travers mes larmes et réponds aussitôt.

— Tu vois ? Il n'y a pas de drame. Respire.

Je réponds à Kate.

« Je t'en prie, rentre à la maison. Tout le monde s'inquiète pour toi. »

Cameron et moi restons silencieux quelques instants dans l'espoir qu'un autre SMS arrive ; en vain.

— Elle reviendra d'elle-même, me rassure Cam.

— Je l'espère…

Vite, avertir les parents ! Je n'ose pas imaginer leur désespoir.

Maman est soulagée, pourtant je sais qu'elle ne sera pas tranquille tant qu'elle ne l'aura pas vue.

Cam me donne un coup de main pour boucler ma valise. À présent, j'ai hâte de partir pour me joindre le plus tôt possible aux recherches.

— Tu es toujours fâchée contre moi ? demande soudain Cam.

— Cameron, je n'ai pas envie d'en parler. Désolée, j'ai autre chose en tête.

— Oui, mais Kate t'a répondu, elle va bien. Tu ne peux rien faire d'autre pour le moment.

— Ma sœur a disparu. Je suis angoissée, à des milliers de kilomètres de ma famille… Et tu t'imagines que je pense à votre stupide plan et aux conneries que vous me cachez ?

— Attends, quel plan ? lâche Cameron.

— Ne fais pas l'innocent, Cameron. Je suis au courant. Vous cherchez des preuves pour coincer Susan et démontrer que Carly n'est pas morte accidentellement.

Il reste muet quelques secondes en soutenant mon regard.

— Mais bien sûr ! finit-il par souffler. Voilà où était Miller hier soir… Ici, en train de te raconter ce qu'on fait. Quel con.

— Non, Cameron. Austin a été le seul à être sincère. Tu ne peux éviter que j'apprenne ce que vous me cachez. Si tu étais moins borné, tu me dirais tout.

— Chris, écoute…, dit-il, l'air agité. Si je ne te parle pas de l'histoire de Carly, c'est qu'il y a une raison. Je ne ferais jamais rien pour te blesser, exactement comme Sam.

— Qu'est-ce que Sam a à voir là-dedans ?

— Eh bien… j'avais besoin de son aide. C'est moi qui lui ai demandé de se rapprocher de Susan, de lui faire croire qu'elle était son amie, pour découvrir ce qui s'est réellement passé.

— Et pourquoi justement Susan ?

— Elle était avec Carly cette nuit-là.

— Comment tu le sais ?

— Peu importe… je le sais.

Il détourne le regard.

Retour à la case départ ! Comme toujours, il ne me dit qu'une partie de la vérité… Je secoue la tête, contrariée.

— Chris…, je te répète que j'ai peur. Peur de te perdre pour toujours à cause de mes erreurs.

— Et moi, je te répète que je ne te juge pas pour ce que tu as fait dans le passé.

— Là, je ne te parle pas du passé, mais du présent…

— Peu importe je n'ai pas l'intention de te laisser t'en tirer, cette fois. Tu vas devoir lutter pour obtenir de nouveau ma confiance.

Il sourit :

— Très bien, je vais lutter. Pour toi.

34

Nous sommes enfin sur le point de monter dans l'avion qui nous ramènera à Miami ; nous y serons dans neuf heures.

J'ai passé une nuit blanche à essayer de recontacter Kate, en vain. Qui sait où elle se trouve... J'ai l'impression de vivre un cauchemar.

J'ai le siège 37A, près du hublot. J'espère juste que je ne devrai pas encore voyager à côté de Susan ; dans mon état de fatigue, c'est au-dessus de mes forces.

— Chris, s'exclame Austin. Super, on va enfin passer du temps ensemble !

Il s'installe à côté de moi, ravi. Il n'est pas mon premier choix, mais c'est toujours mieux que Susan.

— Non, c'est pas vrai ! s'écrie cette dernière dans l'allée. Ils le font exprès ou quoi ?

Je demande :

— Qu'est-ce qu'il y a ?

— J'ai le siège 37C.

— Quoi ? Tu as dû mal comprendre.

— Je ne suis pas sourde, Evans, fait-elle avant de s'asseoir à côté d'Austin.

— Susan, je n'ai pas envie de subir tes insultes tout le voyage. Alors, par pitié, tais-toi.

— Tu n'as aucun droit de me dire ce que je dois faire, Evans ! Je me tairai si je veux.

— Hé ho, du calme ! intervient Austin. Vous n'êtes pas obligées de vous parler.

— Désolée, Austin. Tu as raison, dis-je.

Je m'appuie contre le siège pour me détendre.

Je suis crevée. Je glisse les écouteurs dans mes oreilles et, après quelques minutes, bercée par la douce mélodie de *What Are You Finding* de Jason Walker, je réussis à m'endormir, ignorant la voix agaçante de Susan.

Je me réveille huit heures plus tard : l'avion a déjà amorcé sa descente sur Miami.

Une fois sortie de l'aéroport, je me rends compte à quel point le soleil de Floride m'a manqué. Après le froid glacial de Londres, je savoure sa chaude caresse sur ma peau.

Je rejoins les autres, qui bavardent, réunis en petits groupes.

— Ah ! non, moi, je n'irai pas ! lâche Chloé en soupirant.

Je demande, intriguée :

— Qu'est-ce qui se passe ?

— Figure-toi que les profs n'ont pas annulé les éval de maths et de littérature prévues demain. Ils ne s'imaginent quand même pas qu'on va passer le reste de la journée à bosser ?

— Quoi ? Mais quels salauds ! commente Sam, qui s'approche de nous.

Je hausse les épaules : la seule chose qui m'intéresse est de rentrer chez moi et de serrer ma mère dans mes bras avant de me mettre à chercher Kate.

Je regarde autour de nous : aucune trace de mes parents. Alors que je sors mon portable pour les appeler, j'entends la voix de Mme Geller :

— Bonjour Chris ! Tes parents nous ont demandé de te ramener à la maison.

Cam me prend la valise des mains pour la mettre dans le coffre. Il a de toute évidence décidé de respecter mon silence jusqu'à ce qu'on retrouve Kate. Je lui en suis reconnaissante.

Une fois dans la voiture, je vérifie encore une fois mon portable. Rien. J'essaie de rappeler Kate pour la millième fois : aucune réponse.

Sam s'installe à son tour, et sa mère démarre.

Soudain, je sens mon portable vibrer : c'est Hayes.

« Je sais où est Kate. Rejoins-moi à l'internat, dans ma chambre, aussi vite que tu peux. »

Oh mon Dieu !

— Tout va bien ? s'inquiète Cameron en voyant mon visage bouleversé.

Pourquoi Hayes ne l'a pas dit tout de suite ?

— Chris ? insiste Cameron, qui pose la main sur mon épaule.

Je tourne mon portable pour qu'il puisse lire le message.

— Mais, bon sang… ?

— Je… je… sais pas quoi dire, fais-je, sous le choc.

Cameron s'adresse à son père :

— Dépose-nous devant le lycée.

— Nous devons déposer Chris chez elle, objecte M. Geller. Ses parents l'attendent.

— Non.

Sam me regarde, troublée.

— Chris, qu'est-ce qui se passe ?

Je murmure :

— Je sais peut-être où est Kate.

Entre-temps, la discussion s'est envenimée entre Cam et son père. M. Geller lève la voix :

— Ne me parle pas sur ce ton, Cameron. Que cela te plaise ou non, nous allons déposer Chris chez elle.

Je pose la main sur le bras de Cam :

— Ça ne fait rien, je vais m'en occuper toute seule.

Dix minutes plus tard, nous sommes devant chez moi. Je saute de la voiture et cours vers la porte.

C'est mon père qui m'ouvre. Nous nous regardons sans rien dire et nous étreignons très fort.

Ma mère est derrière lui, pâle, les traits tirés, les yeux cernés. Je me jette dans ses bras sans pouvoir retenir mes larmes.

La maison est vide sans Kate... Je ne peux plus perdre de temps : je respire à fond, puis je m'oblige à quitter les bras réconfortants de ma mère.

— Pardonnez-moi, je dois récupérer mes bagages.

Je vais chercher ma valise, que Cam a mise dans notre allée, je la traîne dans ma chambre. Dix minutes plus tard, je suis de nouveau dehors.

Cameron est là qui me fait signe de le rejoindre.

— Qu'est-ce que tu veux ?

— Te servir de chauffeur. Tu vas gagner du temps si tu viens avec moi.

Je monte : il n'y a pas une minute à perdre !

Une fois devant l'internat, j'appelle Hayes pour savoir quelle est sa chambre.

— Je parie qu'elle est ici avec lui, dit Cameron.

Hayes ne répond pas : et s'il avait changé d'idée ? Et s'il avait décidé de ne rien me dire parce que Kate le lui a demandé ? Je renouvelle l'appel.

— Chris ?

— Quel est le numéro de ta chambre ? On est à l'entrée du dortoir, dis-je.

— 305.

Nous montons au troisième étage, et je frappe à sa porte, fébrile.

Je m'époumone :

— Hayes, ouvre !

Cameron attrape ma main :

— Euh... mon cœur, vas-y doucement, tu vas l'enfoncer.

La porte s'ouvre et Hayes apparaît sur le seuil. Je le repousse, je cherche Kate des yeux, mais elle n'est pas dans la chambre.

— Où est-elle ?

Je le regarde, désespérée.

— Elle devrait...

Il n'a pas le temps de finir que Kate sort de la salle de bains. Elle écarquille les yeux : visiblement, elle ne s'attendait pas à me voir là.

— Kate !

Je me précipite vers elle et je la serre contre moi, les yeux pleins de larmes.

Comment mes parents n'ont-ils pas deviné qu'elle se cachait ici ?

Je la regarde dans les yeux.

— Mais qu'est-ce qui t'est passé par la tête ?

— J'avais de bonnes raisons de m'en aller, Chris, dit-elle, l'air grave.

Je suis très heureuse qu'elle aille bien, mais en même temps, je pourrais l'étrangler. Elle nous a fait si peur !

— On ne l'a pas cherchée ici ? demande Cameron à Hayes.

Ce dernier explique :

— Elle s'est cachée dans le débarras du gymnase. Personne n'y va jamais.

Cameron et moi échangeons un regard. Je me souviens très bien de ce qui est arrivé dans ce débarras... À en juger par le sourire de Cameron, il ne l'a pas oublié, lui non plus.

— Kate, raconte-moi ce qui s'est passé.

— Je ne veux pas en parler.

— Désolée, il le faut ! Je veux savoir pourquoi tu as fugué.

Ma sœur ne répond pas.

Cameron me fait signe de garder mon calme. Mais comment le pourrais-je ? Kate s'est enfuie de la maison, maman et papa sont morts d'inquiétude ! Je n'ai pas l'intention de leur mentir, cette fois.

J'insiste :

— Kate, parle !

Elle secoue la tête sans me regarder.

— Kate, tu te rends pas compte ? intervient Cam. Chris s'est fait un souci monstre pour toi ! Tu l'aimes, non ? Alors, fais-le pour elle, dis-lui ce qui s'est passé. Tu veux qu'elle te dénonce auprès de vos parents ? Si tu t'obstines à te taire, elle ne te fera plus confiance.

Il pose la main sur mon épaule.

— Fais-le pour ta sœur.

— C'est ça, le problème, ma *sœur* ! lance Kate.

Je souffle, estomaquée :

— Qu'est-ce que tu veux dire ?

Elle prend une profonde inspiration.

— Le jour où tu es partie, maman et papa se sont encore disputés. Je venais de rentrer de l'école et, en passant devant le bureau de papa, je les ai entendus. La porte était entrebâillée, je me suis approchée et j'ai écouté en douce. Ils parlaient de quelque chose que, selon papa, ils auraient dû me dire il y a longtemps, mais maman n'était pas d'accord... Je n'y comprenais rien jusqu'à ce qu'une phrase me déchire le cœur...

Elle se tait quelques secondes et essuie une larme qui coule sur son visage.

— Quelle phrase, Kate ?

Cameron, percevant mon trouble, me serre contre lui d'un air protecteur.

— « Kate a le droit de connaître la vérité. Nous devons lui dire qu'elle a été adoptée. » Chris... toi et moi ne sommes pas sœurs, dit-elle, et elle éclate en sanglots.

35

— Que… quoi ? Ce n'est pas possible !

Kate, adoptée ? Il doit y avoir une erreur.

— Chris, je sais ce que j'ai entendu… Il n'y a pas de doute possible.

Je m'approche pour la serrer dans mes bras.

Si c'est vrai, pourquoi nos parents nous l'ont caché ? Et puis, j'ai des souvenirs assez nets de la grossesse de maman. De plus, Kate et moi nous ressemblons beaucoup.

— Il y a quelque chose qui ne colle pas, Kate. Il y a des photos de maman enceinte de toi. Même si à cette époque-là j'étais toute petite, je me souviens parfaitement de toi à peine née. Il faut qu'on demande des explications à maman et papa. Tu as dû mal comprendre.

— Non, Chris, j'ai très bien compris. Je ne veux pas retourner dans cette maison !

— Tu viens avec moi. Tu dois affronter la situation, tu ne peux pas continuer à fuir !…

— Je ne veux plus les voir, ces deux-là ! lance-t-elle.

— *Ces deux-là* sont et seront toujours tes parents, peu importe ce que nous découvrirons. Ils t'aiment, Kate, et

261

ils donneraient leur vie pour toi. Essaie d'imaginer ce qu'ils éprouvent en ce moment. Ils sont désespérés !

Mes paroles ont fait mouche. Kate n'a plus la même expression butée. Elle soupire et sort de la chambre. Cameron me sourit.

Je demande :

— Qu'est-ce qu'il y a ?

— Tu es très forte, tu sais.

Je me tourne vers Hayes.

— Merci, merci pour tout.

— Ce n'est pas moi que tu dois remercier, mais Nash. C'est lui qui m'a conseillé de t'avertir. Apparemment, il a toujours raison…

Dans la voiture, je m'assois sur le siège arrière avec Kate. L'air terriblement anxieuse, elle me prend la main.

— Du calme. Tout ira bien, dis-je pour la rassurer.

Elle hoche la tête et serre ma main plus fort.

Même si on devait découvrir que Kate n'est pas ma sœur biologique, cela ne changerait absolument rien. J'ai eu tellement peur de la perdre ! Rien ne me semble plus important que de l'avoir retrouvée saine et sauve. Le lien qui nous unit est indestructible. Nous sommes et serons toujours sœurs.

Une fois devant la maison, je remercie Cameron.

— Arrête, Chris, dit-il, je ferais n'importe quoi pour toi. Euh… peut-être que ce n'est pas le moment pour te le demander, mais ça te va si je passe te prendre demain ?

— Bien sûr, merci…

— Génial… Alors… à demain.

— À demain.

— Essaie de garder ton calme.

— Promis.

Entre-temps, Kate est entrée dans la maison.

Sur le seuil, je peux entendre maman pleurer.

— Kate, je t'en prie !

— Non, répond Kate.

— Qu'est-ce qui se passe ? je demande en entrant à mon tour.

— Kate ne veut pas nous parler. Pourquoi ? sanglote ma mère, blottie dans les bras de papa.

— Vous ne voyez pas ? Vraiment ?

— Non, Chris, nous ne comprenons pas, dit mon père, qui secoue la tête, désemparé.

— Kate, tu peux m'expliquer ce qui s'est passé ? implore ma mère.

— Je sais tout ! explose Kate. Je sais que j'ai été adoptée, c'est pour ça que je me suis enfuie. Le jour où Chris est partie, vous en parliez dans le bureau. J'ai tout entendu ! La vérité, c'est que j'ai toujours vécu avec une famille qui n'était pas la mienne, dit-elle, le visage ruisselant de larmes.

Le silence qui tombe prouve que Kate a vu juste.

— Vous devez lui parler, dis-je à mes parents.

— Kate, je ne voulais pas que tu le découvres de cette manière, lâche mon père.

— Mais c'est dingue ! Je me souviens de maman enceinte de Kate !

Je les presse sans ménagement : je veux une réponse claire à toutes les questions qui se bousculent dans ma tête.

— C'est une longue histoire, répond mon père.

— Allez-y, j'ai tout mon temps ! lance Kate avec véhémence.

— Tu as le droit de connaître la vérité...

Maman s'essuie les yeux et s'assoit.

— Après ta naissance, Chris, j'ai commencé à avoir des problèmes de santé. Cependant, ton père et moi voulions à tout prix un autre enfant, alors nous avons pris le risque malgré les avertissements des médecins. Je suis tombée enceinte pour la deuxième fois ; c'est pour ça que tu te souviens de moi avec un gros ventre. Mais au septième mois, il y a eu des complications. J'ai demandé à Tante Liz de te garder avec elle jusqu'à l'accouchement. Malheureusement, la petite... la petite est morte peu après. Nous avons vécu des moments épouvantables, votre père et moi.

Elle se tait, secouée par des sanglots. Papa prend le relais :

— Votre mère était au plus mal, je pensais qu'elle ne serait jamais en mesure de reprendre le cours de sa vie. Et puis, un collègue de travail m'a parlé d'un terrible accident de la route, dans lequel avait été impliquée une famille entière. Ils étaient tous morts, sauf un nouveau-né, une fille. J'en ai parlé à ta mère qui, à la minute où elle t'a vue, Kate, t'a aimée de tout son cœur. Elle a enfin retrouvé le sourire.

Pendant son discours, Kate garde les yeux rivés sur un point devant elle.

— Kate, je t'ai toujours aimée comme si tu étais ma fille biologique. Et je continuerai de le faire.

Ma mère a la voix brisée par l'émotion.

— Je… je ne sais pas quoi dire, répond Kate.

Elle se retourne pour partir.

Ma mère la retient.

— Ma chérie, prends tout le temps qu'il te faut, et pardonne-moi de te l'avoir caché. J'ai fait une terrible erreur… Ton père voulait te le dire il y a longtemps, mais j'avais peur de te blesser… C'était pour ton bien, pour te protéger. Demande-nous toutes les explications que tu veux, nous te les donnerons. Sache que nous t'aimons infiniment. Chris et toi êtes notre raison de vivre, dit ma mère.

Kate court se réfugier dans sa chambre.

36

Le réveil sonne, impitoyable. Je gémis : il devrait exister une loi qui permette aux élèves de rester à la maison une semaine entière après un voyage scolaire !

Je sors de mon lit et me traîne vers le placard. Je me retrouve à fixer mes vêtements sans les voir : je repense à la conversation que j'ai eue hier soir avec Trevor.

Je l'ai appelé après le psychodrame à la maison. Je ne souhaitais qu'une chose : partager mes problèmes avec un ami cher.

Il m'a écoutée et m'a donné des conseils sur l'attitude à avoir avec Kate, et aussi avec Cameron. Il croit qu'en ce qui concerne ce dernier, je devrais me montrer froide pour lui faire comprendre qu'il a du chemin à faire avant de regagner ma confiance. Il m'a aussi confié être officiellement en couple avec Sam. Selon elle, elle mérite une deuxième chance. Ce sera bizarre de les voir ensemble…

Le klaxon de Cameron m'indique que je suis déjà en retard.

Je me prépare à toute vitesse et je file dehors.

— Comment va Kate ? me demande-t-il dès que j'entre dans la voiture.

— Pas bien du tout. Elle refuse de quitter sa chambre.

— Ça lui passera. Elle comprendra que vos parents ont agi pour son bien. Ils ont peut-être fait une erreur, mais ils étaient de bonne foi.

— Je l'espère, dis-je en vérifiant l'heure.

— Tu es prête pour les éval d'aujourd'hui ?

— Tu rigoles ? Avec ce qui s'est passé, je n'ai pas eu le temps de bosser.

— Tu n'auras qu'à copier sur moi, déclare-t-il, grand seigneur.

— Si tu crois que c'est comme ça que tu vas arranger ton cas, tu te trompes.

— Tu devras bien me pardonner tôt ou tard. Tu ne peux pas rester loin de moi trop longtemps.

— Tu es drôlement sûr de toi... Cette fois, c'est différent, Cameron, dis-je avec un air de défi.

Il gare la voiture et me regarde droit dans les yeux.

— Tu parles ! C'est comme d'habitude : on se dispute encore à propos de Carly, et puis on se réconcilie parce qu'on s'aime. Fin de l'histoire.

— On va arriver en retard au cours, dis-je en voulant ouvrir la portière.

— Je m'en fous, fait Cam, qui active la fermeture automatique. J'ai besoin de toi, Chris, murmure-t-il.

Il m'effleure la joue et se penche lentement vers moi...

Je ne peux pas le laisser faire.

— Cameron, non, dis-je alors que ses lèvres touchent les miennes.

— Je sais que tu le veux, insiste-t-il.

— Je le veux, mais je ne peux pas.

Il s'écarte et s'appuie contre le siège.

— Tu me détestes, c'est ça ?

— Je ne te déteste pas.

— Alors, pourquoi ?

— Je ne sais pas... trop de choses se sont accumulées... Cette fois, je vais attendre, pour être sûre de ce que nous voulons.

— D'accord, Chris. Mais je te préviens : je continuerai à te casser les pieds jusqu'à ce que tu te rendes.

— Chris, je suis tellement stressée ! dit Chloé, qui me rejoint dès que j'entre dans la classe.

— Pourquoi ?

— Mais pour les éval d'aujourd'hui ! Je me suis endormie sur mes bouquins hier soir...

Je hausse les épaules.

— Moi, j'ai carrément renoncé. J'ai passé la soirée au téléphone avec Trevor.

— Tu es au courant pour Trevor et Sam ? demande Chloé.

— Oui.

— Depuis qu'ils sont arrivés, ils restent collés l'un à l'autre. Mais personne ne vous bat, Cameron et toi, ajoute-t-elle avec un clin d'œil.

— On n'est plus ensemble, dis-je.

Elle écarquille les yeux.

— Quoi ? Et il ne me l'a pas dit. Ça, il va me le payer !

Sur ce, elle se dirige vers lui.

Je me retourne pour observer Trevor et Sam. Main dans la main, ils se chuchotent quelque chose à l'oreille... Chloé a raison, ils en font trop.

Le prof entre dans la classe, je cours m'asseoir à ma place.

— Merci d'avoir déchaîné Chloé la Furie, siffle Cameron dans mon dos.

— Tu aurais dû le lui dire.

— Je le lui aurais dit. Je voulais juste être sûr que ce soit officiel. Je crois que je suis fixé.

Je me tourne vers le bureau du prof sans lui répondre.

Le prof distribue les QCM. Je me mets à cocher les réponses au hasard : non seulement je n'ai rien révisé, mais je ne suis pas d'humeur à me concentrer sur ces stupides questions de littérature.

À la fin du cours, Cameron s'arrête devant ma table.

— Tu veux que je rende ta copie ?

Je la lui passe et commence à rassembler mes affaires.

J'ai complètement raté mon éval, comme je raterai celle de maths. Je me ramasserai deux beaux E, mais je m'en fiche, je rattraperai ça la prochaine fois.

Enfin, le dernier cours de cette journée interminable.

En entrant dans la classe, le professeur nous annonce, à Susan et à moi, que nous sommes convoquées par la proviseur.

La punition...

Nous nous exécutons à contrecœur.

— Bonjour, heureuse de vous revoir, lance la proviseur tandis que nous nous asseyons en face d'elle. Vous connaissez le motif de cette convocation.

Elle indique un énorme carton posé contre son bureau.

— Voici les prospectus que vous devrez distribuer avant la semaine prochaine.

J'espère qu'elle plaisante.

— Tout ça ?

— Eh bien, mademoiselle Evans, vous êtes deux, et vous avez trois jours devant vous à partir de demain, plus le week-end. Je suis certaine que vous trouverez le temps de vous acquitter de cette tâche.

Une fois sorties du bureau, nous posons le carton sur le sol. Il pèse une tonne, il doit contenir des dizaines de milliers de prospectus.

— Quand je pense que je serai obligée de passer trois après-midi avec toi…, soupire Susan.

— Parce que tu crois que je saute de joie ? Il faut absolument qu'on trouve le moyen de faire ça en une seule journée.

— C'est impossible ! Il y en a trop, on n'y arrivera jamais ! déclare-t-elle.

— Sauf si on se fait aider.

Je viens d'avoir une idée.

37

Cameron, Trevor, Austin, Taylor, Sam, Chloé et Jack vont nous aider à expédier la corvée en un temps record.

Les convaincre n'a pas été difficile.

Cameron s'est proposé de lui-même, les autres, eux, n'avaient rien de mieux à faire, et l'idée de passer cet après-midi à distribuer ces fichus prospectus ne semblait pas leur déplaire.

Les cours sont terminés depuis cinq minutes ; nous sommes tous dans le gymnase, prêts à nous répartir le travail.

— Moi, je vais les distribuer avec Jack, annonce Chloé.

— Distribuer quoi ? fait Taylor.

Je regarde les autres.

— Vous ne le lui avez pas dit ?

— Dit quoi ? insiste Taylor, qui, comme d'habitude, est dans la lune.

— On va passer l'après-midi à distribuer des flyers, lui explique Jack.

— Heeein ?! Je pensais qu'on irait tous à la plage !

— Si tu nous files un coup de main, on finira plus vite, essaie de l'amadouer Sam.

— Je vous hais. Je n'étais pas au courant… Si j'avais su, je serais resté chez moi.

— C'est exactement pour ça qu'on ne te l'a pas dit, Tay, s'esclaffe Cam.

— Super… Merci, les amis.

— Désolée d'interrompre vos amabilités, il faut qu'on se bouge, intervient Susan.

— Moi, je me mets avec Trevor, dit Sam.

Il ne me reste qu'à choisir entre Susan, Cameron, Austin et Taylor.

Je veux passer un après-midi tranquille, sans penser à Carly, alors je déclare :

— Moi, je vais avec Taylor.

— Moi, avec Cameron, fait Susan, qui se jette immédiatement à son cou.

Cameron a l'air très contrarié par mon choix, mais ça m'est égal.

— Oui, mais du coup, Austin reste seul, fait remarquer Trevor.

— Il n'a qu'à se joindre au groupe de Chris. Ça ne te fait rien, n'est-ce pas ? demande Susan d'un ton doucereux.

Je la hais. Je ne peux évidemment pas dire non à Austin.

Je grimace un sourire.

— Aucun problème.

— Bien ! Alors, au travail ! lance Jack.

Je reste en retrait pendant qu'ils répartissent les feuilles en neuf piles.

— Ça ne t'ennuie pas que je sois avec Susan ? me demande Cameron. Je veux dire, en tandem… enfin, bref, tu m'as compris, lâche-t-il, l'air embêté.

— Pourquoi ça m'ennuierait ?

En réalité, je suis rongée par la jalousie.

— Tout ça à cause d'une vieille histoire que je ne veux pas te raconter. Tu ne crois pas que c'est dispro-portionné ?

Je ne dis rien. Je ne peux pas lui avouer que je meurs d'envie de le savoir de nouveau à moi, de sentir ses lèvres sur les miennes, ses bras autour de ma taille…

— Bien, fait-il avant d'aller rejoindre Susan.

Le tenir ainsi à distance me fait mal, mais je suis assez fière de moi. Je veux être avec une personne pro-fondément sincère. Tant que Cam ne sera pas comme ça, il devra faire sans moi.

— Tiens, Chris, dit Austin en me tendant une pile de prospectus.

— Merci, c'est trop sympa…

— Allez, go ! Plus vite on s'y met, plus vite c'est terminé, lance Taylor.

Nous sortons du gymnase et nous mettons d'accord pour couvrir divers quartiers de la ville.

— Rendez-vous à six heures devant Forever 21. Comme ça, Taylor pourra aller à la plage, lâche Cameron d'un ton ironique.

— Allons-y, dit Susan en lui aggripant le bras.

— Bien sûr, Susan, répond-il. À tout à l'heure, Chris.

S'il croit que ce genre de provocation va marcher, il se met le doigt dans l'œil.

Taylor, Austin et moi allons vers le centre.

La plupart des passants continuent leur chemin, nous ignorant complètement. Qu'est-ce que ça leur coûte de ralentir le pas deux secondes pour prendre un malheureux flyer ?

Au bout d'une petite heure, on décide de prendre quelques minutes de pause pour évaluer ce qu'on a fait. Je demande aux garçons :

— Vous en avez refilé combien ?

— Pas beaucoup, dit Austin.

— Moi, presque tous, et j'ai gagné le numéro d'une fille, déclare Taylor, réjoui.

— Alors, ça ne t'embêtera pas qu'on t'en donne quelques-uns de plus ? fait Austin.

Taylor nous en prend un peu à chacun.

En fin de compte, le seul à s'amuser est celui qui ne voulait pas venir.

J'aimerais bien savoir comment ça se passe pour Cameron et Susan… Est-ce qu'ils passent du bon temps, eux aussi ?

— Ça va ? me demande Austin.

— Oui.

— Tu veux bien qu'on les distribue ensemble ? On réussira peut-être à finir plus vite.

Il me tend la main pour m'aider à me lever du banc sur lequel je me suis écroulée.

Maladroite comme je le suis, je trébuche et me retrouve tout contre lui.

À cet instant, j'entends la voix de Camila.

— Austin, qu'est-ce que tu fais là ?

Embarrassés, nous nous écartons l'un de l'autre. Austin lui sourit.

— On distribue les flyers du lycée, répond-il. Tu en prends quelques-uns ?

Elle acquiesce en me lançant un regard noir.

— Tu vas rester tout l'après-midi avec elle ?

— Elle s'appelle Chris, et, non, nous ne sommes pas seuls. Quand on aura fini, on ira tous à la plage.

— Tu veux venir avec nous ? fais-je, hypocrite.

— Non, merci, dit-elle avant de s'adresser de nouveau à Austin. Ne traîne pas trop, je te rappelle que tu dois passer la soirée avec Alex et moi.

Camila me jette un dernier coup d'œil, et tourne les talons.

Austin et moi nous remettons au travail. À deux, c'est beaucoup plus rigolo.

Plus le temps passe, et plus je le trouve sympa et gentil.

— Voilà. Faites-y un saut, ce lycée est génial ! dit-il en tendant les derniers tracts à un groupe de filles.

J'espère que les autres aussi ont fini, parce que, à force de rester avec Austin, d'étranges pensées me trottent dans la tête...

— Vous avez terminé ? demande Taylor.

— Oui, et toi ?

— Oui, et j'ai récolté quelques autres numéros de téléphone.

Je secoue la tête avant de vérifier l'heure sur mon portable.

— Hé, il est six heures moins le quart, dis-je. Il faut qu'on file à Forever 21.

— Austin, Chris, Taylor ! s'écrie Lindsay, que nous rencontrons en route. Je vous cherchais.

Je demande, un peu inquiète :

— Qu'est-ce qui se passe ?

— Je dois vous dire un truc important. Je le garde pour moi depuis trop longtemps. Mais tout le monde doit être là.

— On a rendez-vous avec les autres, dit Austin. Tu veux venir avec nous ?

— D'accord.

— Enfin ! Vous en avez mis du temps, s'exclame Chloé.

— Comment ça se fait que tu sois avec eux ? demande Jack à Lindsay.

Je réponds à sa place :

— Elle a quelque chose d'important à nous dire.

— Je me trompe, ou il manque quelqu'un ? fait Taylor, qui nous passe en revue.

— Susan est rentrée chez elle, explique Cameron. Elle avait des trucs à faire. Allez, on y va !

En passant à côté de moi, il me bouscule sans s'excuser.

Tout le monde le suit, sauf Trevor, qui s'en est rendu compte.

— Fais pas attention, Chris, il est en colère parce qu'il a dû se taper Susan, au lieu d'être avec toi. Ça ne va pas durer.

Il passe le bras autour de mes épaules. Je soupire.

— Si seulement…

Une fois à la plage, on s'écroule tous sur le sable chaud.

— Alors ? C'était quoi, ce scoop archi-important ? lance Austin à Lindsay.

Elle se lève.

— J'ai bien vu pendant le voyage que vous n'aviez pas cessé de discuter de ce qui est arrivé la nuit où Carly a été tuée. Vous essayez de découvrir qui l'a fait, n'est-ce pas ?

— Oui, souffle Austin.

— Pas moi ! s'oppose Taylor.

Tout le monde le regarde.

— Ben quoi ? Carly n'est plus là, point. Rien ne pourra la ramener à la vie, et tout ça ne sert qu'à créer des embrouilles.

— Comment tu peux dire ça, Tay ! Carly était ma sœur, s'emporte Chloé.

— Je suis désolé, Chloé, mais c'est ce que je pense. Cette histoire nous gâche la vie à tous ! s'entête Taylor.

Cameron me lance un regard, mais je détourne aussitôt les yeux.

— Tu sais très bien pourquoi on continue à en parler, reprend Chloé.

Taylor s'étend sur le sable sans répondre.

— Alors, Lindsay ? fait Jack.

— Donc, je disais… Je sais que vous voulez savoir qui l'a tuée… Moi, j'étais là la nuit où elle a été renversée.

— On était tous là, observe Cameron.

— Oui, mais moi, j'étais présente au moment où Carly a été percutée par cette voiture.

Les autres la fixent, choqués par cette révélation.

— Donc, tu sais qui c'était ? souffle Chloé.

— J'ai vu la voiture de Susan foncer sur Carly. Je ne souhaite à personne d'assister à une scène pareille.

— Je le savais ! s'exclame Cameron.

— Bien. Il semblerait que vos efforts n'aient pas été inutiles, en fin de compte, soupire Taylor. Je ne veux plus rien entendre, lâche-t-il avant de s'en aller.

— Nous avons un témoin ! Susan a tué ma sœur, ça il n'y a plus de doute, déclare Chloé.

— N'importe qui pouvait être au volant, objecte Sam. Nous n'avons pas de preuves irréfutables de la culpabilité de Susan.

— C'est vrai…, dit Cameron. Mais tout laisse penser que c'est elle. D'autant plus que ce soir-là, après avoir parlé avec moi, Susan est sortie juste avant Carly. Elle a eu tout le temps de monter en voiture et de la renverser.

— Attends, fais-je, troublée, Susan n'était pas sa meilleure amie ? Pourquoi aurait-elle voulu faire ça ?

Cameron et les autres deviennent subitement muets, feignant de ne pas avoir entendu ma question.

— Il se fait tard, je dois rentrer chez moi, déclare Lindsay.

Tout le monde se lève. Je suis obligée de faire la route avec Cameron, Sam et Trevor.

Pendant le trajet, Trevor et Sam bavardent entre eux ; Cameron et moi ne nous adressons pas la parole.

Pourtant, mille questions se bousculent dans ma tête. Qu'est-ce qui s'est passé ce maudit soir ? Trop de choses ne collent pas dans cette histoire…

38

À la maison, tout semble retrouver lentement son équilibre. Pendant le week-end, Kate a recommencé à parler avec maman et papa. Elle n'a pas posé de questions sur son passé ni sur sa famille biologique ; elle ne doit pas être prête à affronter son histoire. L'important, c'est qu'elle soit sereine.

Ce lundi, je pars au lycée le cœur léger.

— Mais qui est cette superbe fille à la démarche aérienne ?

Je me retourne : Trevor me suit dans sa voiture.

— Monte à bord, dit-il, je t'emmène.

Je m'installe près de lui.

— Alors, comment ça va ? demande-t-il.

— Comme d'habitude…

— Cameron t'a appelée ce week-end ? Tu as des nouvelles ?

— Non, aucune. Si tu savais comme ça me fatigue… Il y a toujours quelque chose ou quelqu'un prêt à gâcher notre relation ! Pour chaque pas en avant, on en fait deux en arrière. Je te jure, Trevor, je n'en peux plus.

— Tu n'as jamais pensé que vous pourriez simplement ne pas être faits l'un pour l'autre ?

Sa question me désarçonne. En réalité, je ne me la suis jamais posée.

— Pourquoi tu dis ça ?

— C'est logique, non ? Vous vous disputez tout le temps ! Il suffit d'un rien, même d'une histoire vieille comme celle de Carly, pour vous éloigner... Tu espères vraiment qu'un jour ça va changer ?

— Le problème, c'est que je n'arrive pas à imaginer ma vie sans lui.

— À ta place, je laisserais tomber, et je regarderais ailleurs. Avant, tu devrais mettre les choses au clair avec lui pour ne rien laisser en suspens.

— Je ne sais pas si je pourrais faire ça... Je l'aime.

Trevor me serre la main.

— Non seulement tu peux, Chris, mais tu dois le faire, pour ton bien.

Je prends une profonde respiration et je regarde défiler la paysage.

Trevor a raison : il serait mieux pour nous deux d'en finir une bonne fois pour toutes.

Nous sommes arrivés devant le lycée, je descends de voiture et me dirige droit vers la classe, espérant n'y trouver personne. Je veux rester seule pour réfléchir à ce que m'a dit Trevor.

Le prof fait son entrée, suivi de Lindsay et Cameron, qui se sourient l'un à l'autre. Je souffle :

— Ça alors... Depuis quand ils sont devenus amis ?

— Chris, réfléchis à ce que nous nous sommes dit, et oublie-les. En attendant, il y a quelqu'un qui veut te parler d'un truc important. Tu devrais l'écouter, me dit Trevor avant de regagner sa place.

Je suppose qu'il s'agit de Sam…

En effet, à la pause déjeuner, elle vient vers moi.

— Trevor m'a dit que tu voulais qu'on discute, me dit-elle.

Quoi ? C'est le monde à l'envers ! Cela dit, tant qu'on y est… Autant la laisser s'expliquer.

— Oui, mais sortons d'ici.

Nous allons dans la cour. Dès que nous nous sommes assises sur un banc, elle commence à parler.

— Ce que j'ai fait est dégueulasse.

Au moins, elle le reconnaît…

— Mais je voulais rendre service à mon frère, qui, lui, voulait aider Chloé. Je me rendais compte que leurs cachotteries te faisaient du mal, et je cherchais un moyen de faire avancer leur enquête.

— Et c'est pour ça que tu racontais à Lexy et à Lindsay ce que je te confiais ? En quoi ça aidait Chloé et Cam ?

— Cameron voudrait que Susan passe aux aveux. Si j'ai commencé à faire semblant d'être son amie, c'était pour gagner sa confiance. Susan était obsédée par toi, elle me demandait continuellement des trucs sur ta vie, sur ta relation avec Cam… J'ai dû trahir ta confiance pour qu'elle croie en ma bonne foi. Malheureusement, ça n'a servi à rien, sauf à te faire souffrir, et à mettre notre amitié en danger. Je suis sincèrement désolée, Chris.

— Et Cameron savait que tout ce qu'il te raconterait finirait dans cette saleté de journal ?

Impossible qu'il ait accepté de participer à ce jeu malsain !

— Eh bien... De cette manière, il espérait te protéger ; toi et votre relation.

Sous le choc, je reste sans voix.

— J'ai fait une terrible erreur ! reprend Sam. Je ne veux pas perdre ma meilleure amie. J'ai besoin de toi, Chris.

Elle me regarde droit dans les yeux pendant que j'essaie de mettre de l'ordre dans mes pensées.

Ce qu'elle a fait est grave, mais je ne peux pas laisser une chose aussi absurde m'enlever une des rares personnes qui jusqu'ici a été à mes côtés.

— Pourquoi tu ne me l'as pas dit tout de suite ? Pourquoi tu es partie sans un mot quand je t'ai révélé que je savais tout ?

— Cameron ne veut pas que tu connaisses la vérité sur ce qui s'est passé avec Carly : il y a des trucs super moches dans cette histoire. J'essayais de sauver notre peau.

— Et maintenant que vous savez que c'est Susan qui a tué Carly, qu'est-ce que vous allez faire ?

— Apporter les preuves à la police.

— Il y a une chose que je ne comprends toujours pas : pourquoi Susan aurait fait du mal à sa meilleure amie ?

— Ça non plus, je n'ai pas le droit de te le dire... Oh, et puis, tant pis ! Je tiens trop à toi ! Tu sais déjà que Carly était amoureuse de Cam, non ? Mais elle n'arrivait pas à se décider entre Austin et lui... La nuit de la fête du lycée, celle où elle a été renversée, elle avait choisi Cam. Et ça a rendu Susan furieuse.

— Tu en es sûre, Sam ?

Cam m'avait pourtant assurée ne jamais avoir appris la décision de Carly... Encore une fois, je me rends compte qu'il n'a pas été sincère avec moi.

— Oui. En fait, Cameron était déjà avec elle en cachette. Quand Carly l'a choisi officiellement, il a décidé de rompre avec Susan. C'est pour ça qu'elle était folle de rage.

Sam se tait un instant, bouleversée.

— Pourras-tu un jour me pardonner, Chris ? finit-elle par demander.

Je lui souris.

— Je pense que oui...

Sam me serre fort dans ses bras, les larmes aux yeux. J'espère juste que je ne me trompe pas en lui accordant de nouveau ma confiance.

En revanche, je ne sais pas si je pourrai jamais pardonner à Cam... Il m'a raconté des centaines de mensonges. De plus, quel genre de personne peut tromper une fille avec sa meilleure amie ?

Trevor a raison, si je ne veux plus souffrir, je dois l'effacer de ma vie.

39

Il n'y a rien de mieux que de passer le dimanche matin à courir le long de la plage pour se vider l'esprit.

Cela fait une semaine que j'ai décidé de rompre définitivement avec Cam, et cela me fait toujours aussi mal.

C'est bizarre, de ne pas le saluer, lui parler, l'enlacer, l'embrasser... Nous sommes deux parfaits étrangers maintenant.

Enfin, vu de l'extérieur.

En réalité, je ne fais que penser à lui, et Sam me dit que Cam lui parle de moi sans cesse, veut savoir ce que je fais, où je suis...

Au lycée, en revanche, il m'ignore complètement. Toute la semaine, il a tourné autour de Lindsay, et j'avoue que ça m'énerve un max.

Je m'arrête quelques secondes pour reprendre mon souffle et modifier ma playlist.

A Drop in the Ocean était trop triste et me rappelait trop de souvenirs. J'ai besoin de quelque chose qui ne me fasse pas penser à Cam. Je crois que les paroles de *I Don't Miss You at All* de Selena Gomez peuvent m'aider.

Je reprends ma course.

C'est une superbe journée, avec un soleil magnifique et une chaleur supportable ; les gens se prélassent au soleil, font du surf. Elle me rappelle celle où j'ai rencontré Nash et les autres...

STOP ! Ne pas penser à Cameron et à ses amis ! Les souvenirs font mal, il faut les repousser.

Dans le lointain, je vois Trevor qui court vers moi. Je lève le bras pour attirer son attention.

Il n'y a personne avec lui ; bizarre qu'il ne soit pas avec Sam. Depuis qu'ils sont ensemble, ils ne se quittent plus.

— Chris !

Il me serre contre lui très fort, pour la première fois depuis longtemps.

— Tu cours, toi ? demande-t-il, étonné.

— Je m'y suis mise, oui. Ça m'aide à me vider la tête et à garder le moral.

— Tu sais que tu as bien fait, n'est-ce pas ?

— On pourrait ne pas en parler, s'il te plaît ? Je suis venue courir justement pour ne pas y penser. Dis-moi plutôt comment ça va avec Sam.

— Bien. Hier soir, on a passé la soirée chez elle à regarder des films et à manger du pop-corn.

Trevor semble vraiment impliqué dans cette relation, mais qu'en est-il de Sam ? Je ne suis pas complètement convaincue qu'elle ne se sert pas de lui pour oublier Nash. Mon meilleur ami risquerait, tôt ou tard d'en souffrir...

— Je ne m'attendais pas à ce que ça se passe aussi bien, continue-t-il. Sam est incroyable.

Nous nous installons sur le sable.

— Alors, c'est sérieux..., dis-je sans le regarder dans les yeux.

— Aussi étrange que ça puisse paraître... oui.

— Je suis contente pour toi.

— Et toi, Chris ? Je me trompe, ou ça se passe au mieux entre Austin et toi ?

— On est juste amis.

En tout cas, c'est ce qu'est Austin à mes yeux : un bon ami. Je sais que lui éprouve quelque chose pour moi, mais je lui ai fait très clairement comprendre qu'il ne pourrait rien y avoir de plus entre nous tant que je ne me serais pas enlevé Cam de la tête.

— Ça, c'est ce que tu penses. Je parie que lui ne te voit pas comme ça.

— Je m'en fiche, dis-je.

— C'est parce que tu es toujours obsédée par ce crétin de Geller et que tu ne laisses personne d'autre prendre sa place. Tu es persuadée qu'il est irremplaçable...

— Je l'ai vraiment aimé, Trevor ! C'est normal que j'aie encore des sentiments pour lui.

— Oui, mais tu dois trouver un moyen de l'oublier.

Je lui lance un regard furieux.

— Je n'utiliserai pas Austin pour effacer le souvenir de Cameron, si c'est ce que tu suggères.

— Qui parle de l'utiliser ? Tu devrais simplement lui donner une chance.

Son portable sonne et il répond aussitôt. À en juger par le sourire béat et les mots doux qu'il murmure, il doit s'agir de Sam. Quand il raccroche enfin, je demande :

— Qu'est-ce qui se passe ?

— Sam veut que je l'accompagne pour acheter un truc au supermarché. Tu viens avec moi ?

Je me lève et j'enlève le sable de mon short.

— Non. Je dois y aller, moi aussi. On a des invités au déjeuner et je suis censée donner un coup de main pour préparer.

— D'accord. Réfléchis bien à ce que je t'ai dit ! lance Trevor avant de reprendre sa course.

Je décide de rentrer chez moi ; je suis déjà fatiguée. Quand mon portable sonne, je réponds sans même regarder qui m'appelle.

— Allô ?

— J'ai des nouvelles, annonce Chloé en guise de bonjour.

— Chloé, je t'ai déjà dit que je n'ai pas besoin de tes mises à jour.

— Je te le dis quand même : Cameron n'a pas revu Susan depuis que vous avez rompu. Donc, la seule fille qui vous met des bâtons dans les roues, c'est Lindsay. Et je sais comment l'envoyer paître.

Chloé, qui n'arrive pas à accepter ma rupture avec Cam, fait tout son possible pour qu'on se remette ensemble. Elle le suit partout et surveille le moindre de ses faits et gestes.

— Chloé, s'il est heureux avec elle, c'est bien.

— C'est bien ? Non, Chris, tout ça n'est pas bien du tout. La seule personne avec qui Cameron ait jamais été bien, c'est toi.

— Désolée, Chloé, je dois te laisser. J'ai une tonne de choses à faire. À plus tard.

Elle soupire et raccroche.

Je viens à peine de parcourir quelques mètres que mon téléphone sonne de nouveau. C'est encore elle.

— Mise à jour de midi quinze, en temps réel : Cam et Lindsay viennent de se retrouver.

— Ah bon ?

— Tu vois que ça t'intéresse ! Alors, oui, il l'a serrée dans ses bras, et ils vont vers le parc.

— Ça ne m'intéresse pas, Chloé. Je voulais juste savoir si c'était vrai ou si tu l'avais inventé pour me faire mordre à l'hameçon.

— Je dois y aller maintenant, déclare-t-elle, on s'appelle demain.

— À demain !

À la pensée que Cameron continue sa vie comme si de rien n'était je sens monter en moi la colère. Je ne veux plus entendre parler de lui, c'est trop douloureux. Pourquoi Sam et Chloé ne le comprennent-elles pas ? Je *dois* l'oublier !

40

Je suis comme Garfield, le chat grassouillet du dessin animé. Je n'arrête pas de répéter : « Je déteste les lundis ! »

Je respire à fond et je sors de mon lit ; je ne veux pas arriver en retard au lycée.

J'enfile les premiers vêtements qui me tombent sous la main, puis vais dans la cuisine prendre mon petit déjeuner.

— Ah, te voilà ! dit ma mère. Nous étions justement en train de parler de toi.

— Qu'est-ce que j'ai fait ?

Je prends un biscuit au chocolat.

— C'est bientôt ton anniversaire ! lance Kate, tout excitée.

— Et alors ?

Cette année, mon envie de faire la fête est égale à zéro. Un simple après-midi à la plage avec des copains suffira bien.

— Il faut organiser une fête magnifique ! Dix-sept ans, ce n'est pas un anniversaire comme les autres ! s'exclame ma mère.

— Je ne veux pas de méga-fête, maman.

— Et tu n'en auras pas, m'assure Kate. Mais ce sera quand même quelque chose d'inoubliable !

Un coup de klaxon nous parvient du jardin ; c'est Sam, qui a arrêté son scooter devant la maison.

— Quelqu'un t'accompagne au lycée ? demande ma mère.

— Euh... Sam est là. Je ne savais pas qu'elle passerait me chercher.

Je sors pour la rejoindre.

— Qu'est-ce que tu fais là ?

Elle enlève son casque.

— Bonjour à toi aussi ! s'esclaffe-t-elle. Je viens te prendre. J'étais en retard par rapport à mon planning, et donc parfaitement à l'heure pour une retardataire chronique comme toi. Du coup, j'ai pensé qu'une petite place sur mon scooter pourrait t'intéresser...

Une fois dans la classe, elle court vers Trevor pour l'embrasser sans lui laisser le temps de respirer.

Mon regard tombe tout à fait par hasard sur Cameron : assis à sa table, il tape quelque chose sur son portable. Il est probablement en train de discuter avec Lindsay.

Pendant le cours, je prends des notes et m'efforce de me concentrer sur les explications du prof : je me suis complètement vautrée à la dernière éval de littérature anglaise et je devrai me rattraper. Quand je m'arrête pour secouer ma main endolorie, je laisse échapper mon crayon qui tombe par terre. Je me contorsionne pour le déplacer avec mon pied, en vain.

Je me penche donc pour le ramasser mais Cameron m'a devancée. Je me redresse et il me tend le crayon.

— Merci.

— Je t'en prie, dit-il en me souriant.

Je sursaute, car le prof lance d'un ton sévère :

— Evans, Geller ! Arrêtez de bavarder, immédiatement !

Chloé me fait un signe de victoire. Je hausse les épaules : il ne s'est absolument rien passé ! Il n'y a pas de quoi s'exciter... Même si, soyons honnête, le sourire de Cam produit toujours un effet incroyable sur moi.

Après les cours, j'accompagne Trevor et Sam dans la chambre d'un interne pour récupérer un jeu de PlayStation. Chloé vient avec nous.

Nous cherchons la chambre 210 au deuxième étage des dortoirs quand, tout à coup, une porte s'ouvre, et un garçon en sort pour ramasser un carton déposé devant.

Je souffle, surprise :

— Oh, j'y crois pas !

Il lève les yeux et sourit.

— Chris !

— Nash ?

Je cours vers lui pour le serrer dans mes bras. Je n'arrive pas à réaliser qu'il est là, devant moi : je pensais qu'il ne reviendrait jamais...

Puis son regard tombe sur Sam, qui se tient immobile au milieu du couloir, les yeux pleins de larmes.

Ils se regardent un long moment ; puis Sam pivote sur ses talons et s'enfuit en courant.

Nash en reste sans voix.

Trevor, lui, ne sait pas quoi faire.

Je lance :

— Je reviens tout de suite !

Je dévale l'escalier et trouve Sam dans la cour. Elle a l'air bouleversée, et se met à pleurer à gros sanglots dès que je la serre contre moi.

Elle respire à fond, essaie de se calmer ; en vain. Je comprends sa réaction : j'aurais eu la même si j'étais tombée nez à nez sur quelqu'un que j'avais presque réussi à oublier.

— Il n'a pas le droit, dit-elle sans cesser de pleurer. Chris ! Il ne peut pas me faire ça ! Pas maintenant que les choses vont bien avec Trevor, que ma vie sans lui commence à aller mieux. Je me faisais peu à peu à son absence ! Et tu sais quoi ? Le plus absurde, c'est que, malgré tout, en le voyant j'avais juste envie d'être dans ses bras.

Elle éclate de nouveau en sanglots.

— Sam, essaie de te calmer. Respire à fond…

— Je ne peux pas. Il est revenu, et ça va tout gâcher, je le sens. Il vaut mieux que tu y retournes, Chris. Je ne veux pas qu'il sache que je chiale, dit-elle en s'essuyant les yeux.

— Je me fiche de ce que pourrait penser Nash, et…

Sam m'interrompt.

— Moi non. Alors, vas-y.

Je prends quelques secondes pour réfléchir, puis lui dis, en essayant d'être le plus convaincante possible :

— Je t'en prie, Sam, viens. Je sais combien ça peut faire mal, mais regarde la vérité en face : à présent, tu vas le croiser chaque jour. Alors, il vaut mieux l'affronter tout de suite et faire bonne figure.

Elle soupire.

— D'accord, tu as raison.

Elle s'efforce de sourire.

— Ça va ? Je suis assez crédible ?

Sam est forte ; je suis contente de la voir aussi déterminée.

Ils sont tous dans la chambre de Nash ; Cam est arrivé, lui aussi. Trevor est assis par terre, gêné. Je vais me glisser à côté de lui.

— Tu ne devais pas revenir l'an prochain ? demande Cameron à Nash.

— Si, mais vous me manquiez trop... Donc, j'ai décidé d'écourter la torture, répond-il d'un ton sérieux.

— C'est moi, surtout, qui lui ai manqué ! s'écrie Chloé, qui se lève et va l'enlacer.

— Ça fait plus d'un an qu'on ne s'était pas vus ! Tu as tellement changé, lui dit Nash.

Puis il nous regarde tous.

— Il a dû se passer plein de choses depuis que je suis parti. Allez, racontez-moi !

« Oh ! crois-moi, il vaut mieux que tu l'ignores, mon ami... », me dis-je tout bas, avant de lui conseiller :

— Demande à Cameron.

— Nan, Chris le fera mieux que moi, réplique ce dernier.

Quel salaud !

— C'est moi qui te ferai un compte rendu détaillé, intervient Chloé pour détendre l'atmosphère.

— En attendant, c'est à toi de nous dire comme tu étais bien à New York, le défie Sam, qui s'est tue jusque-là.

Un lourd silence tombe dans la pièce.

Trevor se lève et déclare :

— Euh… pour moi, il est l'heure de partir.

Je le suis vers la porte.

— Je viens avec toi. À demain, dis-je en m'adressant à tous.

Pendant que nous marchons côte à côte, il soupire :

— Et dire que je voulais juste récupérer mon jeu vidéo… Maintenant que l'ex de Sam est revenu, qu'est-ce qui va se passer, à ton avis ?

— Comment ça ?

— Tu sais très bien ce que je veux dire. Elle l'a vraiment aimé ?

— Oui. Mais cela ne veut pas dire qu'elle lâchera tout pour se jeter dans ses bras. Tu as vu comment elle lui parlait ? Ne te fais pas de mauvais films…

— Chris, je crois qu'elle l'aime encore. Je ne pourrais pas la blâmer si elle voulait me quitter pour retourner avec lui.

Pourquoi tous les garçons ne raisonnent-ils pas comme Trevor ?

— Je sais que c'est difficile, mais essaie de ne pas y penser, d'accord ?

— Je vais essayer. Parlons plutôt de choses sérieuses, plaisante-t-il. Bientôt, c'est l'anniversaire d'une personne qui est plus importante pour moi que qui que ce soit d'autre… Tu la connais ?

— Mmm… je ne crois pas.

Je rigole, et il passe le bras autour de mes épaules.

— Qu'est-ce qui te ferait plaisir, cette année ? Je ne suis pas très doué pour les cadeaux.

— Ce n'est pas vrai. J'ai toujours beaucoup aimé tes cadeaux.

— Parce que c'était Cass qui me conseillait… Maintenant, je n'ai plus personne à qui demander de l'aide.

Il détourne le regard, l'air troublé.

— Tu m'as déjà fait un super cadeau en venant à Miami, Trevor. Je n'ai besoin de rien d'autre.

Il porte ma main à ses lèvres et y dépose un baiser.

— Génial ! Le problème est résolu, blague-t-il encore. Autre chose : ta mère m'a appelé pour me demander de lui indiquer un local où organiser ta fête. Elle a dû oublier que je suis nouveau ici, ajoute-t-il en jouant avec mes doigts. J'en ai parlé à Sam et aux autres, et ils m'ont conseillé le gymnase du lycée. Il paraît qu'on y organise des fêtes géniales. T'en penses quoi ?

— Mmm… cette année, il n'y a pas grand-chose à fêter…

— Si c'est à cause de Cameron, tu ne peux pas le laisser te gâcher ton dix-septième anniversaire.

— Ce n'est pas seulement à cause de lui. Je sens que ce ne sera pas marrant du tout.

— Et pourtant, si, on va bien s'amuser ! Je te le promets.

41

Aujourd'hui, le prof d'anglais va nous rendre les éval de littérature d'il y a deux semaines. J'aurai un E, j'en suis sûre.

Les élèves se pressent dans la classe autour de Nash. Depuis qu'il est entré dans la pièce, il est au centre de toutes les attentions.

— Qu'est-ce qu'elles font ici, ces cruches ? lâche Sam.

En effet, ce sont surtout les filles qui l'entourent et lui font la bise.

Chloé et moi échangeons un regard entendu.

Lorsque Sam passe près de Nash, il la suit du regard.

— C'est clair, elle n'a pas réussi à tourner la page, me glisse Chloé à l'oreille. Je ne crois pas que...

Je ne l'écoute plus, car mon attention est attirée par Cameron et Lindsay, qui entrent ensemble dans la classe.

Ce qui m'énerve le plus, c'est que Cam prétende qu'il n'y a rien entre eux.

Chloé me donne une tape sur le bras.

— ... Chris, arrête de regarder Cameron et cette garce, tu te fais du mal. Ils méritent une bonne leçon, ces deux-là !

— Je ne veux pas savoir de quoi tu parles.

— Si, tu veux le savoir. Lindsay organise une fête, vendredi. Alors, tu te fais belle, et tu te pointes avec Austin, OK ? Il faut que tu rendes Cameron jaloux.

— Non, je n'ai pas l'intention de me servir de lui.

— Dommage. Ç'aurait été marrant de voir Geller vert de rage. S'il te plaît, réfléchis à ma proposition...

Je lui lance un regard noir.

— Pas question !

Le prof arrive, et tout le monde va s'asseoir à sa place.

Comme toujours, avant de nous rendre les éval corrigées, il fait un long préambule qui a pour but d'accroître notre anxiété. Mais cette fois, je suis d'un calme olympien : je sais déjà que je me suis plantée.

— Certains d'entre vous ont eu une note honorable, d'autres ont obtenu une note très haute ; ceux qui, comme Geller, ont écopé d'un « insuffisant », devront s'appliquer pour relever leur moyenne.

Bizarrement, Cameron s'abstient de répliquer. Les yeux rivés sur son portable, il sourit avec indifférence.

Le professeur demande à un de nos camarades de distribuer les copies. Quand j'ai enfin la mienne entre les mains, je regarde l'inscription en rouge, m'attendant au pire.

Un A ?

J'en reste bouche bée : c'est impossible !

Je retourne la feuille pour voir si c'est bien la mienne : oui, mon nom figure en haut. Seulement, ce ne sont pas mes réponses.

Je me tourne vers Cameron et je vois mon devoir posé sur sa table. Il les a échangés ! Je demande :

— Tu m'expliques comment tu as fait ?

Il hausse les épaules sans rien dire.

— C'est de la folie !

Il se penche au-dessus de sa table et dit en me regardant droit dans les yeux :

— Non, j'ai enfin fait quelque chose de juste. Comme ça, tu n'auras pas de problème de moyenne.

— Qu'est-ce que ça peut te faire ? Nous sommes deux étrangers !

— Tu ne seras jamais une étrangère pour moi, répond-il. Et puis, quand je l'ai fait, on était encore ensemble. De toute façon, je le referais encore aujourd'hui.

Troublée, je ne sais pas quoi dire. Dès que je me rassois correctement, je reçois un SMS de Chloé. « Je vois que vous avez fait la paix ! ;-) »

Je lui réponds : « Je te raconte plus tard. »

En fin de journée, Nash m'arrête dans le couloir.

— Chris, je peux te parler un instant ?

— Oui, mais en vitesse ; Austin m'attend dehors.

— Je veux juste te poser quelques questions sur Sam. C'est vrai qu'elle est en couple avec ton copain Trevor ?

— Oui.

— Et tu crois que c'est sérieux ? me demande-t-il tandis que nous descendons dans la cour.

— Je ne sais pas, Nash. Laisse-lui la possibilité d'y voir plus clair. Tu te doutes qu'elle n'a pas très bien pris ton retour soudain… Je ne crois pas que tu puisses lui en vouloir.

— Je sais. Je pensais lui faire une surprise. Résultat, elle est la seule qui n'ait pas sauté de joie quand elle m'a vu. Je la comprends… ça n'a pas dû être facile pour elle.

— Pas facile ? Elle est complètement perdue ! Donne-lui du temps pour qu'elle sache ce qu'elle veut vraiment.

42

— Quelqu'un peut me dire pourquoi nous sommes là ? Lindsay avait parlé d'aller en boîte, pas à une soirée chez quelqu'un ! s'exclame Chloé.

Sam examine les lieux.

— Au moins, il y a du monde.

— Même un peu trop, dis-je en apercevant Susan.

— C'est Nash, là-bas ? fait Sam, qui indique une petite table.

— Oui, et Trevor.

Ils sont pratiquement collés l'un à l'autre.

— Non, ce n'est pas possible !

Cela fait des jours que Sam ne parle ni avec l'un ni avec l'autre : cette situation rend Trevor fou.

— Oh non, il m'a vue ! gémit Sam.

Elle se sauve en courant. Je m'élance derrière elle.

— Sam, attends !

Elle s'arrête enfin dans un coin isolé du jardin et s'assoit par terre pour reprendre son souffle.

Je m'installe près d'elle.

— Qu'est-ce qui te prend ?

— Pourquoi il est revenu juste maintenant ? s'écrie-t-elle. Il ne pouvait pas attendre que je tombe amoureuse de Trevor ? On dirait qu'il l'a fait exprès pour m'empêcher de retrouver l'équilibre.

— Ne raconte pas n'importe quoi, Sam ! Nash n'était même pas au courant de ta relation avec Trevor. Maintenant ou plus tard, quelle différence ? Tu es encore amoureuse de lui ! Il faut que tu réfléchisses bien, parce que, quel que soit ton choix, tu feras souffrir quelqu'un.

Elle prend une profonde inspiration et pose la tête sur ses genoux.

— Je devrais rester avec Trevor, juste pour blesser Nash. Tu te rends compte ? Il avait le choix ; il aurait pu rentrer avec son frère. Il s'en fichait bien, lui de me faire du mal ! Seulement je ne peux pas parce que, tu as raison, je l'aime.

J'étais sûre qu'elle en arriverait à cette conclusion. Pauvre Trevor ! Il va se prendre sa décision en pleine figure.

— Je ne sais pas quoi faire ! gémit Sam. Je ne veux pas faire souffrir Trevor ; j'ai des sentiments pour lui...

Je continue à sa place :

— ... mais ce n'est pas comparable à ce que tu éprouves pour Nash.

— Exact. Comment le dire à Trevor ?

— Je le connais bien. Il aura mal, mais, au final, il acceptera ton choix.

— Vous voilà enfin !

Trevor vient vers nous avec deux verres à la main.

Sam se raidit.

— Sam, je peux te parler une seconde ? demande-t-il.

Je me lève pour les laisser seuls. J'espère que Sam va être sincère avec lui.

Je rejoins la fête et prends un verre. Derrière la table du DJ, j'aperçois Cameron, qui est en train de murmurer quelque chose à l'oreille de Lindsay.

Comme je voudrais être à sa place ! Ah, me retrouver près de lui, sentir son parfum…

— Tiens, voilà mon assistante pour les cadeaux d'anniversaire, dit Austin, qui m'arrache à mes pensées. Tu t'amuses ?

— Plus ou moins. Je m'attendais à mieux.

— Oui, moi aussi. J'imaginais une fête en boîte, ou quelque chose comme ça… Tu veux danser ?

— Oui, bonne idée !

Nous rejoignons la mêlée et commençons à bouger au rythme de la musique. Austin me prend les bras pour les mettre autour de son cou.

Chloé et Jack viennent eux aussi, et nous dansons tous les quatre ensemble.

— Tu as vu Sam ? demande Chloé.

— Elle est en train de parler avec Trevor.

— Problèmes à l'horizon, lâche-t-elle, l'air préoccupée.

— Tout ira bien ! dit Jack, qui lui prend la main et l'attire contre lui.

Jack et Chloé forment un très beau couple. Ils sont faits l'un pour l'autre. Quel dommage que Cameron et moi n'ayons pas une telle relation…

Je secoue la tête pour éloigner cette pensée.

— Oh, non ! s'exclame Austin, qui regarde quelqu'un derrière moi.

Je me retourne et je vois Camila qui avance vers nous. Elle semble être d'une humeur massacrante ; j'espère que ce n'est pas parce que je danse avec Austin.

Elle s'arrête près de lui.

— Heureusement que tu ne voulais pas venir à la fête ! siffle-t-elle.

— J'ai changé d'avis.

— Comme ça, à l'improviste ? lance-t-elle en nous regardant à tour de rôle.

— Oui, ça te pose problème ?

— Va te faire foutre ! s'écrie-t-elle avant de s'en aller.

Austin soupire.

— Je lui parlerai plus tard.

— Tu lui as vraiment dit que tu ne viendrais pas ? je demande tandis qu'il me prend de nouveau les mains.

— Depuis qu'on s'est expliqués, elle ne fait que me coller !

— Normal ! Ne me dis pas que tu ne t'es pas rendu compte que tu lui plaisais ? intervient Chloé.

— Je sais, mais ce n'est pas réciproque.

— Tu devrais lui dire la vérité, Austin. Sinon, elle va continuer à se faire des films.

— Je n'y arrive pas, répond-il. Si je le fais, je risque de la perdre.

— Alors, tu préfères la laisser croire que tu éprouves la même chose ?

— J'ai été très clair. Si ton meilleur ami n'arrêtait pas de parler d'une fille, tu en penserais quoi, toi ?

— Qu'il a des sentiments pour elle, dis-je.

— Exact. Si elle ne veut pas le comprendre, c'est son problème !

Qui est la fille dont il parle aussi souvent avec Camila ? Une petite voix me souffle que ce pourrait être moi… Sauf que… moi aussi j'ai été claire avec lui.

— Pas difficile de deviner de qu'il s'agit, lâche-t-il comme s'il avait lu dans mes pensées.

Il fait un pas vers moi.

— Ah bon ? dis-je, le cœur battant à mille à l'heure.

Austin me caresse la joue, le regard fixé sur mes lèvres. Il n'a pas capté le message… Je dois absolument l'empêcher de m'embrasser.

— Euh… j'ai super soif, pas toi ? fais-je en le plantant là. Je vais boire un verre.

Je prends une profonde respiration et essaie de me calmer. Il faut que je garde mes distances : nous sommes amis, rien de plus. Quoique… et si Trevor avait raison ? Et si je lui donnais une chance ? Le problème, c'est que tant que je ne m'ôterai pas Cam de l'esprit, je ne pourrai imaginer aucun autre garçon à mes côtés.

43

Ces derniers jours, grâce à l'aide d'Austin, je commence à comprendre les maths et à ne plus les détester.

Comme je me suis plantée à la dernière éval, Austin a proposé de me donner des cours particuliers. J'ai beaucoup hésité : après ce qui est arrivé à la fête de Lindsay, je craignais que passer des après-midi avec lui ne complique la situation. Puis j'ai pensé que ce serait peut-être l'occasion d'y voir plus clair, et j'ai accepté.

Conclusion : Austin est un ami génial. Avec ou sans Cam, je le considérerais toujours ainsi.

De plus, c'est un excellent prof. Je comprends toutes ses explications, et commence même à trouver les équations du second degré marrantes. C'est super, de constater que les résultats de mes calculs coïncident avec ceux du livre.

— Ouiii !

J'exulte à la fin d'une énième opération réussie.

— Pas mal du tout ! commente Austin.

— C'est grâce à toi !

— Allez, on en fait une plus difficile.

Pendant que je m'acharne sur l'opération, je remarque qu'il ne me quitte pas des yeux. Il me déconcentre, mais il a été si sympa avec moi que je n'ai pas le cœur à le décourager...

Au bout d'un long moment, j'annonce :

— Le résultat est... quinze, je crois.

Il vérifie, et s'écrie :

— J'ai créé un monstre !

Austin s'étire ; il a l'air fatigué.

— On dirait que tu n'as pas beaucoup dormi, je fais remarquer.

— Non.

— Comment ça se fait ?

— Il s'est passé certains trucs chez moi... Mes parents doivent prendre des décisions importantes, et je suis un peu inquiet.

— C'est quelque chose de grave ou...

— Non... je m'en fais sans doute pour rien, répond-il en me regardant dans les yeux.

Il a un sourire magnifique.

Je me surprends en train d'imaginer comment aurait été ma vie si je l'avais rencontré, lui, au lieu de Cameron. Je parie que cela aurait été beaucoup plus facile...

— Tout va bien ?

Je me ressaisis.

— Euh... oui, bien sûr, dis-je en me levant. J'ai soif ; tu veux boire quelque chose ?

— Non, mais j'ai besoin d'aller aux toilettes.

— Au fond du couloir, dernière porte à droite.

Je prends mon portable pour vérifier si j'ai des messages. J'en trouve un de Sam.

« Je serai chez moi à partir de 17 h, donc si tu veux me rendre mon cahier... ;-) »

J'espère de tout mon cœur que Cameron ne sera pas là. Je n'ai pas envie de le voir, encore moins de lui parler.

Austin revient.

— On reprend les exercices ?

J'attrape mon stylo et j'annonce :

— Je suis prête.

Pendant que j'écris, Austin me prend en photo. Je demande, étonnée :

— Qu'est-ce que tu fais ?

— Juste quelques photos. Souris pour Snapchat !

— Arrête, j'ai horreur de ça ! lui dis-je tout en essayant de lui enlever son portable.

— Pourquoi ? Tu es super belle.

Il me mitraille encore ; puis je le vois taper un texte. J'y jette un œil...

Il a écrit : « Le meilleur après-midi de ma vie ! Vive les maths et les cours particuliers. »

En arrière-plan, on me voit en train de rire. Un sourire qui n'a l'air ni feint ni forcé. Tiens... Ça fait longtemps que je ne me suis pas vue aussi naturelle sur un cliché.

— Et maintenant, un selfie, dit Austin.

Je m'écarte d'un bond.

— Certainement pas !

— Allez, un seul ! Fais-le pour moi.

Je parviens à lui arracher le portable. Je saute sur mes pieds et me mets à courir autour de la table.

Peine perdue : il me rattrape en trois pas et me bloque les bras. Nous rions tous les deux comme des fous.

Depuis combien de temps je ne me suis pas sentie aussi bien avec quelqu'un ?

— D'accord, je me rends, dis-je, essoufflée.

Austin me lâche et sans détacher le regard de mes lèvres reprend son portable pour le glisser dans sa poche. Il secoue la tête et fait un pas en arrière.

— Tu m'offrirais quelque chose à boire ? Après cette bagarre, j'ai super soif.

Nous passons dans la cuisine et je lui donne un verre d'eau.

— Alors, dit-il en détournant le regard, vous n'avez pas encore fait la paix, Cameron et toi ?

— Non, et je ne crois pas que ça arrivera de sitôt.

Son portable vibre : il a reçu un message.

— C'est mes parents, dit-il en tapant une réponse. Ta fête d'anniversaire, c'est vendredi prochain, n'est-ce pas ?

— Oui, pourquoi ?

— Je ne sais pas si je pourrai rester toute la soirée. Le lendemain matin, j'ai des choses à faire avec eux.

Il a l'air contrarié.

— OK… tu es sûr que tout va bien ? dis-je en lui prenant le bras.

Il s'écarte.

— Oui, mais je dois rentrer chez moi.

— Je t'accompagne, d'accord ?

— Pas la peine.

L'ambiance a changé en l'espace d'une seconde. Pourquoi ? Ai-je fait ou dit quelque chose que je n'aurais pas dû ?

Je demande tandis qu'il ouvre la porte :

— Tu m'en veux ?

— Non, se contente-t-il de lâcher.

— Qu'est-ce que tu as, alors ? Tu es bizarre.

Il se retourne vers moi.

— Ce n'est pas ta faute, Chris. Le message de mes parents... concernait une décision qu'ils viennent de prendre.

— Et... ?

— J'essaie de te le dire depuis une semaine, mais je n'en ai pas le courage...

— Qu'est-ce qui se passe, Austin ?

— Il y a deux semaines, ma mère a obtenu une promotion. On doit déménager en Caroline du Nord. On part samedi matin.

Je me tais, sidérée. Puis je m'approche de lui et je l'enlace. Encore une petite semaine, et il ne sera plus là...

Il me serre fort contre lui.

— Je ne veux pas quitter Miami, Chris ! J'ai une vie ici. Si je pars maintenant, je vais laisser quelque chose en suspens... quelque chose dont je rêve depuis longtemps. J'en étais si proche...

Je l'écoute sans rien dire.

— Ce que je voudrais c'est sentir ne serait-ce qu'une fois ce qu'on éprouve en t'embrassant.

Il me caresse le visage.

— C'est ma seule chance ; nous n'aurons aucune autre occasion d'être ensemble. Je te le dis au risque de tout gâcher entre nous, pour ne pas avoir de regrets une fois parti de Miami.

Je n'ai ni la force ni l'envie de l'arrêter. Son regard se focalise sur ma bouche. Il se penche vers moi... Mon cœur bat à mille à l'heure.

Quand ses lèvres touchent les miennes, je ressens un choc intense. Il ne me fait pas le même effet que Cameron, mais c'est tout de même très fort.

— Merci, murmure-t-il en s'écartant.

Je me contente de lui sourire.

— C'était un parfait cadeau d'adieu..., ironise-t-il.

Je dis, émue :

— Je n'arrive pas à croire que tu vas t'en aller... Ce ne sera pas pareil sans toi.

Il me regarde avec tendresse.

— Avoue que tu es triste parce que tu n'auras plus personne pour t'aider en maths, plaisante-t-il.

Je m'esclaffe :

— C'est possible.

— À demain, Chris, me dit-il doucement.

— À demain.

Je le suis des yeux, troublée. Sans ce déménagement, il aurait fallu que je me questionne sérieusement sur mes sentiments pour lui...

44

Pourquoi ai-je laissé Austin m'embrasser ? Est-ce parce qu'il doit partir et que je savais qu'il attendait ce moment depuis si longtemps, ou parce que, dans le fond, moi aussi je le voulais depuis un moment ?

Les idées confuses, je vais dans la cuisine pour manger quelque chose. Je n'arrête pas de penser au baiser d'Austin, comme si c'était une des rares choses justes que j'aie faites depuis que je suis arrivée à Miami.

Je regarde l'heure : Sam doit être rentrée. Je lui envoie un message : « Je suis chez toi dans 10 mn. »

Sans attendre sa réponse, j'attrape mon sac et me mets en route.

C'est Sam qui m'ouvre la porte. Elle a l'air de très bonne humeur.

— Salut, dis-je en entrant. Je te rapporte ton cahier de maths ! Merci beaucoup.

— Je t'en prie ! J'espère que tu as réussi à déchiffrer mes pattes de mouche.

Des pas résonnent dans l'escalier ; pourvu que ce ne soit pas Cameron ! Non, c'est Nash, qui sourit de toutes ses dents.

— Ah…, je lâche, embarrassée. Désolée, je ne voulais pas vous déranger…

Si j'avais su que Nash et Sam s'étaient réconciliés, je ne serais pas venue.

— Tu n'as pas à t'excuser. On était juste en train de parler, dit Sam.

Elle regarde Nash, qui hoche la tête.

— J'ai raccompagné Cameron, et je suis tombé sur Sam, explique-t-il.

D'autres pas se font entendre, et Cameron, en jean et tee-shirt, les cheveux encore mouillés, apparaît dans l'escalier.

— Espèce de salaud, lance-t-il à Nash, tu as renversé tout le gel douche par terre !

— Ho ! On se calme ! Je vais essuyer. Salut, Chris ! Il me fait un signe de la main avant de remonter à l'étage.

Une forte odeur de brûlé se répand tout à coup dans l'entrée.

— Oh non ! Mon lisseur ! Salut, Chris ! s'écrie Sam en se précipitant sur les traces de Nash.

— Qui se ressemble s'assemble, marmonne Cameron.

Hors de question que je reste seule avec lui !

Je fais demi-tour mais Cameron me retient.

— Non… attends, Chris.

Je m'immobilise.

— Qu'est-ce qu'il y a ?

— Il faut que je te parle. Viens.

Il me prend par la main et m'emmène au salon.

Le simple fait qu'il me touche suffit pour m'envoyer des frissons le long du dos. Je n'arrive pas à lui opposer de résistance.

Il s'installe sur le canapé.

— Assieds-toi, dit-il en tapotant la place à côté de lui.

— Non, je préfère rester debout.

Il se lève alors, respectant même une distance de sécurité.

— Chris, écoute-moi, je t'en prie. On ne peut pas continuer comme ça. J'ai l'impression de devenir fou. Je ne passe pas une heure sans penser à toi. Je n'arrête pas, à me demander où tu es, ce que tu es en train de faire, ou ce qui se passerait si tu étais près de moi. Ça tourne à l'obsession. Une chose pareille ne m'était jamais arrivée ! Ce que j'éprouvais pour Carly n'était rien à côté de ce que je ressens pour toi. Chris, nous sommes faits l'un pour l'autre. Tu le sais, toi aussi, j'en suis sûr.

Tandis qu'il fait un pas vers moi, j'essuie discrètement une larme qui coule sur ma joue.

— Et en clair, ça donne quoi, Cameron ?

— Donne-moi une dernière chance, et je te promets que je vais changer, Chris. Je ne veux pas vivre sans toi.

Il prend mon visage entre ses mains et me regarde dans les yeux.

Me sentant terriblement coupable de ce que j'ai fait avec Austin, je le repousse tandis qu'il se penche pour m'embrasser.

— Que... qu'est-ce qu'il y a ? demande-t-il, troublé.

Je respire un grand coup et je fais un pas en arrière.

— Il faut que je te dise quelque chose, même si ça risque de tout gâcher.

— Vas-y.

— Avant de venir ici, j'ai passé l'après-midi avec Austin. Il avait proposé de m'aider en maths. Juste avant de partir, il m'a dit qu'il allait déménager...

Je m'arrête quelques secondes.

— Et... ?

— Et... je l'ai laissé m'embrasser.

Cam détourne le regard.

— Je suis désolée, je devais te le dire. Je ne peux pas te demander d'être sincère si je ne le suis pas moi-même.

À ma grande surprise, il ne semble pas du tout en colère.

— C'était comment ?

— Rien de spécial.

Ce n'est pas un vrai mensonge : avec Cam, c'est beaucoup mieux.

— Alors, je dois t'avouer quelque chose, moi aussi, fait-il en se grattant la nuque, même si c'est une chose insignifiante... Disons que ça fait partie de mon apprentissage de la sincérité... Cet après-midi, après l'entraînement, Lindsay est venue me voir. Pendant qu'on bavardait, elle a essayé de m'embrasser.

Je sens la jalousie monter en moi, mais je m'efforce de rester calme.

— Je l'ai repoussée, parce que je n'éprouve rien pour elle.

On reste silencieux quelques secondes.

— Tu es fâchée ?

— Non, bien sûr que non... Et toi ?

Il me prend par la taille.

— Eh bien, non, figure-toi, même s'il s'agit encore de Miller. Toujours Miller ! Mais il déménage ! Tu te rends compte ? Plus de rival !

Soulagée et amusée, je pose les mains sur ses épaules.

— Dans notre histoire, Austin n'a jamais été ton rival. Je ne suis pas Carly, dis-je.

— Je sais, mon cœur, je sais.

Il se penche lentement et m'embrasse.

Comme ça m'a manqué ! Je murmure :

— Tu me rends folle, Cam. Dire qu'il y a quelques minutes, j'étais prête à t'arracher la tête…

— Je t'aime, dit-il tout bas avant de m'embrasser encore. Je ne te quitterai jamais.

45

Mon réveil n'a pas sonné, mais j'ai tout de même réussi à arriver à l'heure au lycée. Un vrai miracle, vu que dans ma panique je ne trouvais plus mon ticket d'entrée au Monkey Jungle – un grand parc naturel que nous devons visiter aujourd'hui.

— Où sont passés Caniff et Geller ? crie le prof de SVT alors qu'on attend le car.

— En retard, comme d'habitude, commente Chloé.

J'entends des pas précipités : Taylor accourt, hors d'haleine. Peu après, Cameron arrive lui aussi, sans se presser le moins du monde.

Il sourit en me voyant, et je vais à sa rencontre. Dès que je suis dans ses bras, tout disparaît autour de nous : il n'y a plus que lui et moi.

— Bonjour, mon cœur, murmure-t-il sans cesser de sourire.

— Mademoiselle Evans, monsieur Geller ! crie le prof. Pourriez-vous remettre vos effusions à plus tard ?

Cam soupire.

— Je le déteste.

Je le prends par la main et nous montons dans le car.

Sam nous fait signe de la rejoindre : elle nous a réservé deux sièges.

Je m'assois à côté d'elle tandis que Cameron s'installe près de Nash, derrière nous.

— Où est Chloé ? je demande

— Devant, avec Jack.

Comme si elle avait entendu, Chloé se retourne et me lance un regard furieux.

— Quand avais-tu l'intention de me mettre au courant ?

— De *nous* mettre au courant, la corrige Sam.

— J'allais le faire.

— Alors, vas-y, une bonne fois pour toutes ! insiste Sam. Vous êtes de nouveau ensemble ?

— Oui.

— Vraiment ? demande quelqu'un de l'autre côté du car.

C'est Trevor ; près de lui je vois Taylor !

— Et quand est-ce que tu avais l'intention de me mettre au courant ? continue Trevor, vexé.

Mais qu'est-ce qu'ils ont tous aujourd'hui ?

— Et ça s'est passé quand ? crie Taylor pour dominer le vacarme qui règne dans l'habitacle.

— On s'est expliqués hier après-midi.

— Hier après-midi quoi ? lance à son tour Susan de sa voix perçante depuis le dernier rang.

— Cameron et Chris sont de nouveau ensemble ! lui apprend Taylor.

Susan se lève et fonce sur nous.

— Et la rouquine, qu'est-ce qu'elle est devenue ? fait-elle, ironique.

— Il n'y a jamais rien eu entre Lindsay et moi, dit Cameron, qui ne cache pas son agacement. Lâche-moi, OK ?

Susan le fusille du regard et retourne à sa place.

— Comment ça se passe avec Austin ? veut savoir Sam.

Pas question de lui parler du baiser d'hier ! À cause de ce moment de faiblesse, je ne sais pas comment me comporter avec lui aujourd'hui. Heureusement, il est dans le deuxième car.

— Bien, dis-je avant de changer de sujet : Parle-moi plutôt de Nash.

Hier, ils sont sortis de la maison sans que nous nous en apercevions, Cam et moi.

— On a tout tiré au clair.

— Alors, tu es de nouveau avec lui ?

— C'est plus compliqué que ça, Cam… Nous avons beaucoup souffert tous les deux, il vaut mieux se rapprocher lentement.

Mais bien sûr ! Vu comme ces deux-là s'aiment, ça ne devrait pas prendre longtemps !

Nous commençons la visite du parc par la partie tropicale.

Je n'ai jamais eu une grande passion pour la botanique et la biologie, mais je dois dire que c'est intéressant.

— Beurk ! Cette humidité ! lâche Susan d'un air dégoûté. Et ces moustiques !

Je rigole en la voyant chasser les insectes qui lui tournent autour. Bien fait ! Elle n'avait qu'à suivre les conseils du prof et mettre une tenue adaptée au lieu du short et du tee-shirt qui lui découvre le nombril.

À mesure que la visite se poursuit, Austin, qui était tout sourire, s'assombrit.

Je demande tout bas :

— Ça va ?

— Oui... c'est juste... tu ne regrettes pas ce qui s'est passé hier, n'est-ce pas ? Tu ne m'en veux pas ?

— Ne t'inquiète pas ! Tout va bien.

La guide, qui vient de nous parler des particularités de *Caesalpinia sappan*, une plante aux multiples vertus, annonce que nous devons former des binômes.

— Mettez-vous avec votre voisin, ordonne le prof, qui de toute évidence a décidé de ne pas se casser la tête.

Austin et moi prenons place à une des tables où se trouvent des microscopes.

— Je n'ai aucune envie de déménager, soupire-t-il.

— Tu dois vraiment partir samedi matin ?

— Malheureusement, oui.

— Essayons de positiver... Tu n'auras plus Susan dans les parages.

Ma réflexion le fait rire.

— C'est le seul point positif ! Pour le reste, que du négatif. Mon équipe de basket me manquera, et puis Alex, Robin, Camila, toi, et même ma rivalité avec Geller. J'espère pouvoir revenir à Miami de temps en temps pour vous dire bonjour.

Cela me rappelle ce que je disais à Trevor et Cass avant mon déménagement.

— Tu nous reverras tous, j'en suis sûre, dis-je sans conviction.

N'y tenant plus, Cameron s'approche de nous et, sans ménagement, lance :

— Waouh, trop mignon ! Bon, maintenant tu débarrasses le plancher, Miller, je veux parler avec *ma* petite amie.

Austin se lève, troublé. Voilà, il est au courant de notre réconciliation.

Je regarde Cameron sévèrement.

— Pourquoi es-tu aussi odieux avec lui ? Dans trois jours, il sera parti !

— C'est plus fort que moi, répond-il, penaud.

— Bien, fait le guide. Maintenant que vous êtes à vos places, commencez à analyser au microscope le contenu des éprouvettes.

Je me penche sur le microscope pour voir ce qu'il y a dessous.

— Vendredi, c'est ton anniversaire, non ? poursuit Cam, qui ne fait même pas semblant de s'intéresser à l'exercice. À quelle heure je passe te prendre ?

— Je ne sais pas. C'est Trevor, ma mère et Kate qui préparent tout.

— Et la soirée a lieu où ?

— Dans le gymnase du lycée.

— Sérieux ? Ils auraient pu trouver un autre endroit !

— Pourquoi ? Ce n'est pas la première fois qu'on organise une fête au gymnase. C'est quoi le problème ? dis-je irritée.

— Je pensais juste que tu méritais mieux qu'un foutu gymnase.

— C'est largement suffisant... Je n'en voulais même pas, de cette fête. J'ai un étrange pressentiment.

— Ah bon ? fait-il, l'air absent.

La visite du parc se poursuit tout l'après-midi. Cameron reste silencieux le reste de la journée ; dans le car non plus, il ne dit rien. Il semble perdu dans ses pensées.

46

Ce matin, je me lève sans mal : je me suis réconciliée avec Cameron ! Je ne pourrais pas me réveiller avec une plus belle pensée.

Une fois prête, je me mets en route. Je marche vite en écoutant de la musique. Arrivée devant le lycée, je vois Cam en train de se garer.

Je cours vers lui pour l'embrasser. Il semble aussi heureux que moi.

— On est de bonne humeur, aujourd'hui ! commente-t-il.

Il pose les mains sur mes hanches et recule pour s'appuyer contre la voiture. Il me caresse la joue.

— Ton sourire matinal me manquait trop.

Je dépose un autre baiser sur ses lèvres.

À notre vue, Susan écrase le gobelet en plastique qu'elle a dans la main ; le café se renverse à ses pieds. Puis elle jette le gobelet et s'élance vers nous. Pas de chance pour elle : elle glisse sur la flaque de café et s'étale par terre.

Les élèves qui ont assisté à la scène rient comme des baleines, tandis que ses amies l'aident à se relever.

Elle me lance un regard furieux et part dans les toilettes.

— Cameron, dépêche-toi un peu ! lance Chloé, qui s'approche de nous.

— Qu'est-ce qui se passe ? je demande.

— Cam, on n'a pas le temps ! insiste-t-elle.

— Je te raconte après, dit Cam avant de déposer un rapide baiser sur mes lèvres.

Je les suis des yeux, songeuse. Il n'y a qu'une seule chose qui pourrait troubler Chloé à ce point, c'est la mort de sa sœur Carly, et le rôle que Susan a joué dans ce drame.

Ils ont attendu trop longtemps pour l'affronter ; désormais, ils ne peuvent plus reculer.

Le prof d'anglais n'est pas encore arrivé. Je vois Cameron et les autres, installés en cercle autour d'une table : leur conversation est animée.

En m'approchant, j'entends Sam dire :

— Moi, je crois que ce n'est pas suffisant. On n'a qu'une photo et un témoin oculaire, pas la certitude que ce soit elle ! Il nous faudrait d'autres preuves pour en être sûrs.

J'avais vu juste : ils parlent de l'accident qui a coûté la vie à Carly.

Chloé m'explique :

— On se demande s'il faut remettre la photo de la voiture de Susan à la police, nous ne sommes pas tous d'accord...

— On ne voit même pas le conducteur sur cette photo ! lui oppose Sam.

— Ça ne peut être qu'elle ! intervient Cam. Qui d'autre aurait les clés de sa voiture ?

Sam se tourne vers moi.

— Qu'est-ce que tu en penses, Chris ?

— Sam, je suis désolée… mais je crois que c'est la chose la plus crédible. La police doit avoir cette photo. Même si elle ne constitue pas une preuve, cela permettrait peut-être de rouvrir l'enquête sur la mort de Carly.

— Il manque l'avis d'Austin, dit Sam.

— Et le mien, enchaîne Nash. Moi, je suis d'accord avec Sam. On a besoin d'autres preuves pour que les flics ne nous rient pas au nez.

— Attendons la pause déjeuner, et voyons ce que Miller a à dire, propose Cameron.

Consulté pendant un intercours, Austin s'est rangé du côté de Cameron et Chloé. Seulement, on voyait très bien qu'il avait autre chose en tête.

— À quoi penses-tu ? demande Cameron le soir, alors qu'on est allongés sur le canapé de mon salon.

C'était son idée : nous sommes venus chez moi après les cours pour passer du temps ensemble, et mieux nous retrouver.

— À rien de spécial, dis-je en continuant de regarder le film qu'il a choisi.

Il m'oblige à le regarder dans les yeux :

— Ho ! À d'autres… Tu sais bien que tu ne peux rien me cacher.

— Tu as gagné. J'étais en train de penser à Susan. Si la police découvre que c'est elle, elle sera arrêtée. Je ne peux m'empêcher d'être triste pour elle, dis-je en me blottissant contre lui.

— Oui, ce sera bizarre de ne plus la voir dans le coin... Mais si cela s'est déroulé comme on le pense, on n'a pas le choix. Susan pourrait faire du mal à quelqu'un d'autre, et on ne peut pas le permettre.

— Je sais, Cam. Je suis convaincue que c'était elle au volant, ce soir-là... pourtant je n'arrive pas à croire qu'elle ait voulu faire du mal à sa meilleure amie !

— Je t'adore, Chris ! souffle Cam. Tu es toujours disposée à voir ce qu'il y a de bon chez les autres. Sauf qu'avec Susan, tu te trompes. Tu n'imagines pas ce qui peut lui passer par la tête ! Je suis bien placé pour le savoir.

— D'accord, alors pourquoi j'ai le sentiment que quelque chose là-dedans ne colle pas ?

47

Ces derniers jours, Cameron a été très compréhensif. Il n'a pas piqué une crise, ni même soupiré, quand je lui ai dit que je voulais passer un peu de temps avec Austin avant son départ.

Il y a deux jours, Chloé et ses amis ont remis à la police la photo prise le soir de la mort de Carly. Le lendemain, Lindsay a été convoquée pour témoigner.

Nous ne savons pas ce que tout ça va donner ; en tout cas, hier, Susan n'est pas venue au lycée. Dans l'après-midi, le bruit a couru qu'elle était interrogée par la police, et qu'on ne la reverrait plus avant un bon bout de temps.

Son absence se ressent beaucoup ; ses copines n'ont pas bougé de leurs places de la journée, elles semblent sous le choc.

Je me force à sortir de mon lit.

J'ouvre mon placard pour choisir quelque chose de spécial à mettre : c'est mon anniversaire, tout de même.

J'en sors un tee-shirt court : quand je me retourne pour le poser sur le lit, je remarque que la fenêtre est ouverte et que les rideaux remuent légèrement.

Je m'approche pour la refermer, et je me sens sourire béatement : une petite boîte rouge avec un nœud lilas est posée sur le rebord.

Je déplie le billet attaché au ruban. « Bon anniversaire, Chris. Je t'aime. Cameron. »

Très émue, j'ouvre le paquet : c'est une chaîne avec un pendentif : un cœur en or avec C+C gravé dessus.

Je passe la chaînette autour de mon cou et vais me regarder dans le miroir : c'est parfait.

Mon portable vibre à cet instant. La vue brouillée par les larmes, je lis : « Bon anniversaire, mon cœur. J'espère que le cadeau t'a plu. Je ne peux pas t'accompagner, ce matin, j'ai un rendez-vous. À plus tard. Je t'aime. Cam. »

La journée ne pouvait pas mieux commencer.

Je me prépare à la hâte et, après avoir reçu les vœux de mes parents et de Kate, je cours au lycée.

La voiture de Cameron est déjà sur le parking. Alors que je file à mon casier pour prendre mes livres, une fille de ma classe d'espagnol me lance :

— Bon anniversaire, Chris !

S'il y a bien quelque chose que j'ai en horreur, c'est être au centre de l'attention. Et quand je pense à la fête de ce soir, je me sens mal...

Ces derniers jours, Kate et mes parents n'ont pas arrêté de parler de ce soir. « Ça va être exceptionnel ! » répétait Kate, l'air mystérieux.

Je crains le pire... Je ne comprends pas toute cette agitation autour de mon anniversaire. Dix-sept ans, c'est un âge comme un autre.

Je suis sur le point de refermer mon casier quand quelqu'un me couvre les yeux de ses mains.

— Devine qui c'est ?

— Trevor.

— Joyeux anniversaiiire ! s'écrie-t-il en me serrant dans ses bras.

Je suis heureuse de savoir que cette année je fêterai mon anniv avec lui. Si seulement Cass pouvait être là, elle aussi... Nous serions allés dans un endroit sympa après l'école pour le fêter entre nous. Je pense très fort à mon amie ; elle aurait été contente de me voir avec Trevor. Elle me manque tant.

— Comment on se sent à dix-sept ans ? demande-t-il pendant que nous marchons vers la classe.

— Exactement comme à seize.

Je me tourne vers lui.

— Tu peux m'expliquer pourquoi tout le monde en fait un plat ? Cet anniversaire n'a rien de spécial.

— Si, c'est le premier que tu fêtes à Miami. Il faut qu'il soit inoubliable.

Son portable sonne et Trevor s'arrête au milieu du couloir pour lire un message.

— Tout va bien ?

— Euh... oui, c'est juste... tu veux bien m'accompagner aux distributeurs automatiques ? J'ai envie d'un thé.

Il m'agrippe par le bras et m'entraîne avec lui. Il marche si vite que je n'arrive pas à le suivre. Qu'est-ce qui lui prend ? Et depuis quand il aime le thé ?

Je freine et libère mon bras.

— Tu bois du thé maintenant ?

— Je me suis trompé ! Je voulais dire du chocolat chaud.

— Trevor, tu te fiches de moi ?

Il se gratte la nuque.

— Si je te dis que oui, tu seras fâchée ?

— Arrête de raconter n'importe quoi ! C'est quoi, ce cirque ?

Il ouvre la bouche pour parler, mais son portable sonne encore.

— C'est bon, allons en cours, dit-il en me prenant la main.

Je le suis en levant les yeux au ciel.

La porte de la classe est déjà fermée. Bizarre, le cours commence dans cinq minutes…

— Et voilà, on est en retard. Merci, Trevor !

Je frappe, mais personne ne répond.

— Bon, allez, entre ! fait Trévor en poussant le battant.

Dès que je mets un pied dans la classe, « Happy Birthday » éclate à l'intérieur.

Mes amis, regroupés dans un coin, brandissent une gigantesque affiche où il est écrit « Joyeux anniversaire, Chris ! » et où ils ont collé nos photos. Le seul qui manque à l'appel est Cameron.

Je comprends mieux à présent l'étrange comportement de Trevor. Je suis au bord des larmes.

À la fin de la chanson, quelqu'un me couvre les yeux.

— Devine qui c'est, dit une voix chaude au creux de mon oreille.

— Cam !

Je me retourne et il m'embrasse.

— Joyeux anniversaire, mon cœur, murmure-t-il.

Je lui montre le pendentif autour de mon cou.

— Merci pour ton cadeau. Il est merveilleux.

— Hum hum… on est là nous aussi, toussote Chloé.

Je la serre dans mes bras et fais de même avec les autres.

— Oh, regarde, il y a déjà une ride ! fait Taylor qui montre mon visage.

Pour rire, je lui donne un coup de poing sur le bras.

— Vivement ce soir ! s'écrie Sam, qui m'embrasse de nouveau.

48

— Tu crois que ça peut aller ?

Ça fait mille fois que je le demande à Kate. Dans quelques instants Trevor passera me prendre pour m'accompagner à ma fête et j'aimerais être absolument parfaite.

Cameron, qui s'est proposé pour aider mes parents à installer les dernières choses, doit déjà être là-bas.

— Oui, il ne te manque que la couronne de fleurs pour avoir l'air d'une princesse, répond ma sœur sans aucune ironie.

— Je ne crois pas que ce soit nécessaire, mais merci tout de même.

— J'essayais de te remonter le moral ! Tu ne sembles pas très heureuse... Franchement, on dirait que tu vas à un enterrement ! dit Kate en arrangeant ma robe.

— C'est parce que j'ai un mauvais pressentiment, comme si quelque chose devait se passer ce soir.

On sonne à la porte, et Kate va ouvrir.

— Trevor est là, Chris. Dépêche-toi ! Tu ne vas quand même pas arriver en retard à ta fête d'anniversaire ?

Je prends mon sac, je me regarde une dernière fois dans le miroir, et nous y allons.

J'essaie de me ressaisir : ma famille prépare cette fête depuis des semaines, alors je dois faire bonne figure malgré cette étrange sensation qui ne me quitte pas.

Trevor nous attend dans le jardin. Il est très élégant et arbore un sourire magnifique.

— Tu es superbe, dit-il en me faisant un baise-main.

Trop classe.

— Me permettez-vous de vous accompagner jusqu'à la voiture ?

— Certainement, mon fidèle chevalier servant.

Nous rions tous les deux.

Une fois devant le lycée, Trevor me tend le bras. Je m'y accroche, soulagée : je n'ai jamais aimé les talons hauts, mais Chloé a tellement insisté. Quand elle a quelque chose en tête, elle réussit toujours à l'obtenir.

À l'intérieur du bâtiment, on n'entend aucun bruit. Nous longeons les couloirs qui mènent au gymnase plongés dans un silence irréel. C'est une sensation des plus bizarres. On devrait déjà entendre la musique, le brouhaha des voix…

Je regarde autour de moi, inquiète.

— Vous êtes sûrs qu'ils n'ont pas changé d'endroit au dernier moment ?

Trevor et Kate restent muets.

Tout à coup, je vois un garçon qui descend l'escalier.

— Nash ?

Mais… il est en pyjama !

— Chris, qu'est-ce que tu fais là ? Il est tard, tu ne peux pas monter, murmure-t-il.

— Mais ce soir, il y a la fête…, explique Trevor.

— La proviseur vient de tout annuler, vous n'étiez pas au courant ?

— Cameron et les autres devaient être là pour les derniers préparatifs… Où sont-ils passés ?

— Ils sont sans doute rentrés chez eux.

— C'est impossible ! fait Kate en se retournant vers moi, l'air anxieux.

— On nous aurait prévenus, enchaîne Trevor. Oh non ! J'ai dix appels manqués de ta mère ! s'exclame-t-il en regardant son portable.

— Si vous ne me croyez pas, allez vérifier. Le gymnase est vide, dit Nash.

Je soupire :

— Non, c'est bon, je te crois. Je suis juste un peu déçue.

Même si l'idée de cette fête ne m'emballait pas, savoir que les efforts de mes parents sont partis en fumée me contrarie. Ils ont déployé tant d'énergie pour tout organiser dans les moindres détails.

— Vraiment ? demande Nash.

— Euh… bien sûr, je te fais confiance.

— Moi, non, déclare Trevor. Je veux le voir de mes propres yeux. Viens, Chris !

Mmm… tout ça est trop bizarre… Ils me cachent quelque chose.

Une fois devant le gymnase, Nash m'adresse un énorme sourire. Kate le précède et ouvre en grand la porte.

Tout à coup, c'est une explosion de ballons et de lumières multicolores sur les notes de *Happy Birthday to You*.

Sur le mur, il y a un poster, sur lequel il est écrit : « Merci d'être venue faire partie de nos vies ! », avec les signatures de tous mes amis.

À travers les larmes, je vois mes parents qui s'approchent pour m'embrasser.

Mon père fait un geste circulaire, indiquant la salle.

— Ça te plaît, ma chérie ?

— C'est merveilleux, papa !

— Tu dois remercier tes amis. Ils se sont donné beaucoup de mal, dit ma mère.

Je regarde autour de moi.

— Où sont-ils ? Je ne les vois pas.

— Tout à l'heure, ils étaient près des tables et vérifiaient si les boissons et la nourriture étaient à leur place.

Je me fraie un passage dans la foule de gens qui ont déjà commencé à danser et à s'amuser.

J'aperçois enfin Robin et Alex, qui bavardent avec Camila.

— Voilà la reine de la soirée ! s'exclame celle-ci.

Difficile de deviner si elle est ironique ou non, mais peu m'importe. J'ai d'autres chats à fouetter.

Robin et Alex me proposent à boire.

— Merci, pas pour le moment. Je cherche Cam et les autres ; vous ne savez pas où ils sont ?

— Ils étaient là il y a quelques minutes, dit Camila.

— Je vais bien finir par les trouver.

Enfin, j'aperçois Sam et la petite bande.

— Méga-joyeux anniversaiiire ! s'écrie Sam, qui me saute au cou.

Je la serre contre moi avec émotion. Nous avons traversé plein de choses ensemble cette année, et finalement, nous nous en sommes sorties. J'ai de la chance de l'avoir pour amie.

J'embrasse Taylor, Chloé, Jack et même Lindsay. C'est aussi grâce à eux que cette ville est devenue peu à peu la mienne. Je les regarde, et je me sens heureuse : je suis entourée par les personnes qui savent donner de l'intensité à ma vie. Je dis, m'appliquant à cacher mon émotion :

— Merci, merci à vous tous… C'est une très belle fête !

— Et tu n'as pas encore tout vu, ma meilleure amie, dit Sam.

Chloé lui lance un regard noir.

— *Notre* meilleure amie, corrige-t-elle.

Je ne peux m'empêcher de rire.

— À tout à l'heure ! Je vais dire bonjour aux autres.

En réalité, je souhaite par-dessus tout trouver Cam et me blottir dans ses bras.

Enfin, je le vois.

Dès qu'il m'aperçoit, un merveilleux sourire illumine son visage.

Je cours vers lui à toute vitesse. Incroyable, le bonheur que j'éprouve quand ses mains se posent sur mes hanches. Ses yeux se posent sur mes lèvres.

— Bonsoir, ma princesse, murmure-t-il avant de m'embrasser.

Il m'entraîne sur la piste de danse.

— Merci ! Cette fête est géniale, dis-je, et je lui plante un baiser sur la joue.

— Et tout est pour toi, mon cœur.

Je suis si heureuse ! J'ai enfin la certitude qu'il est celui qu'il me fallait.

— Je t'aime, dit-il.

— Moi aussi je t'aime, Cam.

Il m'embrasse tout doucement. Il sait que ça me rend folle...

— Pardon, je peux ? demande un garçon dans mon dos.

Je pivote : c'est Austin, la main tendue et le regard tourné vers Cameron. Ça ne promet rien de bon...

— Oui, mon vieux, mais uniquement parce que tu seras bientôt très loin de cette ville, lâche Cameron, contrarié.

Austin saisit ma main et nous avançons vers le centre de la piste. Il me fait faire un rapide tour sur moi-même, puis m'attire contre lui.

— Très belle fête, commente-t-il.

— Oui, ils ont tout organisé à la perfection.

J'appuie le menton sur son épaule : comme ça, j'ai une vue parfaite sur Cameron, qui rejoint Chloé, Sam et Lindsay.

Tiens, ils ont l'air inquiets, tous les quatre... Que se passe-t-il ?

— Alors, toi et Cameron, vous êtes de nouveau ensemble ? murmure Austin à mon oreille.

— Oui.

Je n'ai pas l'intention de parler de ça avec lui, encore moins ce soir, le dernier que nous passons ensemble.

— Le choix s'est une nouvelle fois porté sur lui, lâche-t-il.

Je m'écarte un peu et je le vois sourire tristement. J'arrête de danser.

— Austin, je suis désolée…

— Ne t'en fais pas. Je ne comprends pas ce que vous lui avez trouvé, Carly et toi, et sincèrement, je ne cherche pas à comprendre. Mais je suis heureux de t'avoir connue, tu es une amie merveilleuse. Il y a juste une chose que je voudrais savoir.

— Laquelle ?

— Tu crois que, s'il n'y avait pas eu Cameron, cela se serait passé différemment entre toi et moi ?

— On ne le saura jamais, Austin. Peut-être qu'on sortirait ensemble, peut-être pas. Qui peut le dire ?

Nous nous taisons quelques secondes, portés par la musique.

— Cette année n'était pas facile, mais ç'a été une chance de la passer avec toi. N'écoute jamais les autres. Tu n'es pas identique à Carly ! Toi… tu es différente.

— Je le sais.

Moi, j'ai toujours aimé Cameron, je n'ai jamais douté de ce que j'éprouvais pour lui.

La musique s'arrête.

— À plus tard, Chris, fait Austin.

Il m'embrasse sur le front et s'éloigne.

La soirée se poursuit agréablement. Pendant que nous nous déchaînons sur la piste de danse, je confie à Chloé :

— Je n'aurais jamais cru que je m'amuserais autant !

— Moi, si, déclare-t-elle.

— Regarde qui voilà ! s'exclame soudain Sam.

Matt et Trevor s'avancent vers nous.

— Bon anniversaire, Chris ! dit Matt en me serrant dans ses bras.

— Merci beaucoup.

— Et félicitations ! Vous êtes super douées pour l'organisation, dit-il à l'intention de Sam et Chloé.

— Je croyais que je t'avais perdue, lance Trevor. Il y a trop de monde ce soir.

Nous sommes soudain interrompus par la voix stridente de Lindsay.

— Hé, écoutez ! Susan a été libérée il y a une demi-heure ! Apparemment, la police a établi qu'elle n'était pas au volant de la voiture qui a renversé Carly.

Je n'arrive pas à y croire.

— C'était qui, alors ? souffle Trevor.

— Je ne sais pas. Mes parents ne m'ont appris que ça.

— Il faut absolument le dire à Cameron, fait Chloé.

— Je vais le chercher ! dis-je aussitôt.

— Je viens avec toi, propose Trevor. Quelqu'un sait où il est ?

— Il y a cinq minutes, il était au comptoir avec Camila, répond Lindsay.

Nous nous frayons un chemin à travers la foule : Camila est bien là, mais sans Cam.

Je demande :

— Tu as vu Cameron ?

Elle nous regarde, surprise.

— Oui, je l'ai vu sortir. Qu'est-ce qu'il y a ?

— Rien, répond Trevor en m'entraînant hors du gymnase.

Dans la cour, aucune trace de Cameron non plus.

— Il est peut-être de l'autre côté du lycée, dit Trevor.

Une fois sur le parking, Trevor sort son portable. Il l'agite dans toutes les directions en pestant :

— C'est pas possible ! Pourquoi ça ne passe pas ?

— Tu dois t'éloigner du gymnase pour avoir du réseau. Essaie d'aller par là.

— D'accord.

Je n'arrive pas tout à fait à croire que Susan soit innocente.

Qui a tué Carly alors ?

Je cherche des yeux Trevor : il a disparu ! Cet endroit commence à me faire un peu peur...

Soudain, j'entends le vrombissement d'un moteur.

Je me retourne, une voiture fonce à toute allure *dans ma direction.*

Les pneus crissent en s'approchant. La couleur de la jeep est reconnaissable entre mille.

Derrière le pare-brise, je réussis à entrevoir dans ses yeux verts son regard assassin.

Je me mets à courir, tout en sachant que je n'ai pas d'échappatoire.

Ils avaient raison... « L'histoire se répète. »

— *Nooon !*

J'entends la voix de Trevor, puis un violent choc me projette au sol et me fait perdre connaissance.

Ouvrage composé par
PCA – 44400 REZÉ

Imprimé en France
par Normandie Roto Impression s.a.s.
61250 Lonrai
N° d'impression : 2002585
S27186/05

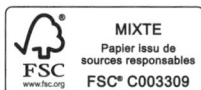